WITTE ORCHIDEE

Greetje van den Berg

Witte orchidee

VCL-serie

ISBN-10: 90 5977 140 0
ISBN-13: 9789059771406
NUR 344

© 2006, VCL-serie, Kampen
Omslagillustratie: Jack Staller
Omslagbelettering: Van Soelen, Zwaag
ISSN 0923-134X

www.vclserie.nl

1

Caroline Nijenhuis kauwt langzaam de laatste hap van het hoofdgerecht weg, pikt nog een asperge uit het roestvrijstalen schaaltje op tafel en laat die langzaam op haar vork ronddraaien voor ze er een klein hapje van neemt. Alles is goed op deze avond, in dit restaurant. De maaltijd smaakt voortreffelijk, de wijn is van superieure kwaliteit, de muziek is niet overheersend en de ober is bescheiden maar vriendelijk. Haar ogen dwalen naar buiten, waar in het schijnsel van de lampen op het terras de roeiboot aan de vlonder zachtjes danst op de golfslag van het meer. Met het invallen van de duisternis is het daar rustig geworden. Een eindje verderop kan ze nog een paar eenden ontwaren die geen problemen met het donker lijken te hebben. Nu worden ze niet langer opgejaagd door honden die plotseling in het water springen terwijl hun baasjes langs de kant staan te roepen. De vrede van een ingeslapen lentedag is ingevallen. Vanavond heeft ze hier de zon onder zien gaan en de bewoners van het water geobserveerd. Futen die eindeloos onder het wateroppervlak doken, ruziënde woerden, verliefde zwanen.

De ober informeert of hij kan afruimen, wil weten of het heeft gesmaakt en stapelt vervolgens de borden en schalen op elkaar. Ze ziet hoe hij keurig rechtop in de richting van de keuken loopt, de deur zwaait open, even ziet ze een flits van een man met een witte jas, dan valt de deur weer dicht.

Arthur Aardenburg schenkt haar glas nog eens vol. Ze kijkt naar zijn brede handen, naar de zwarte haren op zijn arm, naar de fijne gouden armband om zijn pols die zij hem ooit heeft gegeven. Alles aan Arthur is haar vertrouwd. Ze legt haar handen op de rand van de tafel en bestudeert de verzorgde, glanzend gelakte nagels met de witte randen. Het is plezierig om verzorgde handen te hebben waarvoor je je niet hoeft te schamen. Met de vingers van haar rechterhand wrijft ze over de rug van haar linkerhand. De huid voelt zacht en aangenaam. Als ze opkijkt, ziet ze dat hij lacht. Het brengt haar in verwarring.

„Wat is er?" wil ze weten. „Waarom lach je nou?"

„Je ziet er vanavond fantastisch uit," zegt hij alsof hij haar vraag niet heeft gehoord.

Arthur, sinds jaar en dag haar partner als ze uitgaat, haar vriend als ze problemen heeft, haar geliefde als ze zich eenzaam voelt. Haar blik wendt zich af naar buiten, waar een serveerster op het terras de parasols inklapt. Dan dwalen haar ogen weer terug en worden in zijn bruine ogen gevangen. Zijn donkere haar hangt in een lok over zijn hoge voorhoofd. Iets in zijn blik verontrust haar ineens. Nerveus frutselt ze aan de ruche van haar roze gebloemde bloes. Ze probeert hem af te leiden door op een ander onderwerp over te gaan. „Heb je gehoord welke maatregelen dit kabinet nu weer voor apothekers heeft bedacht?"

Normaal is hij direct geïnteresseerd als het over zijn beroepsgroep gaat. Nu glimlacht hij alleen, buigt zich over de tafel en legt zijn brede, grote hand over de hare. „Ik heb het vandaag wel gehoord maar het heeft weinig indruk op me gemaakt. Ik was met heel andere dingen bezig."

Ze wil dat hij nu zijn mond houdt maar aan zijn gezicht ziet ze dat het niet langer mogelijk is om hem te stoppen.

„Liefje, we zijn al zo lang samen." De heerlijke sfeer van deze avond is helemaal verdwenen en heeft plaatsgemaakt voor verwarring. Het is net of ze in een droom verzeild is geraakt. Zijn serieuze gezicht, zijn handen op de hare, de woorden die hij spreekt. „We hebben zoveel gedeeld, we voelen elkaar zonder woorden aan."

Opnieuw klapt de keukendeur een moment open, het licht bij hun tafel dooft plotseling. Ze wil nu wakker worden in haar eigen kamer, in het brede bed dat ze met niemand hoeft te delen. Ze kan niet anders dan zwijgend toezien en de gebeurtenissen over zich heen laten komen. Met een brede grijns komt de ober in de richting van hun tafel, voorzichtig draagt hij de schaal met ijs die spetterend verlicht wordt door een regen van gouden sterretjes. Ze is zich heel erg bewust van de blikken rondom hen, de vermaakte uitroepen. Iemand merkt iets te luid op, „Als ze nu maar ja zegt."

„Geweldig, wat een verrassing," zegt ze en ze probeert niets van haar verwarring en die enorme brok in haar maag te laten merken. Haar glimlach doet bijna zeer aan haar kaken en opgelucht merkt ze dat de verlichting kort daarna weer op volle sterkte is. De ober laat de kurk van een fles champagne schieten en schenkt hun glazen vol. Arthur schuift wat ongemakkelijk heen en weer op z'n stoel, verontschuldigt zich als de man hen weer alleen laat. „Hij was te vroeg."

Ze schiet in een zenuwachtige lach en hoopt nog steeds dat hij de vraag niet zal stellen.

„Wat hindert het." Haar lach lijkt hem moed te geven. Hij reikt haar het glas. „Zullen we maar toasten op een lang en gelukkig leven samen?"

„Wat bedoel je daarmee?"

„Ik dacht dat het wel duidelijk was. Ik wil je vragen of je met me wilt trouwen."

„Trouwen?" Ze spreekt het woord uit alsof ze niet begrijpt wat het inhoudt en leest nu iets van ongeduld in zijn ogen.

„Zo heel raar is dat toch niet? We kennen elkaar al zo lang. Jij bent inmiddels ook dertig, ik ben nog twee jaar ouder. Ik vind het een mooie leeftijd om samen verder te gaan, om niet steeds weer afscheid van je te hoeven nemen, om een gezin te stichten."

„Arthur, meen je dat nou echt?"

„Wil jij dat niet?"

Nog steeds worden er blikken op hen geworpen. Ze voelt zich ongemakkelijk. „Ik heb je toch al heel vaak gezegd…"

„…dat je je niet wilt binden," begrijpt hij direct. „Ik ken dat hele verhaal. Je bent lang genoeg in je vrijheid beknot, bijna doodgeknuffeld maar trouwen houdt toch niet in dat je elkaars eigendom wordt? Ik ben van plan je vrij te laten. Ik ken je behoefte aan zelfstandigheid en wil die respecteren. Ik ben je moeder niet."

„Je hebt het dus gewoon niet begrepen!" Ze zegt het te luid. De interesse van de andere gasten wordt opnieuw gewekt. Men lijkt in de gaten te krijgen dat ze niet direct toehapt.

„Eet je ijs maar op, dan kunnen we daarna gaan," stelt hij voor en ze ziet hoe hij zelf lusteloos in het romige ijs prikt, een beetje onzeker kijkt hij af en toe om zich heen. Ergens welt iets van medelijden op, dwars door haar verontwaardiging heen maar ook iets van schuldgevoel. Ziende blind is ze geweest. Als ze beter had opgelet dan had ze dit kunnen zien aankomen. Had hij de laatste tijd niet opvallend vaak gesproken over het feit dat ze zo goed met elkaar overweg konden en hoeveel moeite hij had met het feit dat hun samenzijn altijd weer eindigde in een afscheid? Als een struisvogel had ze haar kop in het zand gestoken. Ze had deze pijnlijke avond kunnen voorkomen als ze hem nog eens goed duidelijk had gemaakt dat ze er niet voor voelt om zich te binden.

Hij schuift ineens zijn schaal met ijs van zich af. „Ik houd het hier niet meer uit."

Opnieuw ziet ze hoe er rond hen blikken van verstandhouding worden geworpen. Hoe heeft hij het ook zo kunnen aanpakken? Waarom moest hij haar zo overdreven in een restaurant vragen? Het is alsof hij haar voor het blok wilde zetten. Haar medelijden maakt plaats voor woede. „Ik ga vast naar buiten," zegt ze en duwt met een heftig gebaar haar stoel naar achteren. Ze ziet duidelijk de spot op de gezichten rond haar als ze het restaurant uitloopt. Opgelucht staat ze even later buiten waar de koele avondlucht haar verhitte gezicht streelt. Langzaam loopt ze naar de auto van Arthur en als ze met haar rug steun zoekt tegen het portier realiseert ze zich plotseling dat deze avond het einde van hun vriendschap heeft ingeluid. Tweeëntwintig was ze toen ze Arthur leerde kennen op een feestje bij wederzijdse kennissen. Ze was ernaartoe gegaan omdat ze er niet onderuit kon. Van feestjes had ze nooit gehouden en in die tijd helemaal niet. Onhandig had ze een zitplaats gezocht en toen die er niet meer bleek te zijn, had ze zich wat ongelukkig tussen een aantal mensen aan een statafel gewurmd. Daar had ze even later een glas appelsap uit haar handen laten vallen. Met een knalrood hoofd had ze zich verontschuldigd, terwijl achter haar ogen de tranen brandden. Arthur had een doekje uit de keuken gehaald en even later een nieuw glas appelsap. Hij had van de gelegenheid gebruik gemaakt en was naast haar geschoven. „Voel jij je ook zo ongelukkig bij dit soort evenementen?" had hij gevraagd en juist die woorden hadden het ijs ogenblikkelijk doen breken. Het feest was niet langer vervelend. De tijd verstreek zonder dat ze het in de gaten hadden en ze waren nog lang niet uitgepraat toen ze met de laatste gasten vertrokken. Er volgde een nieuwe afspraak.

De deur van het restaurant wordt met een klap dichtgegooid en Arthur beent met grote passen haar richting uit. Onder het lopen trekt hij met heftige bewegingen zijn colbert uit, gooit het achteloos op de achterbank nadat hij het portier van de auto heeft geopend. Zijn gezicht staat grimmig, zwijgend neemt hij achter het stuur plaats.

„Het spijt me," zegt ze zachtjes, als ze naast hem in de auto is geschoven. Haar woede is plotseling gezakt, lijkt nu overdreven. Hij reageert niet, draait het contactsleuteltje om en rijdt de parkeerplaats af.

„Laten we er rustig over praten," merkt ze met de moed der wanhoop op. „Het overviel me en je weet hoe ik over een huwelijk en een gezin denk. Je kent me toch? Je weet toch hoeveel moeite ik heb om me te binden?"

„Hoe vaak hebben we daar niet over gesproken? Soms heb ik het idee dat al onze gesprekken alleen maar daarover gingen. Jarenlang hebben we gepraat over je jeugd, over je moeder, over je trauma's. Ik meende dat je me in al die jaren had leren kennen als iemand die je vrij laat. Mijn grootste teleurstelling vanavond is niet dat je mijn aanzoek afwijst maar veel meer dat je me na al die jaren gewoon nog niet kent. Je verwijt mij dat ik jou niet ken maar je vergeet naar jezelf te kijken. Ik wil bij je zijn omdat ik van je houd."

„Mijn moeder heeft ook altijd beweerd dat ze alles uit liefde voor mij deed maar daarmee heeft ze wel mijn leven verziekt."

„Ik ben je moeder niet!" Hij heeft die woorden uitgeschreeuwd en nu echoën ze na in de enge ruimte van de auto, boven het gezoem van de motor uit. Ze weet niet meer wat ze moet zeggen, voelt zich schuldig en daardoor welt haar boosheid opnieuw op. Ze weigert zich langer schuldig te voelen omdat ze niet kan voldoen aan de eisen die een ander aan haar stelt. Ze heeft een hekel aan zijn gekwetste houding. Het maakt haar woedend, een hete, felle drift welt in haar op. Ze zou hem willen slaan.

„Laat me er hier maar uit," zegt ze ingehouden.

„Je denkt toch zeker niet dat ik je in je eentje door het donker laat lopen?"

„Dat denk ik wel. Ik wil namelijk graag alleen door het donker lopen en jij houdt toch rekening met me?" Kwetsen wil ze hem. Raken waar ze hem maar raken kan.

„Laten we er een andere keer verder over praten. Ik ben misschien stom geweest om het op deze manier aan te pakken."

„Ik wil er nu graag uit."

Hij mindert vaart. „Ik vind het vervelend als ik niet weet of je wel goed bent aangekomen. Er kan van alles gebeuren."

„Laat me eruit." Zijn bezorgdheid, juist op dit moment, wekt nog meer woede op. Arthur zucht en zet de wagen stil.

„Bel me even als je thuis bent," roept hij haar nog na maar ze reageert niet en met een zwaar hart ziet hij haar gaan.

Ze neemt een omweg naar huis. Het lopen door de verlichte straten kalmeert haar. Op deze vrijdagavond gonst het leven nog na in de stad. De eerste dagen van mei hebben een voorschot op de zomer genomen, met temperaturen die stegen tot een eind boven de twintig graden. De avond is nog kil maar de geur van de zomer is blijven hangen. Ze heeft haar handen in de zakken van haar korte jasje gestoken en wandelt door de straten en over de markt waar de diverse eet- en drinkgelegenheden nog vol zitten. Er lopen mensen met honden voorbij, groepjes jongeren die samen onderweg zijn maar ook mannen met haast en stelletjes die met de armen om elkaar heen geslagen de buitenwereld vergeten lijken te zijn. Uit de bioscoop komen giechelende meisjes. Iedereen loopt voorbij. Niemand lijkt haar te zien. Dwars door de winkelstraat loopt ze in de richting van de wijk waar haar flat staat. Ze heeft zeker nog een half uur te gaan. Verlichte winkels flankeren haar route, vele voorzien van rolluiken, een politieauto rijdt stapvoets door de straat. Een eindje verder gaat ze de bocht om en laat de winkels achter zich. Een Thais restaurant, een modewinkel en een zaak waar ze handgemaakte bonbons verkopen zijn de laatste verlichte ramen. Ze steekt een straat over en loopt over een brug. Lichten weerkaatsen in het donkere water van de gracht, ze passeert een winkelcentrum en komt dan in een naoorlogse woonwijk. Haar hoofd is leger geworden, haar blik volgt haar voeten, ze telt de tegels van het trottoir, op de manier zoals ze dat altijd doet, zonder zelf te weten waarom. „Een, drie, vijf, zeven, negen" en dan weer terug, altijd een tegel overslaand, altijd alleen de oneven getallen. „Negen, zeven, vijf, drie, een." Eindeloos kan ze dat volhouden. Als kind telde ze al op deze manier alles wat er maar te tellen was. Kralen om de hals van haar moeder, de spijlen van een stoel, orgelpijpen in de kerk, de lampen aan het plafond. Bij even aantallen werd het lastig, dan kwam ze steeds verkeerd uit. Ze probeerde in dat geval eindeloze variaties te bedenken in de hoop dat ze uiteindelijk op een oneven getal uit zou komen. IJdele hoop. Ze wist het van tevoren maar telde toch door tot ze afgeleid werd. Haar moeder die iets tegen haar zei, het orgel dat begon te spelen.

Haar tenen, in de smalle, elegante schoenen, laten zich nu pijnlijk voelen. Vanavond had ze niet op een wandeling gerekend. Ze zou willen stoppen om haar schoenen even uit te trekken. Ze doet het niet. Haar pijn verbijtend, vervolgt ze haar weg. Wel vertraagt ze onwillekeurig haar tempo en dwars door het eindeloze tellen heen komt de gedachte aan Arthur in haar op. Zou hij rechtstreeks naar zijn huis zijn gegaan? Moet ze hem straks toch nog bellen als ze thuiskomt? Heeft ze hem nu ook als vriend verloren of zou het mogelijk zijn om uiteindelijk toch als vrienden verder te gaan? Gekscherend werd in hun omgeving opgemerkt dat ze een twee-eenheid zijn. Als je Arthur ziet, kan zij niet ver meer zijn en andersom. Hoe vaak is er niet geïnformeerd of ze niet eens gingen trouwen? „Arthur en ik zijn geen mensen om te trouwen," was steevast haar weerwoord geweest en ze had dat zelf altijd geloofd. Arthur had het nooit tegengesproken en toch had ze aangevoeld dat hij meer wilde. Na hun kennismaking op het feestje waren ze vaak samen uit geweest. Ze bleken dezelfde interesses te hebben, hielden beiden van klassieke muziek. Het was niet meer dan vanzelfsprekend dat ze gezamenlijk een concert bezochten. In die tijd had ze nog bij haar ouders thuis gewoond. Heel lang had ze thuis gewoond, tot een jaar na het overlijden van haar vader. Toen werd de zorg van haar moeder een last, had ze gemeend dat ze zich ervan los kon maken door elders te gaan wonen. Ook dat bleek al snel niet de oplossing te zijn en bijna twee jaar later was de breuk tussen haar en haar moeder definitief. Ze probeert opnieuw haar aandacht op de tegels te richten, „Een, drie, vijf..."

Ze had Arthur nooit als haar grote liefde beschouwd. Hij was er als ze hem nodig had, ze waren vrienden voor het leven. Natuurlijk was het moment gekomen dat ze elkaar voor het eerst kusten. Heel vanzelfsprekend was dat geweest na een prachtig concert en een gezamenlijk drankje. Op een avond was Arthur bij haar blijven slapen. Ze was toen overstuur geweest na een telefoontje van haar moeder dat ze niet had kunnen ontlopen. Hij was vaker blijven slapen en nu ze hier loopt, voelt dat ineens aan alsof ze hem daarmee misbruikt heeft. Want juist met het overboord zetten van haar principes op dat gebied, zette ze een nog dikkere streep onder het hoofdstuk van haar moeder. Nu leek het plotseling alsof ze alleen met Arthur had gevrijd in een poging zich af te zetten tegen alles wat haar moeder haar altijd had voorgehouden.

Ze is bijna thuis, loopt tussen de lage flats door. Drie jaar geleden meende ze dat ze hier haar vrijheid zou vinden. Al snel bleek dat een misrekening. De voordeur van haar huis bleek geen barrière voor haar moeder op te leveren. Het appartement waar haar moeder woont, was veel dichterbij dan ze meende. Ze kan niet eens meer zeggen wat precies de aanleiding was geweest voor haar besluit om het contact te verbreken. Kwam het door de therapie die ze had gevolgd, of haar moeders op- en aanmerkingen op Arthur? Ze was in ieder geval heel rustig geweest toen ze het haar moeder had meegedeeld. De tranen van haar moeder hadden haar niets gedaan. Natuurlijk wist ze dat haar moeder altijd uit liefde en bezorgdheid had gehandeld. Hoe vaak had ze dat al niet gehoord? Ze herinnert zich nog duidelijk de opluchting die ze had gevoeld toen ze na dat cruciale gesprek de deur van haar moeders appartement achter zich had gesloten. Het boek was uit. Ze had de laatste bladzijde omgeslagen. Ze kon beginnen aan een nieuw boek. Zijzelf kon die lege bladzijden invullen, niet langer gehinderd door de invloed van haar moeder. Dat had ze verkeerd ingeschat. Ze weet nu dat het anders is. Het boek was nog lang niet uit. Nog dagelijks schrijft ze een hoofdstuk waarin haar moeder een prominente rol speelt. Uit het oog betekent niet uit het hart. Arthur had daar niets aan kunnen veranderen. Arthur blijkt er tot haar teleurstelling niets van te hebben begrepen. Opnieuw welt een hete woede in haar op, voelt ze zich verraden door de man die ze zo lang als vriend heeft beschouwd. Als ze de sleutel in haar voordeur steekt hoort ze het geluid van haar telefoon al. Zonder in het display te kijken weet ze dat het Arthur is en dat ze niet zal opnemen.

2

Emmely Nijenhuis heft haar hoofd op, luistert en legt dan het boek waarin ze verdiept was, aan de kant. In haar hele huis is geen geluid te horen en juist dat brengt haar ertoe op te staan. In de deuropening van de kamer roept ze. „Joppe, is alles goed met je?"

„Ja oma!" klinkt het braaf vanaf de logeerkamer.

„Wat ben je aan het doen?"

„Ik ben een boek aan het lezen."

Dat stelt haar gerust en met enige opluchting kruipt ze weer achter haar eigen boek, waar het verhaal haar opnieuw grijpt. Ze wil het zichzelf niet toegeven maar ze is moe. Gisteravond is haar kleinzoon door haar dochter afgeleverd voor een weekend logeren en vanaf dat moment heeft ze zich onophoudelijk met hem beziggehouden. Ze hebben spelletjes gedaan totdat het voor Joppe bedtijd werd. Vanmorgen stond hij al om halfzeven naast haar bed omdat ze hem beloofd had samen naar het Dolfinarium te gaan. Ze had hem voorgehouden dat het nog wel even duurde voordat ze zouden vertrekken en dat hij zo lang maar iets voor zichzelf moest gaan doen. Een kwartier later was ze tot de conclusie gekomen dat ze toch niet meer kon slapen. Daarom zaten ze al om halfacht aan het ontbijt. Het was een heerlijke dag geworden maar Joppes mond had geen moment stilgestaan. Bij thuiskomst was hij tot haar grote opluchting op het idee gekomen dat hij op de logeerkamer wilde spelen en nu geniet ze van de rust hoewel te veel stilte in huis haar weer onrustig maakt.

Het hoofdstuk is uit, ze kijkt op haar horloge en ontdekt dat het tijd is geworden om het eten voor te bereiden. Met tegenzin legt ze de roman aan de kant en besluit om even bij haar kleinzoon te gaan kijken. Ze loopt niet bijzonder zachtjes de hal door naar de logeerkamer, toch kijkt hij betrapt als ze zijn tijdelijke onderkomen binnenloopt.

„Wat ben jij nou aan het doen? Wat heb je daar?"

In een paar stappen staat ze naast hem, ziet beelden die haar zo

14

bekend zijn en die ze toch al jaren niet heeft gezien.
„Hoe kom je daaraan?"
Hij zwijgt.
„Ben je stiekem op opa's studeerkamer geweest?"
„Het was net of opa daar heel dichtbij was," zegt hij en ze merkt dat hij haar niet aan durft te kijken. Zijn opmerking treft haar omdat zij dat ook zo voelt. Na het plotselinge overlijden van haar Alois, nu vier jaar geleden, heeft ze zijn studeerkamer gelaten zoals die was. Zijn kleding is naar een goed doel gegaan, zijn auto verkocht maar zijn studeerkamer is dezelfde gebleven en ziet eruit of hij zo terug zal komen. Zijn boeken staan er nog, zijn papieren liggen op het bureau. De vulpen, die zij hem op een verjaardag had gegeven, keurig in een doosje ernaast. Op de rand van de asbak ligt zijn pijp, alsof hij hem zo weer op zal nemen en tussen zijn lippen zal steken. De studeerkamer was de enige plek waar hij pijp rookte. Alois, vier jaar lang leeft ze al zonder hem maar nog altijd is er dat immense heimwee dat haar zomaar kan overvallen. Ze zou zijn stem nog eens willen horen, zijn arm rond haar schouder willen voelen, haar hand door zijn stugge haar willen roefelen. Als het heimwee te sterk wordt, is zijn studeerkamer een bron van troost. Het is alsof hij dan minder onbereikbaar is. Soms pakt ze een van zijn wetboeken uit de kast, leest zonder te begrijpen, ruikt aan zijn pijp, zit stilletjes in zijn stoel, pakt zijn pen in haar hand. Nog geen jaar woonden ze in dit prachtige appartement toen Alois overleed. Hun oudste dochter had op de verhuizing aangedrongen en hij was het al snel roerend met haar eens geweest. „We worden alleen maar ouder," had hij gezegd. „Deze appartementen bevallen me. Vaak vallen ze klein uit maar hier is zelfs ruimte voor mijn boeken. Waarom zullen we wachten? Als we gezondheidsklachten krijgen, is het te laat om naar iets geschikts uit te kijken. Laten we verstandig zijn en naar Annelie luisteren." Geen van beiden had toen ook maar een moment gedacht dat hun gezamenlijke leven daar maar van zo korte duur zou zijn. Opgewekt had Alois zijn nieuwe studeerkamer ingericht. Zijn werkzame leven in de advocatuur zat erop maar hij was geen man om stil te gaan zit-

ten. Zo was hij actief gebleven in de politiek en vervulde nog diverse bestuursfuncties. Er waren dan ook heel veel mensen op zijn begrafenis geweest.

Voor haar is zijn studeerkamer een soort van monument geworden. Het is alsof hij daar nog heel dicht bij haar is. Het ontroert haar om haar kleinzoon nu hetzelfde te horen zeggen. Joppe had het als peuter al fijn gevonden om bij opa in de studeerkamer te spelen. Een kleuter was hij geweest toen Alois overleed. Ze had gemeend dat hij zich er weinig van zou herinneren, al had hij tekeningen gemaakt die met opa meegingen in de kist.

Ze aait hem over zijn stugge haar, kan niet boos op hem zijn, zelfs niet nu hij de vrijheid blijkt te hebben genomen om een oud fotoalbum uit de kast te trekken. Ze kijkt in Joppes helderblauwe ogen, naar de sproeten op zijn neus, zijn haren die veel rossiger zijn dan die van zijn broer en zusje. Drie kleinkinderen heeft ze, twee jongens en een meisje, maar Joppe is haar het meest dierbaar. Nooit zal ze het hardop toegeven maar juist in Joppe herkent ze het meeste van zichzelf. Rustige Joppe met zijn rijke fantasie, zijn buitengewone liefde voor dieren. Ze strijkt hem over z'n stoere stekelkapsel en dat is voor hem direct het teken dat ze niet boos op hem is.

„Wie is dat baby'tje oma?" Zijn vinger prikt naar een foto van een vrouw die een baby in een teiltje baadt. De oogjes van de baby zijn op de vrouw gericht en op de foto is duidelijk te zien met hoeveel liefde de moeder voor haar kindje zorgt. „Die baby ben ik," zegt ze zachtjes terwijl ze zich naast Joppe op bed laat zakken. Ze slaat de bladzijde om.

„Zijn dat jouw vader en moeder?"

Haar ogen strelen het beeld van de jonge ouders die zo duidelijk hun kindje koesteren en liefhebben. Haar moeder in een lichte jurk, bestrooid met bloemetjes waaronder de donkere kousen in degelijke schoenen onelegant afsteken. Haar vader daarnaast, keurig in een licht pak gestoken, een rond studentikoos brilletje op zijn neus. Van hem heeft ze het dikke, stugge haar geërfd.

„Zijn die dood?" wil Joppe nu van haar weten.

Ze knikt. „Ja Joppe, jouw overgrootouders zijn al heel lang geleden overleden."

„Overgrootouders?"

„Zo noem je de vader en moeder van je opa en oma."

Joppe wil alles weten en wat hij weet lijkt hij nooit meer te vergeten. Opnieuw hechten haar ogen zich aan de foto's. Ze ziet zichzelf als baby opgroeien. Overal staat netjes de datum genoteerd. Zomermaanden worden gevolgd door herfstmaanden maar overal draagt haar moeder jurken met korte mouwen, staat de kinderwagen in de tuin, is het zomer.

„Wat is dat?" Nogmaals priemt Joppes vinger in de richting van een foto.

„Die foto moet ergens in de buurt van ons huis genomen zijn," denkt ze en het is alsof ze zich nu pas realiseert dat alle foto's licht en vrolijkheid uitstralen, alsof haar babytijd een voortdurende vakantie was.

„Wie is dat?"

Een donkere vrouw in sarong, op blote voeten. Behoedzaam draagt ze de baby op haar arm.

„Dat is de baboe," weet ze te vertellen en als ze Joppes verwonderde gezicht ziet, realiseert ze zich dat ze zich nader zal moeten verklaren. „Ze was een soort van dienstmeisje bij ons thuis. Ze paste wel op mij maar ze maakte ook schoon en ze kookte. Toen ik een baby was woonde ik niet hier in Nederland maar in Indonesië dat toen nog Nederlands-Indië heette."

Aan Joppes gezicht ziet ze dat zijn interesse nu echt gewekt is en langzaam slaat ze zelf de bladzijden om waar het verhaal van haar jeugd zich voor haar kleinzoon ontvouwt.

„Wat een rare kerstboom," merkt Joppe op als hij de geïmproviseerde kerstboom ontwaart. Ze glimlacht en bekijkt de bekende foto's voor het eerst met de verwonderde blik van een negenjarig kind dat in het hier en nu leeft. De kleine baby wordt een peuter. Het gladde, ronde hoofdje krijgt blonde krullen. Het valt haar plotseling op dat Joppe ook uiterlijk wel een beetje van haar wegheeft.

„Wat een mooi huis." Joppe buigt zich voorover om het plaatje nog eens goed te bestuderen. Wit gepleisterd is het huis, met veel kleine ramen waarvoor propere, opgenomen vitrages hangen. Een woning in Nederlands-Indië met duidelijke Nederlandse invloeden. Haar vader was werkzaam op Java, in het hete Surabaya maar als woonplaats hadden haar ouders bewust voor Lawang gekozen, een bergdorp waar het aanzienlijk koeler was.

Nu ze er met Joppes ogen naar kijkt, lijkt die plek een heel andere wereld. Misschien was het ook wel een heel andere wereld.

„Dit was ons huis," zegt ze. „In de tuin eromheen heb ik altijd gespeeld. Toen vond ik dat vanzelfsprekend. Nu weet ik dat het bijzonder was, er was zoveel licht en ruimte."

Het is ook bijzonder dat er zoveel foto's zijn gemaakt, dat ze het verhaal van haar jeugdjaren in beeld kan volgen en dat er ook nog zoveel foto's van haar ouders zijn. Alois had haar dat voorgehouden toen ze samen de albums van vroeger hadden doorgenomen. Hijzelf had maar weinig foto's uit zijn jeugdjaren. Alois had haar ook gewezen op de zorgeloosheid die van de foto's straalde en die zo'n heel andere sfeer hadden dan de foto's die hij bezat. Haar kindergeluk had niet zo heel lang geduurd maar ze was wel een gelukkig kind geweest, veel gelukkiger dan Alois in zijn jeugdjaren. Zij was een gewenst kind geweest.

„De foto's zijn op," verzucht Joppe en nu ze die lege zwarte bladzijden ziet, realiseert ze zich dat haar jeugd net zo abrupt voorbij was als de foto's eindigen.

Achter in het album moeten nog de eerste bladzijden van een verhaal liggen dat het vervolg van de foto's vormt. Ze schreef het eens in een opwelling omdat ze haar geschiedenis niet verloren wilde laten gaan. Waarschijnlijk zal het nooit voltooid worden. Wie zou er in vredesnaam geïnteresseerd zijn in haar geschiedenis? Ze slaat het boek dicht. Als ze op haar horloge kijkt, ziet ze dat het ondertussen bij achten is. „Ik heb honger," kondigt haar kleinzoon aan.

„Wat vind je ervan om samen met mij in een Italiaans restaurant pizza te gaan eten?"

Met een waar indianengehuil betuigt Joppe zijn instemming en met voorzichtige gebaren bergt ze het boek terug in de boekenkast op de studeerkamer van Alois.

3

De volgende dag is het prachtige lenteweer helemaal omgeslagen. Grijs is de dag, de temperaturen zijn aanzienlijk omlaag geduikeld. Emmely heeft de verwarming in huis aangezet en heeft de wekelijkse kerkgang, geheel tegen haar gewoonte in, gelaten voor wat het was. Gisteravond is het laat geworden voor Joppe. Thuis moet hij de aandacht van zijn ouders delen met een oudere broer en een jonger zusje. Hier had hij van haar onverdeelde aandacht genoten. Na het bezoek aan de Italiaan hadden ze samen nog een spelletje gespeeld dat Joppe had meegenomen. Er moesten vliegvelden veroverd worden. Hoe meer vliegvelden, hoe groter de rijkdom. Het spel duurde veel langer dan ze had verwacht. Joppe had gewonnen. Zij was uiteindelijk platzak. Veel later dan normaal wordt haar kleinzoon wakker en samen genieten ze van een ontbijt in haar bed. 's Middags kijken ze een tekenfilm die ze met een flinke korting bij de supermarkt op de kop heeft weten te tikken. Nog eens komt daarna het spel met de vliegtuigen op tafel en weer verliest ze tot Joppes grote genoegen. Na de avondboterham wordt het tijd om haar kleinzoon terug te brengen naar zijn ouders. Daar moet hij de aandacht direct weer delen met zijn broer en zusje. Idske verovert een plekje op haar schoot. Alle aandacht is nog wel voor Joppe als hij vertelt dat ze een uitstapje naar het Dolfinarium hebben gemaakt maar daarna willen Pim en Idske allebei aan haar vertellen wat hen de afgelopen uren bezig gehouden heeft. Pim kruipt naast haar op de bank. Joppe trekt zich zachtjes terug.

Emmely luistert naar hun verhalen, probeert ondertussen ook nog een gesprek te voeren met haar dochter. Het wordt rustiger als het voor Idske tijd wordt om naar bed te gaan en Pim een plekje voor de televisie zoekt die in de achterkamer van het fraaie herenhuis staat opgesteld.

„Stef zal zo ook wel thuiskomen," merkt Annelie op. „Hij moest vanavond plotseling invallen toen de gastpredikant onderweg hiernaartoe een ongeluk kreeg. Het bleek vooral om blikschade te gaan maar uiteraard was hij niet in staat om hier gewoon voor te gaan."

„Wij zijn vanmorgen niet naar de kerk geweest." Joppe is ongemerkt de kamer binnengekomen. In zijn stem klinkt iets van triomf. „We hebben lekker uitgeslapen en ik mocht bij oma in bed ontbijten."

„Je bent verwend." Annelie liefkoost haar middelste kind, drukt hem een kus op de wang. Soms is Joppe groot, soms vindt hij het prettig om nog even klein te zijn.

„Oma heeft verhalen verteld over Indonesië maar dat heette anders toen oma er woonde."

„Hij vond gisteren mijn oude fotoalbum," licht Emmely zijn verhaal toe.

„Dat vond ik vroeger ook altijd zo leuk om door te bladeren," weet Annelie nog. „Alleen vertelde je er in die tijd bijna nooit iets over. Wij wilden weten wat er gebeurde tijdens die Japanse bezetting maar jij kapte onze vragen altijd af. We waren er te jong voor, volgens jou, maar je had niet in de gaten dat we die geschiedenis daardoor steeds spannender gingen vinden."

„Japanse bezetting?" Joppe trekt zijn wenkbrauwen hoog op.

„Oma is dus nog niets veranderd," concludeert Annelie.

„Dat is onzin. We hebben gewoon dat boek doorgebladerd en Joppe wilde van alles weten over onze baboe en over het feit dat het daar altijd mooi weer was. Het heeft dan toch geen nut om over de Japanse bezetting te beginnen?"

„Wat was dat dan?" Joppes nieuwsgierigheid is gewekt.

„In ons land is er oorlog geweest omdat de Duitsers alle macht in Europa wilden hebben." Pim is de voorkamer weer binnengekomen. „In Indonesië wilden de Japanners de macht hebben omdat er heel veel olie was en toen was daar ook oorlog. Alle Nederlanders die daar waren, werden in kampen opgesloten. We hebben er pas over gepraat op school omdat het vorige week bevrijdingsdag was. Meester Hans zei toen nog dat je daar eigenlijk helemaal niet zoveel over hoort. Wij vieren bevrijdingsdag als we aan het einde van de oorlog met de Duitsers denken maar in Indonesië hebben veel Nederlandse mensen in kampen gezeten. Daar zie je veel minder van op televisie. Meester Hans zijn vader en moeder hebben ook in zo'n kamp gezeten in Indonesië. Later wilden ze daar niet meer over praten. Waarschijnlijk hebben ze hele nare dingen meegemaakt die ze wilden vergeten. Meester Hans zei dat het net was of de oorlog voor hen nooit echt was opgehouden."

„Was jij ook in zo'n kamp, oma?" wil Joppe nu weten.

„Ja, maar ik was nog jong."

„Wat moest je dan in zo'n kamp?"

„Als kind probeerde je eigenlijk gewoon te spelen met andere kinderen. Je kreeg niet zoveel te eten dus je had altijd wel honger. Dat was een naar gevoel. Rondom het kamp stond een kedèk, een omheining, bovendien stonden overal Japanse bewakers. Er was geen sprake van dat je zomaar het kamp uitliep. Eigenlijk was het een gevangenis en dat ook een naar gevoel."

„Wat deden de Japanners dan als je het toch probeerde?"

Ze had het nooit geprobeerd. Hun geschreeuw en onvoorspelbare gedrag had haar al zoveel angst aangejaagd dat het nooit in haar was opgekomen. „Dan kreeg je straf," zegt ze ingehouden en eigenlijk wil ze dat dit gesprek zo snel mogelijk ten einde is.

„Waren jouw papa en mama ook in het kamp?"

„Mijn moeder en broertje wel maar mannen en vrouwen zaten in verschillende kampen. Mijn vader is naar een mannenkamp gebracht. Trouwens, vanaf hun tiende jaar moesten jongens al naar een mannenkamp. Gelukkig was oom Theo toen nog maar een jaar of vier."

„Dus Idske en ik zouden bij mama mogen blijven en Pim moest met papa mee?"

„Ja, zo zou het zijn gegaan en als jij tien jaar zou worden, ging je ook naar een mannenkamp." Ze vertelt er niet bij wat voor hartverscheurende taferelen dat soms opleverde. In zo'n geval kwamen jongens niet bij hun vader terecht. Ze werden bij hun moeder vandaan gehaald en gingen naar een kamp waar ze niemand kenden.

Ze hoort de sleutel in het slot van de voordeur en is opgelucht als ze de voetstappen van Stef op de plavuizen hoort. Zijn aanwezigheid vult een moment later de hele kamer. Hij begroet zijn schoonmoeder hartelijk. „Je zult wel moe zijn van zo'n heel weekend."

„Ik heb ervan genoten." Ze knipoogt naar Joppe, raakt even later in geanimeerd gesprek met haar enige schoonzoon. Annelie zorgt voor koffie, de kinderen gaan naar bed. Een blik op haar horloge leert haar dat zij het moment van vertrek nu niet langer moet uitstellen. Dat is het waar ze sinds het overlijden van Alois altijd zo vreselijk veel moeite mee heeft gehouden, het lege huis dat haar wacht na een dag vol contacten. De donkere ramen die haar toegrijnzen als ze thuiskomt. Op die momenten lijkt het huis altijd stiller dan normaal, is het gevoel van eenzaamheid dat haar overvalt heftiger. Met de dood van Alois heeft ze leren leven maar ze zal er nooit aan wennen. Stef blijft in zijn luie stoel zitten met een glas cognac onder handbereik als het moment van vertrek daar is. Annelie loopt met haar mee de gang in en dan kan ze het niet laten, moet ze het toch vragen. „Hoor je nog wel eens iets van Caroline?"

Annelie haalt haar schouders op. „Ze heeft het nogal druk geloof ik. We hebben elkaar al een poosje niet gesproken."

„Soms vraag ik me af of het goed zou zijn als ik haar eens belde. Denk je dat ze dat zou waarderen, dat ze met me zou willen praten?"

„Mam, dat is iets tussen jullie waar ik me niet mee wil bemoeien. Als jij denkt dat het goed is om te bellen dan moet je dat doen. Caroline kan dan zelf aangeven of ze je wel of niet te woord wil staan."

„Als ze weigert voel ik me zo afgewezen."

„Als je haar wilt bellen, is dat het risico."

„Zou je haar niet eens voorzichtig willen polsen?"

„Daar hebben we het vaker over gehad. Ik wil op geen enkele manier tussen jullie instaan. Laat het blijven zoals het is en als je toenadering wilt zoeken, moet je dat zelf doen."

„Misschien heb je gelijk. Ik zal er nog eens over denken. Soms kan het me zo dwarszitten, weet je. Ik zal best fouten hebben gemaakt maar ik heb het altijd gedaan met de beste bedoelingen." Als ze over Caroline praat, verschijnen er altijd blossen op haar wangen, wrijft ze haar smalle, kleine handen steeds in elkaar.

„Dat moet je aan Caroline vertellen, niet aan mij."

„Soms kun jij zo hard zijn." Bij Caroline vergeleken is Annelie veel hoekiger, veel minder vrouwelijk. Alles aan haar oudste dochter lijkt vooral praktisch. Het korte, blonde kapsel, de gemakkelijke lage schoenen en het kakikleurige pak wat ze draagt. Nooit heeft ze Annelie op make-up kunnen betrappen. Twee dochters heeft ze, maar ook twee uitersten.

„Ma, bedankt dat Joppe dit weekend bij je mocht logeren," kapt Annelie het gesprek af. „Hij heeft het heel erg naar zijn zin gehad. Toen ik hem naar bed bracht zei hij me dat. Hij hoopt dat hij nog een keer mag komen logeren."

„Natuurlijk mag hij dat. Ik heb er op zijn minst net zo van genoten."

Ze kust haar dochter op de wang, trekt haar korte regenjasje aan, voelt duidelijk de afstand die er altijd is als zij over Caroline begint. Buiten is het donker. In het licht van de straatlantaarn ziet ze eindeloze, fijne regendruppels. Voor ze bij de auto is, hoort ze hoe de deur al gesloten wordt.

Het huis is donker als ze een half uur later arriveert. Als een donker vlak ligt haar raam te midden van verlichte vensters. Ze parkeert haar auto in een van de vakken en loopt langzaam in de richting van de hal. Het duurt even voor ze de goede sleutel heeft gevonden, dan zwaait de deur open. De lift brengt haar naar de tweede verdieping. Ze loopt door de gang en ruime hal langs verlichte ramen en gesloten deuren. De stilte overvalt haar toch weer als ze de deur opent en langzaam sluit, het licht aanknipt. Joppe is zijn schetsboek vergeten, ziet ze. Zorgvuldig bergt ze het in de la van haar dressoir, drukt de televisie aan en schenkt zichzelf in de keuken een glas rode wijn in. Met een zucht laat ze zich op de bank zakken, schopt haar schoenen uit en pakt de afstandsbediening. Zonder werkelijke interesse zapt ze langs de verschillende zenders. Een documentaire over bedreigde diersoorten trekt even haar aandacht. Ze legt de afstandsbediening naast zich op de bank, terwijl haar gedachten alweer wegflitsen naar het gesprek dat ze met Annelie had. Soms voelt ze zich zo buitengesloten. Annelie en Caroline hebben nog altijd contact. Ze hoort wel eens dat ze samen activiteiten ondernemen. Ooit zijn ze samen naar een kuuroord geweest. Twee heel verschillende dochters heeft ze. Annelie die verloskundige is en Caroline die in de voetsporen van haar vader is getreden en rechten heeft gestudeerd. In tegenstelling tot Alois is ze niet de advocatuur ingegaan maar heeft gekozen voor een baan als juridisch medewerker bij de afdeling pensioenen van een grote verzekeringsmaatschappij. Als kind waren ze al heel verschillend. Annelie was een flinke baby die groeide als kool. Caroline was altijd een teer kind geweest. Was het niet vanzelfsprekend dat je je over het ene kind veel minder zorgen maakte dan over het andere? „Je wilt me niet loslaten!” had Caroline haar meer dan eens toegeschreeuwd. „Annelie kan haar eigen gang gaan. Hoe is het toch mogelijk dat je altijd zo moeilijk over mij doet?” Waarom begreep ze niet dat het juist de heel verschillende omstandigheden waren waarin haar dochters verkeerden? Annelie had al jong kennis gekregen aan Stef van Haamstede. Jarenlang waren ze vrienden geweest. Stef studeerde in die tijd theologie terwijl Annelie op weg was om verloskundige te worden. Annelie ging ook wel uit maar dan altijd in gezelschap van Stef. Op het moment dat Caroline uit wilde gaan, ging ze met een vriendin. Het was toch niet zo gek dat een moeder zich dan zorgen maakte? Caroline had haar verweten dat ze haar ook niet had kunnen loslaten nadat ze in die flat was gaan wonen. Vol wrok had ze geroepen dat Annelie de vrijheid wel had gekregen die haar niet gegund werd. Waarom had ze niet begrepen dat de omstandigheden voor Annelie zo anders waren? Annelie had ze niet in een flatje achter hoeven laten. Annelie trouwde met Stef toen ze het huis verliet en in Stef hadden Alois en zij een enorm vertrouwen gehad. De aankomende predikant was eerlijk, gaf Annelie de ruimte om een verloskundigenpraktijk te beginnen. Stef zorgde voor haar. Er was niemand die voor Caroline zorgde. In die tijd leefde Alois ook al niet meer en ze miste daardoor de aanwezigheid van Caroline. Waarom Caroline een jaar na het overlijden van Alois ineens besloot om op zichzelf te gaan wonen, was haar een raadsel. Misschien had het met Arthur te maken. Het was net of Arthur in de loop der jaren steeds meer invloed op Caroline was gaan uitoefenen. Al voor het overlijden van Alois had ze dat gemerkt. Ze had dat zelfs nog met haar man besproken. Volgens Alois had het niet alleen met Arthur te maken maar was het ook de studie, de omgang met andere studenten. Hij was ervoor geweest dat Caroline destijds in Groningen op kamers zou gaan wonen. Zij had haar dochter daarvan weten te weerhouden. Caroline moest op haar gezondheid letten. Ze was niet sterk, moest zich af en toe in acht nemen. Het was toch voor Carolines eigen bestwil dat ze daar op gehamerd had. Nog nooit had ze gehoord van een student die goed voor zichzelf zorgde. Caroline zou zeker geen uitzondering op de regel vormen. Voor een gezonde Nederlandse meid was dat niet zo'n probleem maar Caroline was altijd het tengere meisje gebleven. Caroline zou zeker ziek worden en dat moest ze zien te voorkomen. Ze kon niet anders, ze moest dat zelf in de hand houden. Alleen zo kon ze er zeker van zijn dat ze haar dochter niet zou verliezen.

Haar glas is leeg, ze draait het rond tussen haar vingers. Wat heeft ze er uiteindelijk mee bereikt? Het contact is helemaal verbroken. Caroline wil niet meer. Ze wilde niet luisteren naar redelijke argumenten, ze weigerde begrip op te brengen voor haar gevoelens. Geen idee had ze of het haar kind nu wel goed ging. Aan Annelie durfde ze nauwelijks informatie te vragen. Steeds weer strandden haar vragen op onwil en irritatie. „Als je iets wilt weten, moet je het zelf maar vragen." Alsof dat zo eenvoudig was. Gekwetst en vernederd was ze. Dat is niet gemakkelijk opzij te schuiven.

Annelie kon hard zijn. Caroline was uiteindelijk harder. Het glas knapt plotseling in haar handen. Een streep bloed zoekt zich een weg naar beneden.

4

Annelie parkeert haar auto op de parkeerplaats bij de flat en neemt even later de trap met twee treden tegelijk. Als ze de galerij oploopt hoort ze haar eigen voetstappen. De deur van Carolines huis staat al uitnodigend open. In de gang ruikt ze koffie. „Ha zusje, daar doe je goed aan. Ik was wel aan een kop koffie toe."

„Het spijt me dat ik je gebeld heb. Ik weet hoe druk je bent maar ik wist niet wie ik anders moest bellen." Carolines gezicht is betraand. Annelie slaat de armen om haar frêle zusje heen. „Hoe kom je erbij om je tegenover mij te verontschuldigen? Natuurlijk is het goed dat je me belt. Je bent m'n zusje."

„Ik weet gewoon niet wat ik moet doen."

„Voorzie me eerst van een kop koffie, dan praten we verder."

Ze laat haar zusje los, pakt zelf al kopjes uit een kastje, ziet haar zusje aarzelend staan. „Pak jij de koffiemelk?"

Zo is het altijd geweest. Zij was altijd de sterkere, de regelaar. Zij kon zichzelf wel redden, Caroline niet. Ze wil er niet aan denken nu, moet onwillekeurig glimlachen als ze bedenkt dat Caroline met haar dertig jaren er nog steeds als een tiener uitziet. Blond, schouderlang haar heeft ze dat altijd goed verzorgd is. Nu draagt ze jeans met daarboven een zwart jasje waarop felgekleurde bloemen staan geborduurd. Ze heeft een smal gezicht waarin de volle, roze lippen het meest opvallen. Normaal gesproken zijn haar grijze ogen licht aangezet, nu zijn ze rondom rood van het huilen.

„Ben je vandaag niet naar je werk geweest?" informeert Annelie.

„Met zo'n gezicht kan ik toch niet aan het werk? Bovendien zou ik m'n gedachten er niet bij kunnen houden."

„Had je niet verwacht dat Arthur je zou vragen? Jullie kennen elkaar toch al zo lang. Ik had niet anders verwacht. Laatst heb ik me nog afgevraagd hoe lang het zou duren voordat jullie eindelijk eens zouden trouwen."

„Hoe kan ik nou trouwen?"

De koffie staat ingeschonken op het aanrecht maar Caroline maakt geen aanstalten om de kopjes mee naar de kamer te nemen. Annelie kan nog net een zucht onderdrukken als zij de kopjes oppakt en voor haar zusje uitloopt naar de kamer.

„Waarom zou je niet kunnen trouwen met een man die van je houdt en dat al jaren laat merken? Een betere man dan Arthur kun je je niet wensen. Hij kent je door en door. Jullie kennen elkaar al jarenlang. Het lijkt me voor jullie huwelijk een prima fundament."

„Je weet hoeveel moeite ik heb om me te binden."

„Wordt het niet eens tijd om daar afstand van te nemen?"

„Hoe bedoel je?"

Zoals ze daar zit, is ze nog altijd het verwende kleine zusje. Ze was haar enige zusje, dat werd geboren nadat hun moeder diverse miskramen achter de rug had. Zij was toen acht jaar en ze herinnert zich nog haar uitbundige blijdschap. Eindelijk was ze niet langer alleen. Veel later had ze gemerkt dat Caroline haar eenzaamheid niet had weg kunnen nemen, dat ze die in feite had doen toenemen. Zij was een gezonde, stevige Nederlandse meid, zoals haar moeder het uitdrukte maar Caroline bleef achter in groei. Als haar moeder met haar jongste dochter van het consultatiebureau kwam, werd er steevast gezegd dat Caroline weer onder het lijntje zat. Ze was niet gemiddeld, ze was klein en fijn. Juist daardoor trok ze de aandacht want het kleine ding was wel opvallend bijdehand. Ze was altijd van haar kleine zusje blijven houden. Zelfs als puber cijferde ze zich weg en dat werd door haar moeder als heel vanzelfsprekend ervaren. Haar vader reageerde anders. Hij had bewust tijd vrijgemaakt voor zijn oudste dochter maar dat was veranderd na die vreselijke tijd waarin ze allemaal hadden gedacht dat ze voor altijd afscheid van Caroline zouden moeten nemen. Zeven jaar was ze op de dag dat een eenvoudige griep veranderde in een levensbedreigende ziekte toen de diagnose hersenvliesontsteking werd gesteld. Zijzelf was vijftien. De dagen vol spanning waren haar bijgebleven alsof het eerst gisteren was gebeurd. Het stille, witte gezicht van haar vader en haar moeder die doodstil naast het bed zat. Ze had nauwelijks een woord gesproken maar zij had heel duidelijk de angst ontdekt die uit haar hele wezen sprak. De angst om te verliezen. De opluchting was groot toen bleek dat Caroline zou blijven leven en geen blijvende schade van de ziekte zou ondervinden, maar het leek alsof haar moeder het niet durfde geloven. Vanaf dat moment had ze steeds meer het idee gekregen dat zij niet meer bestond. Het was goed dat ze in die tijd kennis had gekregen aan Stef, eerst als een vriend, later als haar geliefde. Van Stef had ze veel geleerd. Ze had van hem geleerd dat ze van zichzelf mocht houden. Ze slikt, kijkt wat verontschuldigend naar Caroline die altijd beschermd was, door haar ouders, door haar, door Arthur.

„Waarom wil je blijven vasthouden aan je jeugd vol trauma's?" informeert ze nu. Ze weegt haar woorden zorgvuldig af, rekening houdend met Carolines overgevoeligheid voor kritiek. „Ik weet dat mama overbezorgd is geweest, dat ze je niet los kon laten maar wordt het niet eens tijd om dat achter je te laten? Van alle ervaringen in je leven leer je, ook van deze. Waarom moet je ermee in een hoekje blijven zitten? Doe er iets mee. Je kent Arthur. Je weet heel goed dat je vertrouwen in hem kunt hebben. Stel je grenzen, dat heb je tijdens je therapie geleerd en daar kun je de rest van je leven gebruik van maken. Probeer nu eindelijk eens vooruit te kijken."

„Jij weet niet hoe het is."

„Nee, ik weet niet hoe het is om onverdeelde aandacht van mijn ouders te krijgen. Ik had alle vrijheid en niemand maakte zich om mij bezorgd. Ik ben namelijk Hollands welvaren en dan heb je niet veel nodig." Ze schrikt van haar eigen bitterheid maar tot Caroline lijkt het niet werkelijk door te dringen.

„Je vindt dus dat ik gewoon met Arthur kan trouwen?"

„Dat kan ik niet voor je beslissen. Jij weet net zo goed als ik dat liefde en vertrouwen de basis zijn voor een huwelijk. Als je niet werkelijk van Arthur houdt moet je zeker niet met hem trouwen. Ik weet niet wat je met je leven wilt. Wil je de rest van de tijd blijven mokken over een jeugd die niet helemaal zo is verlopen als in de opvoedkundige boeken wordt beschreven? Wil je mama de schuld geven van alles wat er verkeerd gaat in je leven of neem je nu je eigen verantwoordelijkheid?"

„Je snapt het niet, hè?"

Ze ziet de grote, grijze ogen van Caroline op zich gericht en wordt ineens zo moe van dit gesprek waarvan de betekenis niet werkelijk tot haar jongste zus lijkt door te dringen.

„Ik begrijp het heel goed want al die tijd stond ik erbij en keek ernaar. Ik weet precies wat je bedoelt, al heeft niemand me ooit gevraagd wat ik ervan vond." Ze wil nog zoveel zeggen maar ze slikt al haar woorden in. „Ervaringen maken je tot de mens die je bent en van al je ervaringen leer je. Het is jouw keuze om je leven te laten verzuren door wat er in je jeugd verkeerd is gegaan. Je kunt ook een andere keuze maken." Heel even aarzelt ze. „Wat denk je, wil je mama ooit weerzien?" vraagt ze dan toch.

„Later wel."

„Hoeveel later?"

„Dat weet ik toch nog niet precies?"

„Papa heeft ook gedacht dat hij nog een later had toen hij de avond voor zijn sterfdag naar bed ging. Waarschijnlijk heeft hij dat zelfs nog gedacht toen hij even ging liggen omdat hij zich niet lekker voelde."

„Doe niet zo zwartgallig."

„Het is toch zo, Caroline." Ze voelt zich alledaags in de nabijheid van haar zusje. Alledaags en lomp. Niemand die ooit de behoefte had gevoeld om haar te beschermen. Caroline werd altijd beschermd en zij werkte daar vrolijk aan mee. Ze staat op. Caroline wil haar met een handgebaar en een innemende glimlach weerhouden.

„Weet je wat, ik schenk nog een kopje koffie in."

„Ik moet naar huis." Ze laat zich niet weerhouden. „Vanmorgen had ik een bevalling, straks heb ik spreekuur en het zou best eens kunnen dat ik vannacht ook niet aan m'n rust toekom omdat er een nieuwe wereldburger op stapel staat. Ik wil thuis even rusten."

„Je vindt het echt niet erg dat ik je heb gevraagd om te komen?"

„Helemaal niet. Als je me nog eens nodig hebt kun je weer bellen. Daar zijn we zussen voor. Ik neem aan dat ik ook bij jou terecht kan als het onverhoopt eens nodig is."

„Natuurlijk, je zegt het maar."

Als ze opnieuw over de galerij loopt maar nu in omgekeerde richting, is het net of dat gevoel van eenzaamheid uit haar jeugd weer heel dicht bij haar is.

5

De uitlatingen van Pim en Joppe hebben haar tot nadenken gestemd. Meester Hans die had beweerd dat zijn ouders niet meer over hun kamptijd wilden praten maar die wel altijd had gemerkt dat er iets met zijn vader en moeder was. Daarna de vergelijking die Joppe trok naar hun eigen gezin. „Dus Idske en ik zouden bij mama mogen blijven en Pim moest met papa mee?" 's Nachts had ze de slaap niet kunnen vatten en steeds weer waren die woorden er geweest. Woorden van haar kleinzoons die ze zo intens liefhad dat ze hen voor alle ellende in de wereld wilde bewaren. Zo had ze haar kinderen ook voor alle narigheid willen bewaren, zo had haar moeder haar en haar jongere broertje Theo ook voor de oorlog willen bewaren maar ze was machteloos geweest. Stukje bij beetje had ze moeten loslaten, had ze haar kinderen niet kunnen beschermen tegen het kwaad. Wat moet er door haar heen zijn gegaan?

Het zijn gedachten die haar plotseling in alle hevigheid bezighouden. Daarom verliest ze deze week met bridgen, zingt ze op het koor het verkeerde couplet, verwijt haar beste vriendin haar dat ze er met haar gedachten niet bij is als ze een verhaal vertelt. Het is net of vooral Joppe het verleden heel dichtbij heeft gebracht. Aan het einde van die week pakt ze opnieuw het fotoalbum en bladert nu wel verder naar haar herinneringen. Op een middag heeft ze die opgeschreven, niet zo heel lang nadat Caroline zelfstandig was gaan wonen. Het was een opwelling geweest, het gevoel dat ze op die manier haar verleden door zou kunnen geven, haar verhaal kon vertellen. Wellicht had ze gehoopt op die manier grip op de gebeurtenissen te kunnen krijgen. Nooit had ze met haar verhaal te koop gelopen. Vragen erover wimpelde ze af. Het was allang verleden tijd en wat had zij nou helemaal meegemaakt. Het schrijven had haar goed gedaan maar de dag erna vond ze het plotseling een hoogmoedige gedachte dat er iemand zou zijn die daar belangstelling voor zou hebben. Er was al zoveel over verteld en geschreven. Er waren

veel ergere dingen gebeurd immers. Zo was het verhaal onafge-
maakt blijven liggen. Ze weet zelf niet waarom ze er nu naar
terug grijpt, aarzelt even maar begint dan toch te lezen. Het verhaal van een kind dat in grote liefde was opgevoed en nog niet
wist dat er een wereld van kwaad bestond. Waarschijnlijk hadden haar ouders haar willen beschermen, haar gerust willen stellen toen er dingen begonnen te veranderen. Ze was een gevoelig
kind. Duidelijk had ze de dreiging voelen naderen zonder er het
goede woord voor te kennen. Een jaar of zes was ze toen.
Theootje was nog een baby.

*'t Is namiddag, een beetje schemerig wordt het al. Pappie en
mammie hebben bezoek. Het rotan zitje staat in de voortuin, vanwaar je uitkijkt over de sawa's en heel in de verte in het dal zie
ik de trein. Ik heb natuurlijk weer lopen hollen en ben af en toe
in het gras gaan liggen. Nu kriebelt mijn bezwete huid en m'n
haar plakt in m'n hals en op mijn voorhoofd. Er is ook een zekere spanning. Ik voel het duidelijk. Waarschijnlijk zal ik iets
gevraagd hebben, „Wat is er mammie?" Ik vermoed dat ze heeft
gezegd, „Niets, kindje, niets." Maar later, heel even later, stond
pappie op en met oom Dirk samen hebben ze de fles, waar pappie net de kleine glaasjes mee gevuld had, leeggegooid in de wc.
Nog meer flessen werden boven het toilet geleegd. Op mij maakte dat een diepe indruk. Al werd het nooit zo gezegd, voor mij
voelde het alsof op dat moment de oorlog begon, al kende ik de
inhoud van het woord toen nog niet.*

Na zoveel jaren is die spanning terug, ziet ze de beelden zo
duidelijk voor zich. Pappie, met z'n hoge kuif, z'n ronde gezicht
dat zoveel lachte. Op dat moment had hij zorgelijk gekeken en
zijn onbezorgde vrolijkheid was nooit meer helemaal teruggekomen. Ze staat op, laat de woorden nog eens op zich inwerken,
schenkt zichzelf een kop thee in en leest dan verder.

*Later plakten wij papieren kruisen over de ramen (en ons huis
had veel ramen, hoor. Heel veel kleine raampjes). We zagen
vliegtuigen overvliegen, heel laag. Op de onderkant van de vleu-
gels was duidelijk de rode bol te zien.*

Pappie is ook nog even soldaat geweest. In die tijd sliep ik naast mammie. Soms werd er midden in de nacht op ons raam geklopt. Onverwacht was pappie daar. Mammie en ik waren wel blij maar toch was er altijd een verdrietig en bezorgd gevoel. Het was wel oorlog.

In die tijd was het dat we vliegtuigen zagen waar mannen uitsprongen. Heel klein leken ze, daar boven in de lucht. Net zo klein als de poppetjes in mijn poppenhuis. Hun parachutes klapten open en ze kwamen in de sawa's terecht. De trein bracht hen weg en ik weet nog hoe bang het me maakte. Ik vroeg aan mammie wat er aan de hand was maar ze zei alleen, ,,Niets, kindje, niets.''

Herinneringen die ze zo kan oproepen, angst die haar opnieuw naar de keel lijkt te grijpen. Ze kan niet direct verder lezen. Het verwondert haar zelfs dat het haar opnieuw zo aangrijpt, ze pakt haar theekopje op en drinkt met bedachtzame slokken.

Waarschijnlijk had haar moeder gedacht dat ze op die manier haar kinderen kon beschermen. Misschien dacht ze het kwaad op afstand te kunnen houden door steeds maar te zeggen dat er niets aan de hand was. Misschien meende ze werkelijk dat ze haar met die woorden geruststelde. Haar ouders waren altijd open en eerlijk geweest, legden haar uit wat niet duidelijk was. Toen haar moeder zwanger was van Theootje, hadden ze haar voorbereid op zijn komst. Ze hadden haar verteld dat het kindje in de buik van haar moeder groeide, ze had zelfs mogen voelen hoe het schopte. Wellicht hadden de gebeurtenissen haar daarom zo'n angst aangejaagd. Er werd haar niets meer verteld en onbewust had ze geweten dat haar ouders ook doodsbang waren. Mogelijk konden ze niet eens bevatten wat er allemaal aan de hand was, wilden ze het ook niet omdat de waarheid te angstaanjagend voor woorden was. Waarschijnlijk konden heel veel mensen in die tijd het niet geloven. Het duurde echter niet zo lang voor alles anders werd en ze hun ogen niet langer konden sluiten.

Het leven veranderde drastisch. Allereerst waren ze verhuisd naar een soort gastenverblijf op Surabaya en daar probeerden ze zo normaal mogelijk door te leven. Dat hield in dat zij naar school had moeten gaan, net zoals ze in Lawang had gedaan.

Heel lang had ze voor haar gevoel niet op die school gezeten. Op een dag werd de ergste nachtmerrie van haar moeder werkelijkheid. Bang was ze geweest vanaf het moment dat haar man kortstondig het land had moeten verdedigen. Bang om hem te moeten missen, om alleen achter te blijven met de kinderen. Zij had die angst haarfijn aangevoeld alsof die zich door haar moeders poriën een weg naar buiten had gezocht. Zeven jaar was ze in die tijd geweest, een jaar ouder dan Idske nu is maar met vele jaren meer verantwoordelijkheidsgevoel. Veel ouder had ze zich ook gevoeld. Zij moest haar moeder beschermen, dat was haar wel duidelijk. Theootje was met zijn twee jaren nog veel te klein.

Op die vreselijke dag had haar moeder daadwerkelijk zonder haar vader verder gemoeten. De baboe had haar uit school gehaald, had haar gesommeerd om door te lopen. Ze begreep het toen niet. Later was het haar duidelijk geworden toen ze de vrachtwagens had gezien en al die mannen in witte overhemden die door de Jappen werden gesommeerd in te stappen. Onder luid geschreeuw van de Japanners werden al die mannen afgevoerd. Zelfs als kind had ze al de vernedering gevoeld. De auto verdween met al die mannen en vaders. Ook haar vader was erbij.

Radeloos bleef haar moeder achter. In korte tijd waren alle zekerheden in het leven onzeker geworden. Opnieuw werd er verhuisd. Met haar moeder en broertje ging ze bij tante Jetty wonen. Ook haar man was opgepakt, ook haar kinderen waren vaderloos, zoals er na die overval zoveel waren. Van schoolgaan was nu geen sprake meer. Met de kinderen van tante Jetty en de kinderen uit de kampong speelde ze buiten in de tuin.

Toen was de dag gekomen dat ze haar vader weer zou zien. Via, via was het uitgelekt. De mannen die waren opgepakt en in het kamp aan de Werfstraat gevangen werden gehouden, zouden op transport gaan naar Kesilir. Van dit werkkamp, gelegen op de meest oostelijke punt van Java, wilden de Japanners een grote landbouwkolonie maken. De trein die de geïnterneerde mannen zou vervoeren, deed verschillende stations aan en de bewaking op die stations verschilde nogal. Het gerucht ging dat het hier en daar mogelijk bleek om afscheid te nemen. Haar moeder had in al haar vertwijfeling besloten de gok te wagen. Zij ging mee. Al heel vroeg op de bewuste dag waren ze op weg gegaan. Haar moeder vol moed en hoop op een weerzien, hoe kort ook, met haar vader en zij had die hoop gedeeld. Theootje bleef bij tante Jetty, maar zij was groot. Zij liep naast haar moeder die een mand met etenswaar op haar schouder droeg. Misschien dat ze dat aan haar vader mee zou kunnen geven. Ze waren met zoveel hoop vervuld. Het was zo anders gelopen.

Ze zucht, zet haar kopje op tafel en leest verder.

Zacht hoorde je het geschuifel van de vroege pasargangers. Ik probeerde ook goed met m'n schoenzolen over de grond te slepen. Een vriendje van me had me eens verteld dat de inlanders zo schuifelden om slangen te verjagen.

De tocht bracht zoveel tegenstrijdige gevoelens bij me boven. Enerzijds was er dat gevoel van hoop op een weerzien met pappie, anderzijds was het spannend, verdrietig en afschuwelijk. Ik was doodsbang dat er iets met mammie zou gebeuren en toch... de kokkies gingen gewoon naar de pasar en de kooplui sjouwden hun waar naar hun plek op de markt. Dat maakte alles zo gewoon, bijna vredig en ontspannen, op die koele maar zachte morgen. Ik wist toen nog niet dat het de meest afschuwelijke dag voor mijn ouders zou worden. Op het station wachtte ons ontsteltenis. Mijn moeder had verkeerd gegokt. Hier liepen de Jappen juist tierend en meppend rond. We moesten achter de hoge hekken blijven. Met onze handen in het gaas geklauwd, keken we ze smekend aan maar het hielp niet. Ze bleven schreeuwen en keken vervolgens verbaasd naar ons omdat we ze niet begrepen. Ons werd vervolgens snel geleerd hoe we moesten buigen voor die driftige mannetjes en vooral wanneer en hoe vaak. Kjotkee betekent In de houding en dan Keirei, wat staat voor Buig! en als er Naurei geroepen wordt moet je terug in de houding.

Toen kwam de trein en de vrouwen en kinderen wisten zich langs het hek te wringen, het perron op, zich niets van het gebrul en gemep aantrekkend. Vanuit de trein zagen de mannen hoe hun vrouwen en kinderen afgeranseld werden tot ze terugkropen naar het hek. Versuft en verslagen stonden ook wij daar en toen ineens zag ik hem. „Kijk mama! Daar is pappie!" Hij leunde op z'n ellebogen uit het raampje en mammie schreeuwde. „Emmely, liefje, ga maar naar papa toe, of nee... toch maar niet." We zagen allebei hoe pappie zijn hoofd schudde om ons te waarschuwen het niet te doen. Vervolgens werden alle mannenhoofden naar binnen gejaagd met klappen en geschreeuw. De trein zette zich in beweging en nam pappie mee.

Niemand had op dat moment geweten dat haar ouders elkaar nooit weer zouden zien en nu ze leest wat ze heeft opgeschreven, is het net of het veel dichterbij komt, of de pijn van haar moeder op dat moment zich mengt met haar eigen pijn om haar Alois. Het is ook net of de angst van die dag heel dichtbij komt. De dreiging en het niet begrijpen van een kind dat daarvoor altijd een leven vol onbezorgdheid leidde, onder de hoede van ouders die haar liefhadden en beschermden. Nu kon haar moeder niet langer zeggen dat er niets aan de hand was. Ze maakte zelf mee wat er aan de hand was. De Japanners ontzagen de kinderen niet.

De beproeving van die dag was nog niet voorbij. Naar huis mochten we niet. Als gevangenen werden we in een lange rij naar het politiebureau gebracht. Uren en uren moesten we daar blijven zitten op harde banken. Doodsbang waren we. We wisten niets en er gebeurde niets. Mammie zei me dat ze bang was dat ze Theootje niet terug zou zien. Al ver in de middag was het toen er eindelijk een Jap verscheen. „Goddank," meldde hij ons. „Ik heb jullie vrij." Hij sprak gebrekkig Nederlands maar zijn Goddank was duidelijk. Met deze Japanner voorop gingen we nu in een lange rij naar een ander kantoor waar we een paspoort kregen met een stempel erop. Daarna gingen mammie en ik op weg naar huis en in mijn herinnering waren alleen wij twee er nog. Ik heb geen idee waar die andere mensen waren gebleven en misschien waren ze er toch maar waren mammie en ik voor mijn gevoel in een wereld zonder hen. We moesten langs een Jap en bogen diep maar het hielp niet. Hij controleerde ons paspoort en oordeelde dat ons stempel niet geldig was. De pas werd ver-

scheurd en we moesten terug. Op dat moment werd mammie overvallen door radeloosheid. Ze kon niet meer, zakte op de grond neer en huilde. Ik zie nog voor me hoe ik haar probeerde op te tillen en misschien was het juist dat wat de Jap vervulde met medelijden. In ieder geval hield hij toen een betjah aan en we mochten meerijden. Opnieuw reisden we door de schemer, maar nu was het de avondschemer. Het was bijna donker toen we bij het huis van tante Jetty arriveerden. Met veel gehuil en kussen en armen om ons heen werden we verwelkomd. Tante stelde mama gerust en vertelde dat Theootje lekker lag te slapen. Een poosje later lag ik naast mammie in bed en hield haar hand vast. Ze klappertandde van ellende en mijn lijf deed zeer van verdriet.

De volgende dag leek het leven weer zijn normale gang te hernemen. Buiten speelden de jongens van tante Jetty gewoon oorlogje met veel Pang en Poef geluiden. Ze begrepen waarschijnlijk niet wat oorlog werkelijk betekent. Ik wist het inmiddels. Oorlog betekent vanbinnen verscheurd zijn. Oorlog betekent altijd verliezen.

6

In de weken na het aanzoek van Arthur ontdekt Caroline hoezeer haar leven is veranderd en wordt haar duidelijk hoe groot de plaats is die hij in haar leven heeft ingenomen. De uren op haar werk zijn nog redelijk door te komen maar daarna begint de ellende. Vanaf het moment dat ze naar buiten gaat, overvalt de onrust haar. Onwillekeurig tuurt ze om zich heen of ze hem misschien niet toevallig ziet. Ze kwelt zichzelf met de vraag wat hij zal doen als ze elkaar onverwacht tegen het lijf zouden lopen. Haar hart springt op als ze hem ineens meent te zien maar het is steeds iemand anders, iemand met net zo'n jas als Arthur of met een bril die veel op de zijne lijkt of een identiek kapsel. Daarna blijft de teleurstelling heel lang hangen, veel langer dan ze eigenlijk wil.

De avonden zijn erg, maar de weekenden nog vreselijker. Nu pas blijkt hoezeer ze de afgelopen jaren haar vriendenkring heeft verwaarloosd. Aan Arthur had ze gemeend genoeg te hebben. Haar leven had rond Arthur gedraaid. Hij hield niet van verplichtingen naast zijn werk. Zij had zich aangepast. Ze was geen lid van een sportclub, had zich nooit bij een vereniging aangesloten. In haar vrije tijd was ze bij Arthur.

Nu is er leegte en verwarring. Natuurlijk probeert ze haar leven op te pakken en flink te zijn. Ze durft het zelfs aan om in haar eentje naar een concert te gaan, voelt zich direct bij binnenkomst ongelukkig. De rest van de avond is ze op haar hoede. Stel je voor dat Arthur toch ook naar hetzelfde concert is gegaan? Te midden van al die mensen, die allemaal op z'n minst met z'n tweeën zijn, voelt ze zich alleen en Arthur is er niet.

Daarom neemt ze de uitnodiging van Annelie met beide handen aan. De familie vertrekt tijdens de pinksterdagen naar een camping in de Achterhoek. Zij is er ook van harte welkom als ze zin heeft. Volgens Annelie is de Achterhoek prachtig en de camping heerlijk comfortabel. Nooit heeft Caroline iets van kamperen willen weten, in tegenstelling tot Stef en Annelie. Jarenlang hadden ze in een tent gebivakkeerd tijdens de vakanties maar kort na de geboorte van Pim hadden Annelie en Stef een enorme caravan gekocht. Het grote voordeel daarvan was dat niet tot de aankoop van een grotere moest worden overgegaan nadat hun gezin zich met nog twee leden uitbreidde. In de zomervakantie ging het gezin naar een bestemming in Europa. Tijdens feestelijke weekenden werd een plaatsje dichter bij huis gezocht. Op die manier kon Stef gemakkelijk op en neer rijden als hij geacht werd in zijn eigen gemeente voor te gaan.

Die zaterdagmiddag rijdt Caroline in haar auto rustig in de richting van de Achterhoek, intussen genietend van het heerlijke voorjaarsweer. Koeien grazen in de weilanden. Nog steeds is het gras fris, de bladeren aan de bomen van het helderste groen, lijkt alles jong. Een uitspanning langs de kant van de weg lokt haar aan. Ze heeft tijd genoeg om op het terras een drankje tot zich te nemen. Op de parkeerplaats zoekt ze een plaatsje voor haar auto, rekt zich uit en zoekt een plekje op het terras. Nu ze steeds verder van Arthur verwijderd raakt, voelt ze zich meer ontspannen. Hier verwacht ze hem niet op elke hoek van de straat. De dagen op de camping bij haar zus en zwager beginnen haar steeds aantrekkelijker te lijken. Een opgewekte serveerster informeert naar haar wensen en brengt even later de door haar bestelde cappuccino met een bananensoes. Tevreden leunt ze achterover. De zon speelt over haar gezicht. Rond haar wordt het terras voor het grootste deel bevolkt door gezinnen. Kinderen rennen van het terras naar de speeltuin en weer terug. Kinderen met opgewonden verhalen, huilende kinderen die zich pijn hebben gedaan, moeders die proberen te troosten. Het is minder leuk dan ze heeft verwacht en als er na het nuttigen van haar gebak een gezin bij haar aan tafel schuift wegens ruimtegebrek, slaat ze snel de cappuccino achterover en loopt terug naar haar auto. Rustig rijdt ze verder, eerst over een tweebaansweg, vervolgens over een smalle weg door het bos. Aan weerszijden beuken, hazelaars, kastanjebomen en elzen. Door het open raam van haar auto hoort ze vogels zingen, de hemel is nog steeds egaal blauw. Er zijn veel wandelaars en fietsers onderweg. Steeds weer moet ze uitwijken maar ze vindt toch moeiteloos de route naar de camping. Langzaam rijdt ze langs de velden, heeft geen idee waar ze haar familie zoeken moet en parkeert de auto dan naast de receptie. Mensen kijken haar aan en groeten als ze het pad oploopt, tussen de bijna uitgebloeide rododendrons door. Het moet op het hoogtepunt van hun bloei een schitterend roze muur van bloemen zijn geweest. De geur van zonnebrandcrèmes danst lichtvoetig om haar heen. Het lijkt alsof ze aan het strand loopt met het geluid van slippers die ritmisch tegen de onderkant van voetzolen aanklappen, kleurige badpakken, te grote of juist te kleine zwembroeken. Haar ogen moeten even wennen aan het duister binnen, dan ontwaart ze een vriendelijk lachende vrouw op leeftijd die in druk gesprek is met een campingbewoner in een feloranje zwembroek die tot zijn knieën hangt.

„Wij zijn blij met dit weer," hoort ze de vrouw zeggen. „Het is altijd maar afwachten met Hemelvaart en Pinksteren. Het kan vriezen of het kan dooien, zeg ik altijd maar. Wat kan ik voor u doen?"

Welwillend buigt ze zich in de richting van Caroline.

„Ik logeer deze dagen bij mijn familie."

„Naam?"

Als de vrouw haar handen beweegt, trilt het te ruime vel van haar witte bovenarmen. Het hardgroene hemd dat ze draagt laat te veel gerimpeld decolleté zien.

„Van mij of mijn familie?"

„Van de familie lijkt me wel handig."

De oranje zwembroek schudt van het lachen.

„Van Haamstede," zegt ze ijzig.

„Oh, bij Stef en Annelie. Dan weet ik ervan. Alles is geregeld. Dit pad oplopen, derde pad aan de linkerkant, net na het zwembad, en dan het tweede veld. Nummer vierendertig."

Ogenblikkelijk draait ze zich weer richting zwembroek.

Buiten is het licht nu fel. „Derde pad links, net na het zwembad, tweede veld," herhaalt ze in zichzelf terwijl ze de bagage uit de auto haalt. Zorgvuldig controleert ze of de portieren werkelijk gesloten zijn voor ze het pad oploopt dat de vrouw haar heeft gewezen. „Derde pad links, net na het zwembad, tweede veld, nummer vierendertig."

Op alle velden die ze passeert spelen kinderen, rennen kinderen, huilen kinderen en zitten volwassenen voor de tenten. Haar koffer op wieltjes blijkt op een vliegveld toch veel praktischer dan op een camping. Onhandig sjort ze het ding steeds weer overeind. Verbeeldde ze het zich of werd er echt gegniffeld toen ze voorbijkwam? In ieder geval voelt ze zich niet echt op haar gemak. Waarom staart iedereen zo naar haar? Hoe komt het toch dat mensen er op een zomerdag zo vreselijk uitzien? Mannen in onelegante korte broeken, vrouwen in uitpuilende badpakken en bikini's.

Het zwembad is klein en overvol. Gekleurde badhanddoeken bedekken het bijbehorende grasveld. Ze slaat linksaf, botst bijna tegen een kind met plakkerige handen dat voorbij rent.

Het is een prachtige camping midden in de bossen, had Annelie gezegd, maar nu ze hier loopt lijken er meer mensen dan bomen te zijn. Het tweede veld. Opgelucht ontdekt ze een eind verderop meteen haar zwager, ook in korte broek met ontbloot bovenlichaam, blijkbaar het verplichte uniform op de camping. Het was haar nooit eerder opgevallen dat Stef een behoorlijke buik heeft. Ook Annelie heeft zich aangepast. In haar bikini is de schade van drie zwangerschappen duidelijk zichtbaar. Is er nog een mogelijkheid tot vluchten?

„Carolientje!"

Het is te laat. Stef loopt haar tegemoet, neemt haar koffer over. „Had even gezegd dat je er was. Ik had die koffer toch zo even voor je kunnen dragen." Drie ferme kussen op haar wangen. „Leuk dat je er bent."

Caroline slikt. „Is het nu de bedoeling dat ik me ook direct in mijn bikini hijs?"

„Ik zou er geen bezwaar tegen hebben." Hij grijnst. „Je zou in ieder geval een stuk minder opvallen dan nu met die smetteloze, lichte broek van je. Ik hoop niet dat je verwacht dat die dit weekend in dezelfde staat blijft?"

„Ga eerst maar eens lekker zitten en luister niet naar Stef."

Annelie heeft de laatste woorden opgevangen. Opnieuw wordt haar een warm welkom geheten. „Hij is altijd wat uitgelaten als hij een dagje op de camping mag bivakkeren. Je hebt zeker wel zin in koffie? Ik heb de koffie klaar."

„Vrouwen hebben geen gevoel voor humor," moppert Stef, waar Caroline wijselijk niet op in besluit te gaan.

„Waar zijn de kinderen?" wil ze weten als ze een plekje voor de voortent heeft gezocht op een gestreepte tuinstoel.

„Naar de speeltuin. Ze wilden naar het zwembad maar dat vind ik niet goed als wij er niet bij zijn. Een ongeluk zit in een klein hoekje en met kinderen en water moet je altijd oppassen, ook al hebben ze hun diploma. Over Pim en Joppe maak ik me niet veel zorgen maar Idske heeft nog maar net haar A-diploma gehaald, dan vind ik dat je toch nog wat voorzichtig moet zijn."

„Volgens mij zijn vaders altijd voorzichtiger met dochters," meent Annelie die zijn laatste woorden heeft gehoord. „Ik herinner me dat Pim vlak voor de grote vakantie zijn zwemdiploma haalde maar op de camping direct alleen naar het zwembad mocht."

„Dat was een camping in Italië en daar was alles zo prima geregeld, dat ik het daar wel vertrouwd vond," verdedigt Stef zich.

Annelie zet vrolijk gekleurde, kunststof kopjes op tafel. Caroline zit nog steeds wat onhandig op een tuinstoel en kijkt om zich heen. Overal zijn mensen in badkleding te zien. De meeste mensen die de caravan van haar zus en zwager passeren, groeten vriendelijk, voor iedere tent zitten mensen aan tafeltjes. Ze vraagt zich af hoe het mogelijk is dat Annelie zich hier thuis voelt. Van huis uit waren ze geen campings gewend. Tijdens vakanties gingen ze naar een hotel dat meestal van alle gemakken voorzien was. Ze herinnert zich nog de discussies die Annelie en Stef voerden toen ze voor het eerst samen op vakantie zouden. Annelie wilde een eenvoudig hotelletje boeken maar daar voelde Stef helemaal niet voor. Hij was gewend te kamperen. Zijn ouders waren met hun gezin altijd het land doorgetrokken met een bungalowtent. Hij piekerde er niet over om in een saai hotel te gaan rondhangen, zoals hij het uitdrukte. Uiteindelijk sloten ze een compromis. Een week lang zouden ze in het eenvoudige hotelletje van Annelie doorbrengen en de week daarop werd de tent van Stef uitgeprobeerd. Stef won. Annelie was lyrisch over het slapen onder het tentdoek, de vogels die ze 's morgens hoorde, de gezellige sfeer op de camping. De tent werd naderhand een caravan maar de camping was gebleven.

Annelie ploft ook in een stoel neer. „Je kunt je straks in de caravan omkleden," zegt ze opgewekt. „Ik neem tenminste aan dat je niet de rest van de dag in de lange broek wilt doorbrengen."

„Ik wil straks wel met de jongens zwemmen," zegt ze.

„Waarschijnlijk zullen ze zo deze kant opkomen. Ze weten dat je komt en ze zullen het vast fantastisch vinden om met je naar het zwembad te gaan. Kind, wat leuk toch dat je er bent en dat we juist met de Pinksteren zulk heerlijk weer hebben. Dit is vakantie optima forma. Je zult zien dat je na deze dagen ook nooit meer in een hotel vakantie wilt houden."

Dat lijkt Caroline werkelijk onvoorstelbaar maar ze houdt haar mond.

Emmely is die pinksterzondag naar de kerk geweest en heeft daarna bij vrienden koffie gedronken. Nu ligt de rest van de dag voor haar. Ze maakt een eenvoudige maaltijd klaar, rust daarna een poosje op de bank in haar kamer en drinkt vervolgens een kop thee op haar balkon. Op deze dagen mist ze Alois het meest. Toen hij nog leefde ondernamen ze samen van alles. Soms reden ze naar zee om daar een strandwandeling te maken, een andere keer nam ze haar picknickmand mee om ergens in de bossen samen met Alois te genieten van alle lekkere gerechten die ze had klaargemaakt. Soms ook stapten ze maar zo in de auto, zonder te weten waar ze naartoe zouden gaan. Alois hield van onverwachte dingen en tijdens hun huwelijk had hij getracht haar daarin mee te nemen. Zij hield van regels, van controle. Alles moest gaan zoals ze gewend was dat het ging, dan had ze geen moeite met het leven. Toch was ze in de loop der tijd in veel dingen met Alois meegegaan. Alois was haar zekerheid geworden. Heel lang had ze niet kunnen bevatten dat die zekerheid haar op een dag zomaar was ontnomen. Vlak bij haar was hij geweest en toch was hij plotseling onbereikbaar geworden. Nog voelt ze die ontstellende benauwenis die haar ook toen had bevangen. „Ik voel me niet zo lekker," had hij tegen haar gezegd. „Ik denk dat ik maar even ga liggen." Natuurlijk was ze direct bezorgd geweest. Alois mankeerde nooit iets maar hij had haar bezorgdheid weggewimpeld. „Ben je mal? Er hoeft geen dokter bij te komen. Straks voel ik me vast weer veel beter."

Een poosje later had ze om het hoekje van de slaapkamerdeur gekeken en ze had gezien dat hij sliep. Hij sliep altijd licht en daarom was ze niet verder de slaapkamer in gegaan. Een beetje rust zou hem goed doen. Anderhalf uur later had ze gemerkt dat hij nooit meer wakker zou worden. Als ze er nu nog aan denkt, voelt ze weer die wanhoop, dat vreselijke gevoel dat de gebeurtenissen onomkeerbaar waren. Als ze alles had geweten dan had ze die dokter toch gebeld, had ze niet alleen om het hoekje van de slaapkamerdeur gekeken en dan had ze misschien gezien dat hij veel verder weg was dan in slaap. Misschien had ze hem dan nog kunnen redden. Als, als… Ze had niet geweten wat ze even later wel wist en de huisarts stelde haar gerust en zei dat ze zichzelf niets te verwijten had. Hij had haar uitgelegd dat er waarschijnlijk toch niets aan te doen zou zijn geweest. Stef had bij de begrafenis gezegd dat God de deur voor Alois had geopend en hem gevraagd had om binnen te komen. Stef had de dienst geleid en hij had dat op indrukwekkende wijze gedaan. Hij had haar gesteund, niet alleen in woorden maar ook in daden. Annelie net zo goed. Eigenlijk had Caroline het in die tijd al heel erg laten afweten.

De zon schijnt in haar gezicht en ze probeert de zware gedachten van zich af te zetten. Het is een schitterende pinksterdag. Pinksteren, feest van de uitstorting van de Heilige Geest. Vanmorgen had de predikant gepreekt over Johannes 14: 16, *En ik zal tot de Vader bidden en Hij zal u een andere Trooster geven om tot in eeuwigheid bij u te zijn.* Het was een boodschap over troost geweest te midden van deze wereld vol pijn en verdriet. Wat had ze zonder haar geloof gemoeten in haar leven? Als kind had ze het al geweten en misschien had ze het daarom overleefd. *Er gaat door alle landen, een trouwe kindervriend. Geen oog kan hem aanschouwen, maar hij ziet ieder kind.* Ergens was die boodschap altijd in haar achterhoofd geweest, ook toen ze zich zo dodelijk eenzaam voelde. Die wetenschap was er ook na het overlijden van Alois geweest. God had haar door die eerste moeilijke tijd gedragen. Hij zou haar blijven dragen, daar is ze van overtuigd. Hoe zou ze anders verder moeten?

Ze laat de zonnestralen op haar gezicht werken. Andere jaren werd ze tijdens deze dagen altijd een middag op de camping uitgenodigd door Stef en Annelie. Dit jaar hadden ze haar voor het eerst niet gevraagd. Misschien meenden ze dat ze geen behoefte meer voelde. Ze had wel eens laten doorschemeren dat ze niet zo dol op campings was. Toch mist ze het nu. Waarom zou ze niet een keer het heft in eigen handen nemen? Mocht blijken dat haar bezoek niet gelegen komt dan maakt ze zo weer rechtsomkeert. Alleen de rit naar de Achterhoek is al de moeite waard. Ze kan via de snelweg maar er is ook een veel fraaiere route. Wacht, ze kan de weg op de kaart uitstippelen. Neuriënd zit ze even later op het balkon, vouwt de kaart van Nederland uit en volgt met haar vinger de kleine streepjes. Als ze morgen op tijd vertrekt, heeft ze alle tijd om te genieten van al het moois onderweg. In gedachten ziet ze al de verraste gezichten van haar kleinkinderen voor zich. Oma, die zomaar opduikt. Ze zal zien dat ze onderweg nog iets lekkers voor ze koopt en voor Annelie en Stef neemt ze een kruidkoek mee. Haar zelfgebakken kruidkoek gaat boven alles, beweert Stef altijd. Morgenochtend gaat ze aan het bakken. Tevreden vouwt ze de kaart in elkaar. De pinksterzondag heeft een gouden rand gekregen.

7

D e tweede morgen merkt Caroline dat ze al gewend is aan de speciale geluiden die bij het kamperen horen. Vanuit het kleine tentje dat Stef en Annelie speciaal voor haar hebben mee-genomen, luistert ze naar slepende voetstappen in het gras, naar stemmen die elkaar goedemorgen wensen, ritsen die geopend worden. Evenals op de eerste morgen, kleedt ze zich ook nu aan voordat ze in de richting van de douches en toiletten loopt. Ze is inmiddels voorbereid op de vele wachtenden voor haar die met de toilettas onder de arm staan te wachten. Als ze eindelijk aan de beurt is, probeert ze zich dit keer niet op te laten jagen door de gedachte dat er mensen op haar staan te wachten. Net zoals de dag ervoor blijkt ze bij terugkeer naar de caravan de laatste te zijn. De hele familie zit al opgefrist en aangekleed aan het ontbijt.

De eerste pinksterdag had Stef in zijn eigen gemeente moeten voorgaan. Zij was met Annelie en de kinderen samen naar een bijeenkomst in de kantine op de camping geweest.

Tot haar verbazing had de zaal daar vol met mensen in zomer-se kleding gezeten. De kinderen werden met een speciaal kin-derprogramma bezig gehouden zodat zij hun volle aandacht op de pinksterboodschap konden richten. Na afloop werd er geza-menlijk koffie gedronken en tegen de middag waren ze pas weer terug bij de caravan gekomen. In de loop van de dag begon Caroline steeds meer te wennen aan het campingleven. Als van-zelfsprekend verruilde ze haar zomerjurk bij terugkomst voor een bikini. Zij is het die met het afwasteiltje in de richting van de afwasruimte loopt en daar grapjes maakt met de mannen die kennelijk door hun vrouw met dit klusje zijn opgescheept. De sfeer is gemoedelijk. Misschien komt het door haar bikini maar nu lijkt het of ze hierbij hoort.

Te snel is de eerste pinksterdag voorbij gegaan. Eindeloos heb-ben ze nog in de duisternis voor de caravan gezeten, in het licht van een suizende gaslamp. Arthur was in haar gedachten dicht-bij geweest en toch ook heel ver weg.

Deze tweede pinksterdag ziet er hoopvol uit. Het weerbericht heeft regen- en onweersbuien aangekondigd maar daar is deze morgen nog niets van te merken. Tijdens het ontbijt is de lucht al zwaar van warmte. Daarna duiken ze met z'n allen in het zwembad, blijven daar tot het tijd wordt om het eten voor te bereiden. Samen met Annelie werpt ze zich op het koken van de spaghetti, het daarbij fabriceren van een eenvoudige maar smakelijke saus en het samenstellen van een frisse salade. Ze geniet van de opmerkingen van de kinderen aan tafel, hun vrolijke stemmen en aanhankelijkheid. Het is heel vanzelfsprekend dat zij na het eten samen met Stef in de richting van de afwasruimte gaat. Zij wast, Stef droogt. Arthur raakt steeds verder op de achtergrond. Hij past niet in het plaatje van de camping, van de kunststof kopjes en wijnglazen, van te grote zwembroeken en flauwe grapjes bij de afwas. Het is lang geleden dat ze zich zo ontspannen heeft gevoeld. Neuriënd loopt ze even later achter Stef met de schone vaat, terug naar de caravan. De kinderen spelen op het veldje, Stef ruimt de schone vaat weg en pakt een boek, Annelie ligt lui achterover op een tweepersoons luchtbed. „Kom erbij," begroet ze haar zusje. „Even lekker luieren. Dat heeft een mens af en toe gewoon nodig."

De zon prikt. Voor ze zich ook op het luchtbed laat zakken, smeert ze zich uitgebreid in met zonnebrandmilk die Arthur nog voor haar uit de apotheek heeft meegenomen. Nu zijn haar gedachten toch weer bij Arthur. Wat zou hij op dit moment doen? Denkt hij aan haar? Mist hij haar, net zoals zij hem mist? Is hij nu bij zijn ouders, bij zijn enige broer misschien? Nadenkend wrijft ze haar huid in, probeert geen plekje over te slaan. Bijna liefkozend blijft ze haar lichaam strelen tot de milk is ingetrokken. Warm en glad voelen haar armen aan, zoals de armen van een jong meisje. Vaak wordt ze voor veel jonger uitgemaakt dan ze is met haar tengere figuur. Zo heel anders dan haar oudere zus. Arthur was trots op haar als ze samen uitgingen. Arthur, alweer Arthur. Geërgerd drapeert ze haar badlaken op het luchtbed en gaat naast Annelie liggen, sluit haar ogen, voelt zich loom. Zachtjes doezelt ze weg. Arthur verdwijnt in nevelen, ze voelt zich zielstevreden, hoewel ze toch nog wel even moet nadenken wat ze samen zouden hebben gedaan als er niets tussen hen gebeurd was. Dan hadden ze hier zeker niet op de camping gezeten. Misschien waren ze naar zee gereden en hadden ergens op een terrasje samen wat gedronken. Steeds verder glijdt de werkelijkheid bij haar vandaan en als ze een kind „Oma, daar is oma!" hoort schreeuwen, denkt ze in eerste instantie dat ze droomt. Pas als er een bekende stem klinkt en Annelie ineens rechtop gaat zitten, wervelt er iets van onrust in haar op. Met tegenzin opent ze haar ogen achter de donkere zonnebril en kijkt recht in het gezicht van haar moeder. „Jij hier?"

Niet alleen zij is geschrokken en verward, ze ziet duidelijk hoe haar moeder terugdeinst en zich geen houding weet te geven. „Het spijt me. Ik wist niet dat jullie al bezoek hadden."

Bezoek... Alsof ze een vreemde is.

„Misschien kan ik maar beter gaan. Ik kom een andere keer wel eens weer," hoort ze haar moeder zeggen en ze wil instemmend knikken maar de stem van Stef klinkt luid en duidelijk. „Moeder, je bent welkom. Drink gezellig een kop thee met ons mee. Zal ik theewater opzetten?"

Welja, laat haar er gezellig bij zitten. Hoe komt Stef erbij dat ze welkom is. Ze is niet welkom. Hadden hij en Annelie haar niet uitgenodigd? Dan wisten ze toch dat haar moeder niet welkom was?

„Ik had nog wat lekkers voor bij de thee meegenomen." De stem van haar moeder klinkt nerveus. Ze probeert niet te kijken maar ziet toch hoe haar moeder in de tas rommelt die om haar schouder hangt. „Vanmorgen heb ik kruidkoek gebakken."

Daarin was ze dan nog niets veranderd.

„Heerlijk," hoort ze Stef zeggen. De huichelaar.

Zij weet niet wat ze moet zeggen, ze weet zich geen houding te geven. Ergernis en medelijden strijden om voorrang. Doodstil blijft ze liggen, terwijl Annelie, naast haar, overeind komt. „Ga maar zitten, ma."

Iedereen is nerveus maar doet zijn uiterste best net te doen alsof er geen probleem is. Alleen de kinderen zijn eerlijk in hun spontaniteit. „Heb je ook wat lekkers voor ons meegenomen?" Ze kan niet anders, moet nu ook overeind komen. Haar moeder knikt even maar weet zich heel duidelijk ook met haar houding geen raad. Stef en Annelie proberen het gesprek op gang te houden. Gelukkig zijn de kinderen er. Ze schijnen niets in de gaten te hebben, moeten oma van alles laten zien en vertellen. Opgewekt probeert haar moeder hun vragen te beantwoorden en Caroline realiseert zich dat buitenstaanders niets van de onderhuidse spanning zullen merken. Het is een schertsvertoning. De blik van haar moeder ontwijkt de hare, ze zitten bijna naast elkaar maar de afstand is onoverbrugbaar.

Ergens welt een hete woede in haar op. Waarom houdt er weer niemand rekening met haar? Doet het er niet toe wat zij voelt? Heeft ze het niet juist aan haar moeder te danken dat ze deze dagen op zo'n vreselijke camping zit, dat het tussen Arthur en haar voorbij is? Waarom hebben ze haar eigenlijk uitgenodigd? Wisten ze ervan dat haar moeder kwam? Vonden ze dat ze nu eindelijk maar eens vergeten en vergeven moest?

Idske leunt tegen haar aan. Haar kleine nichtje waar ze altijd erg op gesteld is. Nu kan ze de druk van het tengere lichaam tegen het hare nauwelijks verdragen. Als Idske haar iets vraagt, geeft ze afwezig antwoord en weet even later niet wat haar gevraagd is. De zon lijkt steeds harder te steken. Vanuit haar haren glijden zweetdruppels over haar rug naar beneden. Als Annelie met een blad vol kunststof theekopjes en limonadeglazen uit de voortent komt lopen, houdt ze het ineens niet meer uit. Resoluut staat ze op, pakt haar bloes uit de voortent en kondigt aan dat ze een eind gaat lopen.

„Ik haal net thee op!" protesteert Annelie.

„Ik kan me niet herinneren dat ik daarom gevraagd heb!"

„Caroline, alsjeblieft…"

„Zal ik toch maar gaan?" bemoeit haar moeder zich er nu ook mee.

„Waarom zou je rekening houden met mij?"

„Oma heeft kruidkoek!" roept Joppe in een poging zijn tante te weerhouden. Hij is naast zijn oma gaan staan, legt zijn kleine, warme hand op de hare in een beschermend gebaar.

Ze wil tegenover haar neefjes en nichtje geen bittere uitval in de richting van haar moeder doen. „Oma vindt het niet erg, denk ik," zegt ze met een snelle blik in de richting van haar moeder en zonder een reactie af te wachten loopt ze bij de caravan vandaan, het terrein over, in de richting van een bospad. Haar slippers schuiven door het zwarte zand, ze struikelt bijna over een boomwortel, kan zich nog net overeind houden. Bonzend lijkt haar hart in haar hoofd te echoën. Zware slagen die haar boosheid benadrukken.

Hoe hebben ze het in hun hoofd gehaald? Dachten ze werkelijk dat ze op deze goedkope manier een verzoening tot stand konden brengen?

Vanaf de camping klinken geluiden, ergens verderop blaft een hond maar ze is alleen op het pad waar haar slippers zand vangen. Langzaam wordt het bonzen minder, dringen geluiden van het bos tot haar door. Het ritselen van een vogel tussen de bladeren, fluisterend zoekt de wind zich een weg door de boomtoppen, een Vlaamse gaai vliegt schreeuwend weg.

Ze ziet het beeld van haar moeder voor zich. Net zomin als zijzelf bij aankomst was haar moeder gekleed voor de camping. Nu begrijpt ze pas wat al die mensen aan haar zagen toen ze in haar lichte broek naar de caravan van Stef en Annelie gelopen was. Ze paste zo duidelijk niet tussen al die mensen in badkleding. Net zoals haar moeder vanmiddag in haar lange, gebloemde jurk, had zij eruitgezien alsof ze in gala verscheen op een intiem feestje waar iedereen in vrijetijdskleding zat. Nu ze zich aangepast had, viel ze niet langer op, was ze erbij gaan horen. Niemand die langer om haar lachte.

Haar moeder zou zich niet aanpassen. Ze had nooit iets begrepen van de voorkeur die haar oudste dochter voor de camping had ontwikkeld. Ze bezocht hen altijd trouw met Pinksteren maar verzuchtte bij thuiskomst steevast dat ze toch een hotel prefereert. Opnieuw dringt de gedachte zich aan haar op dat de ontmoeting met opzet gearrangeerd is. Hoe kan het anders?

Waarom had ze er niet eerder aan gedacht? Elk jaar is haar moeder met Pinksteren te gast op de camping. Waarom zou ze dan nu niet uitgenodigd zijn? Alleen de gedachte al maakt opnieuw woedend. Ze schopt tegen een boomstronk, bezeert haar teen. Het maakt haar nog bozer. Annelie heeft gemakkelijk praten over vergeven en vergeten. Zij werd nooit door haar moeder geclaimd. Annelie werd vrijgelaten, alsof haar oudste zus die verantwoordelijkheid wel aankon en zij daarin zou falen. Annelie mocht na haar eindexamen een half jaar op wereldreis. Haar werd het verboden om als au pair naar Londen te gaan. Geen enkel vertrouwen had haar moeder in haar gehad en in de loop der jaren had dat haar onzekerheid doen toenemen. Daarom had ze nu zoveel moeite met het leven, met relaties en sociale contacten. Annelie kon wel beweren dat haar moeder een moeizaam verleden met zich meetorste maar dat was nog geen vrijbrief om fouten met een dergelijke impact weg te wimpelen. Bovendien beweerde haar moeder altijd weer dat ze geen problemen met haar verleden had. Ze sprak er vrijwel nooit over omdat ze vond dat het er niet toe deed. Als haar moeder dat vond, waarom werd er dan van haar verwacht dat ze daar wel rekening mee hield?

Het is koel in het bos. Nu pas lijkt het tot haar door te dringen, ze huivert in haar dunne bloes, voelt zich plotseling ongemakkelijk met haar blote benen. Even blijft ze heel stil staan, snuift de geur van vochtige aarde op en voelt zich overrompeld door een gevoel van intens heimwee. Waarom kan ze de gebeurtenissen niet terugdraaien? Weken is ze nu al zonder Arthur. Ze wil gewoon weer naast hem lopen, bij hem zijn, zijn rustige stem horen. Ze wil niet langer op de camping zijn waar mensen langs de caravan wandelen, waar ze maar moet blijven groeten en weet dat de overburen vandaag patat met een kroket hebben gegeten. Hoe kan het dat ze nu zo overweldigd wordt door een verlangen naar anonimiteit, naar haar kleine balkon met de bloembakken vol geurige lavendel, kleurige lathyrus en uitbundige hanggeraniums? Ze wil eindeloos onder de douche staan, zonder dat er iemand op haar wacht, ze wil zich af kunnen sluiten van de geluiden van de buren. Ze wil vooral veel dichter bij Arthur zijn. Als Arthur hier bij haar liep, zou hij haar wijzen op de vogelgeluiden. Hij zou weten welke vogel zingt. Hij zou haar de bijzonderheden van die vogel vertellen. Arthur is een vogelliefhebber, een echt natuurmens. Op zondagmorgen stond hij dikwijls vroeg op voor een stevige wandeling. Zijn route voerde hem dan langs een observatiehut voor vogels aan de rand van een zandwinningplas. Tegen de tijd dat hij haar voor de kerk kwam halen, was hij dan al uren onderweg. „In de natuur vind ik God," zei hij altijd. „Ik vind het goed om naar de kerk te gaan op zondagmorgen. Het is goed om Gods woord te horen, om samen met anderen mijn geloof te belijden en daarin onderwezen te worden. Ik vind het ook noodzakelijk om me in te zetten voor de gemeente maar in de natuur ontdek ik Gods grootheid veel meer dan tussen de muren van het gebouw dat kerk heet."

Arthur was een gevoelig mens. Hij wist zijn gedachten goed onder woorden te brengen. Veel beter dan zij. Pas geleden had ze ontdekt dat hij gedichten schreef. Schriften vol had hij en met enige schroom had hij die aan haar overhandigd. Op die manier had ze zijn diepste gedachten gedeeld. Het had haar ontroerd maar ze was ook enthousiast geweest. „Waarom doe je daar niets mee?" had ze willen weten. „Dit is zo de moeite waard om eens aan een uitgever te laten lezen. Ik wil het wel voor je in de computer zetten."

„Het zijn maar wat gedachten van mezelf die nooit eerder iemand heeft gezien. Ik voel me kwetsbaar in deze gedichten. Ik vertrouw jou. Daarom mocht jij ze lezen. Jij bent de enige en dat moet zo blijven."

Arthur, Arthur, Arthur! Zijn naam in haar hoofd. Alleen gedachten aan hem. Wat maakt het uit dat ze voor hem is weggelopen? Ze raakt hem niet kwijt.

Nu ze hier op dit bospad loopt, dringt het duidelijk tot haar door. Het maakt niet zoveel verschil of ze nu wel of niet met Arthur trouwt. Hij maakt allang een groot deel van haar leven uit. Hij woont in haar gedachten, er is geen mens van wie ze zoveel houdt als van Arthur. De afgelopen weken heeft ze de leegte van zijn wegblijven ervaren en op dit moment realiseert ze zich dat haar leven niet langer de moeite waard is. Dat het onmogelijk lijkt om op deze manier verder te leven. Het voelt aan alsof ze bij zichzelf een lidmaat heeft geamputeerd en de fantoompijn niet te dragen is. Ze draait zich om en loopt terug. Vluchten heeft geen zin meer.

8

"Je kunt er niet langer tussen blijven zitten," zegt Stef. De
„ avond is gevallen, ze zitten voor de caravan, het zachte sui-
zen van de gaslamp verbreekt de stilte. In de tenten rondom hen
zien ze silhouetten door het verlichte doek, vanuit de caravans
klinkt zacht gemompel, het gerinkel van bierflessen die uit een
krat worden gehaald. In de kleine tent slaapt Pim vanavond
samen met Joppe. Na het plotselinge vertrek van Caroline was de
tent vrij. Het leek ze wel spannend. Bovendien is Pim eraan toe
om groot te lijken, al heeft hij daarbij de ondersteuning van Joppe
nog wel nodig. Muggen zoemen rond het felle licht van de lamp,
trekken zich niets aan van de kaars met citroengeur die Annelie
speciaal ter bestrijding van het muggenvolk heeft gekocht. Ze
blijft zwijgen na de laatste woorden van Stef, haar ogen gericht
op het licht, haar gedachten bij de afgelopen middag. De plotselinge verschijning van haar moeder, haar zus die ineens moest
wandelen, haar moeder die ook niet lang meer bleef en toen
opnieuw haar zus die aankondigde naar huis te gaan.
„Neem je het mij kwalijk dat mama hier ineens op de stoep
stond?" had Annelie willen weten. Het zwijgen van Caroline had
genoeg gezegd. „Ik wist er niets van dat ze zou komen," had ze
heftig verklaard. Ze begreep zelf niet waarom ze zich toch schuldig voelde. „Jij weet net zo goed als ik dat we haar andere jaren
altijd een dag uitnodigden maar dit jaar wilde ik het eens anders.
Het leek me leuk als jij bij ons zou logeren. In deze omstandigheden is het dan vanzelfsprekend dat ik mama niet uitnodig."
„Waarom kwam ze dan toch?"
   Caroline had haar in de beklaagdenbank gezet en het lukte haar
niet uit de rol van beklaagde te stappen.
   „Mama neemt niet vaak zelf het initiatief voor een bezoek. Ik
had haar natuurlijk niet verteld dat jij zou komen en ik ging
ervan uit dat ze niet onverwacht deze kant op zou rijden. Het is
ten slotte niet naast de deur. Ze heeft er echt niet bij stilgestaan
dat jij er zou kunnen zijn."

„Dat kon ze op haar klompen aanvoelen."

„Het was echt niet in haar opgekomen," had ze beweerd. „Ze had er werkelijk niet aan gedacht. Ze ging ervan uit dat je wel ergens met Arthur onderweg zou zijn. Jij bent altijd bij Arthur met zulke dagen. Daar had ze gelijk in, toch?"

„Dat waag ik te betwijfelen," had Caroline gezegd. „Je kent mama, ze heeft gevoel voor drama en ze weet de waarheid goed te verbloemen. Mama is niet dom. Als ze even had nagedacht dan zou ze kunnen vermoeden dat er een reden was waarom jullie haar dit jaar niet hebben uitgenodigd."

Op dat moment had ze haar moeder weer voor zich gezien die zich had uitgeput in verontschuldigingen. Ze was onzeker, van haar stuk gebracht door het botte gedrag van Caroline. Het had haar woedend gemaakt. „Jij wilt alleen het slechte in haar zien en je vergeet dat ze een heel normaal mens van vlees en bloed is. Ze is niet zo doortrapt als jij denkt. Waarschijnlijk had ze er vanmiddag nog meer moeite mee dan jij. Nadat jij was verdwenen, wilde ze direct vertrekken zodat wij jou terug konden halen. We hebben haar overgehaald nog even te blijven maar we wisten niet dat ze zou komen. Voor ons was de verrassing even groot als voor jou."

„Je neemt het altijd voor haar op."

Waarom konden mensen toch niet vergeven en vergeten? Waarom bleven ze maar roeren in hun pot vol verwijten? Ze had geen antwoord geweten. Daarom waren ze even stil bij elkaar blijven zitten tot Caroline had opgemerkt, „Natuurlijk neem ik je niets kwalijk maar ik heb nagedacht tijdens mijn wandeling. Het is beter dat ik ga. Voor jullie is het goed om met jullie gezin hier nog een paar dagen samen te zijn."

Vanzelfsprekend had ze willen protesteren maar Caroline had haar met een handgebaar het zwijgen opgelegd. „Ik weet dat ik hier welkom ben. Daar ben ik jou en Stef heel dankbaar voor. Ik vond het fijn om hier te zijn, om even afstand te kunnen nemen. Het is jammer dat het zo moest eindigen maar misschien ook goed. Overmorgen moet ik weer werken. Morgen heb ik nog een dag vrij. Er valt thuis nog zoveel te doen waar ik maar niet aan toegekomen ben. Geniet nog maar een paar dagen met z'n vij-ven. Zodra de caravan weer voor jullie deur staat, is het met jul-lie rust voorbij."

Caroline was gegaan zoals ze gekomen was, in haar lichte broek met die achterlijke koffer achter zich aanslepend. Ze had alleen maar opluchting gevoeld toen ze de auto van het terrein af zag rijden.

Terwijl ze in het felle lamplicht tuurt en de buurman hoort schelden op de buurvrouw, realiseert ze zich dat ze het prettig vindt om alleen met haar gezin te zijn. Alleen het gevoel tekort-geschoten te zijn blijft. Ze had geen idee wat ze moest zeggen toen haar moeder ineens verscheen. Het was een goede ingeving van Stef geweest om te zeggen dat haar moeder welkom was maar daarna kende haar aanwezigheid alleen maar pijnlijke stil-tes. Haar goedbedoelde gespreksonderwerpen hadden kant noch wal geraakt en hadden alleen gediend om de stiltes te overbrug-gen. Ze praatten zonder wat te zeggen. Waarom waren haar op dat moment de goede woorden niet te binnen geschoten die mis-schien iets hadden kunnen bijdragen aan een toenadering tussen haar moeder en zus?

„Lieveling, pieker niet zo. Jij verbeeldt je het geweten van zowel je moeder als je zus te zijn maar je bent het van geen van beiden. Als ze toenadering willen dan zullen ze daar zelf iets aan moeten doen. Jij hebt gedaan wat je kon. Het heeft je genoeg sla-peloze nachten gekost. Jij bent niet tekortgeschoten. Jouw moe-der is tekortgeschoten en Caroline net zo goed. Alleen zij kun-nen een stap richting vrede doen."

Het klinkt logisch wat hij zegt en na elke slok wijn die ze drinkt klinken zijn woorden logischer maar in de praktijk kan ze er niets mee. Al jarenlang heeft ze het idee dat ze balanceert tus-sen haar zus en haar moeder en de laatste tijd beginnen hun pro-blemen steeds zwaarder op haar te drukken. Soms zou ze willen verhuizen, zo ver mogelijk bij haar familie vandaan. Aan de andere kant zou het voor haar onverdraaglijk zijn. De kinderen zijn dol op hun oma en haar moeder is dol op haar kleinkinde-ren. Ze staat altijd klaar als er opgepast moet worden, zelfs als het onverwacht is. Soms lijkt het alsof haar moeder probeert in te halen waarin ze vroeger tekortgeschoten is. Vroeger?

Als ze eerlijk is tegenover zichzelf dan moet ze toegeven dat haar moeders belangstelling voor haar gezin pas op gang gekomen is nadat het contact met Caroline steeds moeizamer werd, hun relatie steeds brozer en uiteindelijk stukliep. Het zijn wrange gedachten die ze het liefste niet toelaat maar soms glippen ze tussen de mazen van haar verdediging door.

Er klinken voetstappen in het gras en gedempte stemmen. Een man met een toilettas onder zijn arm groet hen. Naast hem loopt een kleine vrouw. Ze heeft haar hand in de zijne gelegd, maakt af en toe een opmerking. Ze zijn alweer voorbij. Annelie huivert. De avond wordt frisser. „Hoe komt het toch," begint ze dan langzaam, „dat Caroline altijd op de eerste plaats heeft gestaan bij mijn moeder en dat ze nu toch geen contact meer wil. Ik kwam altijd op het tweede plan en ik vind het nu nog altijd fijn als mijn moeder komt, als ze trots is op mijn kinderen, als ze iets aardigs over mij zegt."

„Een mens blijft altijd kind. Een kind dat hunkert naar de liefde en aandacht van zijn ouders. Zelfs als je achtendertig bent en succesvol een verloskundigenpraktijk runt, blijf je het kind dat verlangt naar aandacht maar vooral naar goedkeuring van je ouders."

„Voor Caroline geldt dat duidelijk niet."

„Je weet wat zij jouw moeder verwijt."

„Overbezorgdheid, haar niet los kunnen laten, de oorzaak van haar onzekerheid."

„Ze moet het eindelijk loslaten."

„Af en toe verdenk ik haar ervan dat ze er gebruik van maakt. Als ze ergens over aarzelt, of een verkeerde beslissing neemt dan komt direct dat verleden weer boven. Mijn moeder krijgt gewoon overal de schuld van."

„Je moeder heeft haar niet alleen overdreven beschermd opgevoed maar vooral ook verwend."

„Ik heb haar meer dan eens willen zeggen hoe ik erover denk maar op de een of andere manier durf ik dat niet."

„Je bent bang haar kwijt te raken," concludeert hij.

„Misschien is het dat."

„Je bent haar allang kwijt."

Ze zwijgt, laat zijn opmerking op zich inwerken. In de caravan naast die van hun klinkt gestommel. Rondom hen lijken mensen zich op te maken om naar bed te gaan. Steeds weer passeren mensen met toilettassen. Zij is nog niet moe. Nadat Caroline vertrokken was, had ze zich mislukt gevoeld. Nu ze over de opmerking van Stef nadenkt, voelt ze ook iets van woede. Ze neemt een slok van haar wijn in het kunststof glas, draait het rond in haar hand.

Stef buigt zich naar haar toe. „Als ze vanmiddag eens aan jou had gedacht in plaats van aan zichzelf dan had ze hier nu nog gezeten."

Hij verwoordt gedachten die zij geen toegang wilde geven.

„Caroline is niet in staat aan anderen te denken. Als zij zich gegriefd voelt, zoals vanmiddag, dan gaat ze gewoon, ongeacht wat de ander daarbij voelt. Het komt niet eens in haar op dat ze op deze manier ons aangename pinksterweekend hier ook bederft. Caroline komt eerst, dan een hele poos niets en misschien zijn wij dan aan de beurt."

„Ik heb haar zo vaak gezegd dat veel van mama's gedrag te herleiden is naar haar verleden. Ze praat er zo weinig over, doet alsof het niet belangrijk is. Toch ligt daar de sleutel. Caroline wil er niet van horen. Ze verwijt mama dan prompt dat ze er niet over wil praten."

„Ik herinner me een opmerking van jouw moeder tijdens een dodenherdenking op vier mei." Stef leunt voorover, groet opnieuw een voorbijganger met toilettas en vervolgt: „Deze oorlog was veel belangrijker," zei ze toen. „Over de Duitse bezetters werd gepraat, over de hongerwinter, de razzia's, de omgekomen verzetsstrijders. Ik was een kind toen ik in Nederland terugkwam maar ik begreep direct dat wat wij hadden meegemaakt onder de Japanners minder belangrijk was." Die opmerking is me heel erg bijgebleven en komt elk jaar bij de dodenherdenking weer boven. Ze heeft waarschijnlijk gewoon het gevoel gekregen dat wat zij had meegemaakt, er niet toe deed. In deze tijd zouden alle slachtoffers uit de Jappenkampen direct doorgestuurd zijn naar een psycholoog om zo hun ervaringen te verwerken. In die tijd werd hun het zwijgen opgelegd."

„Ze had er daarom tegenover ons toch wel over kunnen praten?"

„Annelie, ze was een kind toen ze deze kant op kwam. Een kind dat te veel had meegemaakt, te veel had gezien, veel te veel verlies had geleden. Er was niemand die haar daarnaar vroeg. Zelfs voor haar vader was het een afgesloten hoofdstuk. Die ervaringen dringen diep door in een mensenleven."

„Ik zou haar zo graag helpen maar ik weet niet hoe."

„Je helpt haar door er voor haar te zijn, door haar onze kinderen toe te vertrouwen. Je hebt haar vanmiddag geholpen door haar te laten merken dat ze welkom is bij ons, ook al zat Caroline hier. Als ze meer hulp wil, vraag ik me af of jij daarvoor de aangewezen persoon bent. Ga eerst maar door op de ingeslagen weg, als ze meer hulp nodig heeft, zul je dat vast wel horen."

Hij legt zijn hand op haar schouder. „Laten we er de komende dagen vooral fijne dagen van maken. Wij hebben het samen goed en daar mogen we van genieten."

Opnieuw gaan er groetende mensen met toilettassen voorbij. Ze staat op, kust hem op z'n dunner wordende haardos en loopt de voortent in om haar toilettas te pakken.

9

Wat is er met haar aan de hand? Hoe komt het dat zekerheden bij haar altijd weer omslaan in twijfel? In het bos was ze vastbesloten geweest. Dat was niet veranderd door het feit dat haar moeder al naar huis was noch door de smeekbeden van haar neefjes en nichtje. Het gesprek met Annelie had er alleen toe bijgedragen dat ze nog meer overtuigd was. Naar huis moest ze. Arthur bellen en hem zeggen dat ze de foute beslissing had genomen. Tijdens de rit naar huis hebben zich daar andere gedachten bijgevoegd. Waarom is ze ervan uitgegaan dat hij blij zou zijn met haar telefoontje? Welk recht had ze om dat te denken? Ze had hem vernederd ten overstaan van een restaurant vol mensen. Vervolgens had ze geweigerd bij thuiskomst zijn telefoontje aan te nemen. De mogelijkheid lijkt levensgroot aanwezig dat ze hem zo gegriefd heeft, dat hij niets meer van haar wil weten. Niet ondenkbaar, maar hoogst waarschijnlijk. Als ze haar auto voor de flat parkeert, grijnzen de lege ramen haar aan. Doodmoe is ze als ze de trap oploopt met de koffer achter zich aan, tegen elke tree bonkend. Haar huis is leeg, nog veel leger dan de afgelopen weken. Wat moet ze hier? Waarom heeft ze zich vanmiddag niets van Idske aangetrokken? „Tante Caroline, we zouden toch nog…?" Ze had er geen boodschap aan. Tante Caroline had dringende zaken af te handelen. Ze trekt de luxaflex op. De kamer is donker, de zon staat allang aan de andere kant. Haar koffer staat midden in de kamer. Zij pakt de gieter, vult die met water en begiet haar dorstige planten. De hoge, crème bloempotten passen precies in haar interieur dat ze strak en licht gehouden heeft. Ze was er zo trots op geweest toen ze hier introk. Haar broek is smerig. Aan de pijpen zit een donkere rand, op haar rechter bovenbeen een zwarte veeg, waarschijnlijk van het tillen van de koffer. Op haar slaapkamer verkleedt ze zich. De pantalon belandt in een hoek. Ze trekt een luchtig gebloemd jurkje aan dat tot net boven haar knie reikt. Waarom was het zo moeilijk om verkeerde beslissingen ongedaan te maken? Ze wil weer terug, in de auto springen en met haar bikini aan voor de caravan zitten. Ze wil niet langer alleen zijn.

In de keuken aarzelt ze tussen koffie of thee, besluit dan dat ze in geen van tweeën zin heeft. Met een glas rode wijn en de fles binnen handbereik installeert ze zich op het balkon.

Rondom haar klinken stemmen. Normaal vindt ze het prettig om ernaar te luisteren, nu benadrukken ze haar alleen-zijn. Ze sluit haar ogen, drinkt af en toe en voelt langzaam maar zeker toch weer iets van de zekerheid van de afgelopen middag in zich groeien. Met elke slok groeit haar verlangen naar Arthur en het besef dat zij de enige is die de situatie kan veranderen. Ze schenkt haar tweede glas in. Haar glas is te klein, het is snel leeg. Opnieuw schenkt ze het vol en dan heeft ze voldoende moed verzameld om Arthur te bellen. Het duurt lang voor er opgenomen wordt. Ze heeft haar woorden zorgvuldig gerepeteerd maar op de vrouwenstem heeft ze niet gerekend. Een lichte, vrolijke vrouwenstem klinkt in haar oor. Tegen beter weten in hoopt ze dat ze een verkeerd nummer heeft gedrukt. „Sorry, ik heb verkeerd ingetoetst," weet ze uit te brengen en wil haar telefoon al uitdrukken.

„U moet waarschijnlijk Arthur hebben?" klinkt het aan de andere kant en dan drukt ze de telefoon direct uit. Zwaar drukt de teleurstelling, strijden onbegrip en verdriet om voorrang. Arthur kon het alleen zijn in deze weken schijnbaar ook niet aan. Waarom heeft hij haar niet gebeld om het verder uit te praten? Heeft hij via internet iemand leren kennen met wie hij direct de pinksterdagen heeft doorgebracht? Hoeveel is zijn liefde voor haar dan waard geweest? De pijn overweldigt haar. Als een gewond dier krimpt ze ineen op de bank en blijft daar stil liggen, ook als haar telefoon gaat. Buiten maakt de duisternis zich meester van de tweede pinksterdag.

Het is goed dat ze haar pinksterweekend nog wat verlengd heeft met een verlofdag, al had ze dat met een hele andere opzet gedaan. Ze zou nog op de camping zijn deze dag. Nu is ze vanmorgen met een barstende hoofdpijn op haar eigen bank wakker geworden. Langzaam was tot haar doorgedrongen wat de aanleiding was geweest voor deze slaapplaats. Het had de pijn geïntensiveerd. Slechts met de grootste moeite had ze zich naar bed weten te slepen. Haar vrolijke bloemenjurk ligt op een hoopje voor haar bed. Ze heeft zelfs niet de moed gevonden om haar nachtpon aan te trekken. Veel later op de morgen wordt ze wakker van het geluid van de telefoon. Met haar hoofd onder het dekbed heeft ze gewacht tot de voicemail werd ingeschakeld. Het belletje later gaf aan dat er ingesproken was maar ze heeft niet naar de boodschap geluisterd. Als het Arthur is, wil ze niet weten wat hij haar te zeggen heeft en anderen wil ze helemaal niet spreken. Haar brein voelt vreemd beneveld, alsof ze de hele nacht heeft doorgedronken. Dwars door die nevel is het haar heel duidelijk dat ze de verkeerde keuze heeft gemaakt en dat daar niets van is terug te draaien. Arthur heeft niet op haar kunnen wachten. De morgen glijdt langzaam maar zeker in de middag over. Tijd is onbelangrijk. Af en toe glijdt ze weg in een stille halfslaap waaruit ze dan ineens weer opschrikt. Hoe langer ze blijft liggen, hoe zwaarder de vermoeidheid op haar drukt. Als ze zich omdraait lijken haar ledematen van een ongekend gewicht. Opnieuw dommelt ze in, verblijft ergens tussen waken en dromen, schrikt heftig als de bel luid en duidelijk door haar huis klinkt. De wekker op haar nachtkastje geeft aan dat de middag bijna ten einde is. Ze houdt haar adem in en hoewel ze erop voorbereid is, schrikt ze toch weer heftig als de doordringende toon opnieuw door haar huis klinkt. Met luide slagen klopt haar hart. Ze houdt haar adem in, hoopt op voetstappen, het starten van een auto die onverrichter zake terugrijdt. Ze hoopt tegen beter weten in. Er start geen auto. Wel klinkt beneden de deur, zijn er even later voetstappen op de galerij die zich langzaam maar zeker voortbewegen in de richting van haar voordeur. Nu kan ze niet langer vluchten. Als ze de sleutel in het slot hoort wordt ze bevangen door een gevoel van schaamte.

„Caroline!" Zijn stem die haar naam roept. Waarom antwoordt ze niet? Hij zal haar toch vinden. Ze trekt het dekbed op tot haar kin, hoort hem naar de kamer lopen. Nog eens roept hij haar naam, dan zwaait de deur van haar slaapkamer open.

„Dat is nu typisch iets voor jou!" Hij draagt een zachtroze overhemd dat goed kleurt bij zijn donkere haar en gebruinde huid. Ze voelt zich klein onder zijn spottende blik. „Jij verstopt je altijd weer voor de waarheid in plaats van die onder ogen te zien."

Ze is zich hevig bewust van de doorgelopen mascara die onder haar ogen voor zwarte vlekken zorgt, van haar haren die alle kanten opstaan, van de geur van slaap die aan haar hangt. Nog steeds heeft ze haar dekbed tot aan haar kin opgetrokken maar het helpt niets. Ze voelt zich onbeschermd. Wat moet ze nu zeggen? Het dekbed zakt naar beneden als ze rechtop gaat zitten. Hij kijkt naar haar bh, zij trekt het dekbed direct naar boven.

„Er was gisteren een vrouw bij je in huis," begint ze met de moed der wanhoop.

„Ja, en?" Hij komt niet dichterbij.

„Ik begrijp natuurlijk wel dat ik geen enkel recht heb om daar iets van te zeggen. Tussen ons is het immers voorbij." Ze pauzeert even om hem de gelegenheid te geven die conclusie tegen te spreken. Hij blijft haar afwachtend aankijken. „Toch schrok ik ervan."

Waarom zwijgt hij nog steeds?

„Ik hoopte dat er nog een weg terug zou zijn."

„Waarom?"

In haar bh met dat dekbed belachelijk tot haar kin opgetrokken voelt ze zich veruit de mindere. Het ergert haar. „Kun je misschien uitleggen waarom jouw telefoon werd opgenomen door een vrouw? We zijn nog geen maand uit elkaar. Stond ze op de wachtlijst? Wat was onze relatie waard vroeg ik me af."

„Daarvoor heb je dus de hele dag in je bed gelegen? Om je dat af te vragen?"

„Zet me niet zo voor gek. Ik vroeg je wat en ik wil graag antwoord."

„Op geen enkele wijze hoef ik verantwoording aan je af te leggen," merkt hij scherp op. Hij komt niet dichterbij. „Ik wil je wel tegemoet komen. Mijn pinksterdagen leken me tamelijk eenzaam te worden. Zoals gebruikelijk zijn mijn ouders deze dagen op vakantie. Mijn vrienden hadden hun dagen ook al ingevuld. Alleen mijn enige broer had nog geen plannen. Je weet dat ik je laatst vertelde hoe hij langzaam weer was opgekrabbeld na de dood van Vonne."

„Hij had een nieuwe vriendin," herinnert ze zich nog. Het is raar. Ze kent de enige broer van Arthur nauwelijks. Uiteraard was ze na de dood van Vonne op de begrafenis geweest. Ze had Olivier af en toe ontmoet op de verjaardag van Arthur maar nooit was het tot diepgaande gesprekken gekomen.

„Precies. Olivier is samen met Silke dit weekend bij me geweest. Op het moment dat jij belde waren Olivier en ik in mijn nieuwe broeikas. Hij wil ook graag zo'n ding en ik heb hem getoond wat ik daar momenteel zoal kweek. Het was in dit geval dan ook geen wonder dat Silke de telefoon opnam."

Haar schaamte wordt groter.

„Geen moment had ik ook op een telefoontje van jou gerekend," bekent Arthur. Hij leunt tegen de deurpost. „Als iemand een aantal weken niets van zich laat horen, reken je er niet op dat er uitgerekend op tweede pinksterdag, wat later op de avond, ineens een telefoontje zal komen. Uit de woorden van Silke begreep ik uiteraard direct dat jij had gebeld. Een blik in de display bevestigde mijn gelijk. Ik heb direct teruggebeld maar jij was alweer in je schulp gekropen. Jij was weer onbereikbaar. Vanmorgen bij het opstaan nam ik me voor om je niet te bellen. Ik begrijp niet wat me heeft bezield om toch achter je aan te gaan. Dom van je om er niet aan te denken dat ik nog altijd een sleutel van je heb. Wil je dat ik die teruggeef?"

Heftig schudt ze haar hoofd. „Ik ben blij dat je er bent. Als jij nu voor koffie zorgt, ga ik me even douchen en aankleden. Zal ik straks pizza's bestellen?"

„Loop nog maar niet op de zaken vooruit."

Niet begrijpend kijkt ze hem aan.

„Caroline, je doet nu net of we gewoon kunnen verder gaan waar we waren gebleven. Ik weet niet of ik nog wel verder wil. In ieder geval zullen we samen heel veel moeten praten."

„We kunnen toch ook praten tijdens het eten?"

„Zo heel veel tijd heb ik niet want voor vanavond heb ik een kaart voor een concert. Brahms, gespeeld door de bekende pianiste Ulla Grab."

„Daar ga je alleen naartoe?"

„Ik heb maar een kaart."

Ze laat haar dekbed zakken, zwaait haar benen over de rand en zoekt haar badstoffen slippers. „Koffie zul je wel lusten, neem ik aan en misschien wil je toch even wachten tot ik me heb gedoucht."

Ze slaat haar badjas om, graait wat kledingstukken bij elkaar en probeert niets van haar teleurstelling te laten blijken. Van het warme water van de douche knapt ze op. Ze blijft er maar kort onder, sluit af met een koude douche en voelt zich dan werkelijk een stuk beter. Als ze in de kamer komt, ontdekt ze dat hij de deur naar het balkon heeft opengezet. Er staan twee stoelen maar hij hangt over de rand van het balkon en volgt het voetbalspel tussen twee jongens. Hun stemmen klinken af en toe hoog op.

„Heb je vandaag eigenlijk wel iets gegeten?" wil hij van haar weten en met een blik op haar gezicht, „Daar was ik al bang voor. Je zorgt altijd heel slecht voor jezelf. Ik heb gezien dat je brood en eieren in huis hebt. We laten die pizza lekker zitten. Ik zorg voor een boterham met gebakken ei. Hoe houd je het toch vol om een hele dag niets te eten."

„Ik voelde me ellendig," voert ze als verweer aan.

„Ellendig, ellendig. Je moet eens weten hoe ik me de afgelopen weken heb gevoeld en toch heb ik gegeten. Een mens kan toch niet zomaar een dag niet eten."

Ze glimlacht als ze hem al mopperend in de richting van de keuken hoort gaan. Dit is Arthur op zijn best. Als hij niet eet, is hij ziek en behoorlijk ziek ook. Onder andere omstandigheden eet hij door. Het is hem niet aan te zien, hij is kort en stevig gebouwd maar zeker niet dik. Nadenkend plukt ze dode bloemen uit de bak aan de rand van haar balkon. Haar hand geurt naar lavendel. Vanuit de keuken klinken geluiden, Arthur fluit. Hij houdt niet alleen van eten, zijn grootste hobby is koken. Leeft zij vooral van kant-en-klaarmaaltijden en pizza's, hij kookt dagelijks uitgebreid voor zichzelf.

„Wij hebben hier de mogelijkheden om onszelf van goed voedsel te voorzien. Het is een kwalijke zaak als we daar dan niet van genieten," was zijn devies en ze had wel eens gedacht dat hij daarin een beetje op haar moeder leek. Niets was zo erg voor haar moeder als een bord dat niet helemaal leeg gegeten werd. „Er wordt in dit huis geen eten weggegooid," zei haar moeder altijd.

Haar moeder hield net zo goed van koken. Annelie mocht het ook graag doen. Zij was de uitzondering, al had ze het op de camping leuk gevonden om samen met Annelie een eenvoudige maaltijd op tafel te toveren. Als het maar eenvoudig is, dan lukt het wel. Voor Arthur was het geen probleem om een vier- of vijfgangenmenu in elkaar te zetten. Elke keer was ze weer onder de indruk van zijn gaven op dit gebied. Als hij haar iets voorzet, lijkt het zo uit een restaurant te komen. Vooral in het begin had ze hem nooit uit durven nodigen voor een etentje bij haar thuis. Later was dat veranderd. Bij Arthur voelde ze zich thuis. Hij had haar weten te overtuigen dat hij ook heel tevreden over haar kookkunst was en dat niet iedereen koken als hobby hoefde te hebben.

Vanuit de keuken trekken heerlijke geuren in de richting van het balkon. Ze merkt nu duidelijk dat ze trek heeft, een wee gevoel trekt vanuit haar maag omhoog en ze moet even diep ademhalen om dat gevoel weer de baas te worden. Even later staat het dampende bord voor haar. „Als een ander maar voor je kookt dan wil je wel eten," bromt Arthur als hij met een kop koffie naast haar is gaan zitten. „Ik snap echt niet dat je het volhoudt om dat gewoon een hele dag niet te doen en je bent al zo mager."

„Ik heb je gemist," zegt ze zacht, vlak voor ze een onfatsoenlijk grote hap naar binnen werkt.

„Het heeft nog wel even geduurd voor je dat in de gaten kreeg," meent hij. „Ik had verwacht dat ik je na een paar dagen wel weer aan de telefoon zou hebben."

Langzaam kauwt ze de hap weg. „Ik had tijd nodig om na te

denken. Dit pinksterweekend was ik op de camping bij Annelie en Stef uitgenodigd. Het was echt lief van ze om aan me te denken maar ik ben geen mens voor een camping. Tot overmaat van ramp verscheen mijn moeder ook nog onverwacht. Ik ben weggelopen, eerst alleen naar het bos. Daar realiseerde ik me voor het eerst hoe vreselijk ik je mis en hoe verweven je met mijn leven bent. Het maakt niet uit of we wel of niet trouwen, ik ben toch al afhankelijk van je."

Er valt een stilte. Ze neemt nog een hap, hoort zichzelf kauwen. Er rijden auto's over de straat die langs haar huis loopt. In de speeltuin, een eindje verderop, spelen kinderen. Op het balkon boven het hare hoort ze haar buren praten. Overal is geluid en toch lijkt het op dit moment doodstil, alleen haar bewegende kaken die het brood vermalen klinken ergerlijk in haar oren. Het lijkt alsof ze smakt, ze durft bijna niet meer verder te kauwen. Heeft ze nu weer iets verkeerds gezegd?

„Meen je dat nu werkelijk?" Zijn gezicht zegt dat ze inderdaad iets verkeerds heeft gezegd. Ze kijkt niet begrijpend.

„Heb ik je ooit afhankelijk van me willen maken?" wil hij weten.

Nu begrijpt ze het. „Ik bedoel een prettig soort afhankelijkheid. Je bent zo verweven met mijn leven dat het leeg en troosteloos is als jij niet bij me bent."

„Wat wil je daarmee zeggen?"

„Dat ik net zo goed met je kan trouwen."

Er verschijnt een grijns op zijn gezicht. „Het is niet de meest romantische vorm om mijn aanzoek van een paar weken geleden te accepteren."

„Het is wel een heel doordacht ja."

Hij pakt haar gezicht, drukt zijn lippen op de hare. Hij heeft haar zo gemist.

Veel later denkt hij ineens aan Brahms en aan Ulla, aan de kaart in zijn jasje. Op zijn horloge ziet hij dat hij nog een kwartier de tijd heeft.

„Zal ik je een glas wijn inschenken?" Zij lijkt er niet aan te denken of misschien wil ze het gewoon vergeten. „Ik heb via een

collega een heerlijke Sauvignon op de kop weten te tikken."
Haar gezicht is warm en vlak bij het zijne.
Ulla redt het vast ook zonder hem.

10

Herinneringen lijken op stof. Zolang het met rust gelaten wordt, is er niets aan de hand maar als er beweging in komt, blijft het rond wervelen. Sinds Joppe haar fotoalbum heeft gevonden is er iets in Emmely veranderd. De onbevangen vragen van haar kleinzoon hebben gevoelens naar boven gehaald waarvan ze niet wist dat ze bestonden. Ze wervelen rond, hoe meer ze die gedachten het zwijgen op wil leggen, hoe harder ze in haar hoofd blijven warrelen. Herinneringen zijn weer levend geworden, vooral nu ze gebeld is door Pim. „Oma, bij de bibliotheek heb ik een boek over de kampen in Nederlands-Indië gevonden. Ik wil er een spreekbeurt over houden in de klas. Wil jij me er wel bij helpen? Joppe zei dat ik misschien jouw fotoboek ook wel mocht zien. Mag dat, oma?"

Waarom krijgt ze nu toch weer de neiging om te weigeren? „Zoveel kan ik je er ook niet over vertellen, jongen."

„Joppe zegt van wel."

Ze kan Joppe niet afvallen. „Wanneer wil je dan komen?"

„Het is woensdag, dus ik ben vrij. Mag het nu?"

Onwillekeurig glimlacht ze. „Hoe ben je dan van plan te komen? Brengt mama je?"

„Joppe en ik komen samen met de bus."

„Zal ik jullie bij de bushalte ophalen?"

„We kunnen zelf wel naar je huis lopen."

„Ach ja, jullie zijn ook al groot."

„Ik hang nu gauw op dan kunnen we de bus nog halen die over vijf minuten gaat, tot straks!"

Het is goed dat ze met z'n tweeën zijn. Ze had het niet prettig gevonden als Pim alleen met de bus zou gaan. Tegenwoordig hoor je van die rare dingen. Annelie is daar veel makkelijker in dan zij ooit geweest was. Annelie lacht haar gewoon uit als ze er iets van zegt. Misschien dat haar kinderen daarom wel zo vrij in het leven staan, veel vrijer dan Annelie zelf op die leeftijd en veel vrijer dan Caroline.

Als ze de telefoon weer in de houder heeft gezet, blijft ze nadenkend voor het raam staan. Voor het rode licht op de kruising hoopt het verkeer zich op. Van de andere kant rijden de auto's door. Oneindig is de stroom die dagelijks de kruising oversteekt. Somber en grauw is de hemel. Ondoordringbaar grijs. Na het prachtige weer met de pinksterdagen heeft de rest van juni alleen nog maar teleurgesteld. Ze kan er niet goed tegen, de grijsheid maakt haar neerslachtig. De buurvrouw die een paar huizen verderop woont, loopt over het trottoir, kijkt onverhoeds naar boven en steekt haar hand op als ze Emmely ontwaart. Ze voelt zich betrapt maar zwaait toch terug. Ze vraagt zich af wat Pim en Joppe straks van haar willen horen. Ze zijn nog zo jong, veel te jong eigenlijk om zich bezig te houden met oorlog en alle ellende die daarbij komt kijken. Ze draait zich van het raam weg, wil naar de keuken lopen om alvast water te koken voor de thee en limonadeglazen voor de jongens te pakken, als het ineens tot haar doordringt. Doodstil blijft ze staan als ze zich realiseert dat Pim en Joppe ongeveer dezelfde leeftijd hebben als zij had toen ze met haar moeder en Theo in die snikhete, geblindeerde trein van Surabaya naar Semarang werd gedeporteerd. Als haringen in een ton stonden ze tegen elkaar aan gedrukt zonder te weten waar de reis naartoe ging, welk lot hun wachtte. Ze herinnert zich nu nog dat haar moeder huilde en hoe zij haar moeder probeerde te troosten. Ze voelt nog die zwaarte in haar buik terwijl de trein verder reed, geen station aandeed, de reis eindeloos leek. Niemand had een idee waar ze waren maar kinderen huilden en moeders soms ook, geluidloos. Ze had werkelijk geprobeerd om haar moeder te troosten en ze weet nog dat ze meende dat er misschien nooit een einde aan de reis zou komen, dat ze voor altijd in die geblindeerde trein verder zou rijden.

„Mammie, waar gaan we heen?" vroegen de kinderen om haar heen maar elke moeder moest het antwoord schuldig blijven. Zij had de vraag niet aan haar moeder gesteld. Ze wilde flink zijn, zoals ze altijd geweest was maar ze was werkelijk bang dat de trein nooit meer zou stoppen.

Onverwachts brengt de bel haar weer tot zichzelf. Ze drukt op het knopje dat beneden de deur voor haar kleinzoons opent en zet glazen klaar. Ze weet zeker dat ze hen straks geen groter plezier doet dan met een glas cola. Annelie is er streng in. Doordeweeks drinken de jongens thee of vruchtensap maar geen cola. Bij haar maken ze altijd van de gelegenheid gebruik. Even later staan ze bij haar in de gang. Pim in een stoere legergroene broek met veel ritsen en zakken en daarop een T-shirt in een lichtere tint met een afbeelding van een tekenfilmfiguur. Hij is forser dan zijn jongere broertje, zijn haar is wat donkerder en golvend. Daarnaast lijkt Joppe veel jonger in de smalle spijkerbroek met daarop een spijkerjas, zijn rossig, blonde haar opnieuw met gel stoer overeind gekamd. Joppe geeft haar een kus. Pim aarzelt even maar vindt dan toch dat hij daar te groot voor is. Ze doet of ze het niet merkt. „Jullie lusten allebei wel cola zeker? Ga maar vast naar de kamer, ik kom er zo aan."

Ze weet precies hoe ze hen straks aan zal treffen. Joppe zit keurig op de bank op haar te wachten, terwijl Pim bij haar dressoir zal staan en alle voorwerpen die erop staan in zijn handen zal nemen om ze vervolgens weer terug te zetten. Zelden heeft ze twee zulke verschillende kinderen gezien. Ze legt koekjes op een schaaltje en loopt met een dienblad met glazen cola en een kop thee en de schaal met koekjes naar de kamer. Daar treft ze de situatie precies zo aan als ze al verwacht heeft. Onwillekeurig glimlacht ze.

„Waarom wil jij een spreekbeurt over Nederlands-Indië houden?" informeert ze.

„Omdat meester zei dat er maar zo weinig over gepraat wordt en omdat jij daar ook hebt gewoond. Waarom woonde jij daar eigenlijk, oma?"

Hij schuift naast z'n broertje op de bank.

„Mijn vader ging op Surabaya werken," vertelt ze. „Uiteraard ging mijn moeder toen mee. Ze raakte in verwachting van mij en zo werd ik daar geboren. Later kreeg ik nog een broertje."

„Oom Theo," weet Joppe.

„Precies. In die tijd noemden we hem vaak Theootje."

„Theootje…" Eensgezind moeten haar kleinkinderen erom

lachen. „Wat klinkt dat stom," vindt Pim. „Dat is net als ik Joppetje tegen Joppe zou zeggen."

„Dan zeg ik Pimmetje," reageert Joppe direct verontwaardigd en geeft zijn grotere broer een por. Uiteraard laat Pim dat niet op zich zitten. „Joppetje, Joppetje" treitert hij en geeft hem onverwacht een stomp. Joppe slaat terug.

„Jongens, ophouden!" Ze heeft een hekel aan dat sarren en dat meppen. „Jullie lijken wel een stel kleine kinderen."

Opnieuw dringt het tot haar door dat zij dezelfde leeftijd had toen ze uiteindelijk na die vreselijke reis in het Halmaheirakamp arriveerden. Haar leven leek op geen enkele manier op dat van het onbezorgde leven van haar kleinzoons. Langzaam maar zeker was alle zekerheid die ze in haar leven had van haar weggenomen.

De rust is weergekeerd. Pim heeft zijn drinken al op, met zijn tong werkt hij de ontstane snor weg en hapt gretig in zijn koekje. Joppe eet met kleine hapjes. Voor hem staat zijn glas nog onaangeroerd. Waarschijnlijk is Joppe meer zoals zij in die tijd was maar toch ook weer anders. Joppe heeft vriendjes. Zij herinnert zich dat ze een intense band met haar moeder had, dat ze met haar poppen speelde en alle zorgen die haar ten aanzien van die poppen bezighielden, deelde met haar moeder. Ze overlegde met haar hoe de poppen moesten heten, wat ze die dag moesten dragen en waar ze naartoe zouden gaan. Als haar moeder ziek was, speelde ze niet. Haar moeder was regelmatig ziek. De baboe probeerde haar op te beuren en af te leiden maar ze wachtte op het stoepje van de voorgalerij en voelde geen enkele behoefte om te spelen. Zo was dat altijd geweest. Ze had zo'n heel ander leven gehad dan haar kleinkinderen.

„Mag ik dat fotoalbum nu zien?" bedelt Pim.

Ze heeft het in de kast gelegd en neemt het er voorzichtig uit. De omslag is gescheurd, sommige schutbladeren tussen de foto's ook.

„Wat weet je allemaal van de oorlog?" wil ze van Pim weten.

„De oorlog in Nederlands-Indië begon later dan in Nederland, na de aanval van de Japanners op Pearl Harbor," lepelt hij zijn kennis direct op. „Er woonden daar veel Nederlandse mensen en toen de oorlog hier al voorbij was, ging het daar nog door. De Amerikanen hebben toen een atoombom op Hirosjima en nog een stad in Japan gegooid en toen was de oorlog gauw voorbij."

„Je hebt het goed geleerd."

„Ik ga er toch een spreekbeurt over houden?" Zijn aandacht is bij het album maar hij bladert veel sneller door dan Joppe deed.

„Heb je geen foto's van dat kamp waar je was?" Er klinkt teleurstelling in zijn stem door.

„Nee lieverd, daar werden geen foto's gemaakt."

„Moest je ook heel lang in de zon staan?"

„Je bedoelt waarschijnlijk het appèl." Ze probeert het eenvoudig uit te leggen. „We werden geteld of we moesten luisteren naar de Japanners die ons iets vertelden. Ik verstond er natuurlijk niets van."

„Hoe lang moest je dan staan?"

„Tot de Japanners klaar waren met tellen. Helaas raakten ze de tel nogal eens kwijt en dan moesten ze steeds opnieuw beginnen. Een andere keer moesten we voor straf heel lang blijven staan. Er waren wel eens vrouwen die bij de omheining van het kamp iets probeerden te ruilen tegen voedsel of zo. Als zij betrapt werden, kregen we allemaal straf. Eindeloos lang moesten we dan blijven staan. Soms zo lang dat er vrouwen waren die het niet meer vol konden houden."

„Gingen ze die dan doodschieten?"

Voor Pim is haar oorlog een spannend verhaal en misschien is haar versie hem niet spannend genoeg. „Nee, die bleven gewoon liggen tot het appèl voorbij was."

„Was je bang, oma?" informeert Joppe.

„Soms wel. De Japanners schreeuwden altijd en je wist nooit wat ze gingen doen. Ik voelde me eigenlijk altijd naar. Mijn vader was er niet en mijn moeder en ik hadden geen idee hoe het met hem ging en of we hem ooit terug zouden zien. Mijn moeder was bang en verdrietig. Ik probeerde haar te troosten maar ik kon het niet. Het ergste was misschien dat we niet wisten of er ooit een einde aan zou komen. Als iemand je zou vertellen dat je een jaar in zo'n kamp moet blijven of twee of drie jaar dan komt er een keer een einde aan en naar dat einde kun je dan toeleven. Snap je dat?"

„Nu was je bang dat er nooit een einde aan kwam," zegt Pim wijs en zijn woorden maken iets in haar los. Ze wil het niet laten merken, haar tranen verbergen, haar verdriet verstoppen.

„Ik ga nog snel een kop thee halen. Ik krijg gewoon dorst van al dat gepraat," zegt ze, zonder de jongens aan te kijken en ze vlucht bijna de kamer uit. In de keuken haalt ze diep adem maar het stopt de tranen niet. Ze raakt het beeld niet meer kwijt van het kleine meisje dat naar haar moeder zwaaide. Een moeder die onbereikbaar was. Het blijft zich aan haar opdringen alsof het weigert zich nog langer te laten wegdrukken. Alois had gelijk gehad toen hij zei dat er eens een einde aan die oorlog moest komen. Alois had zijn eigen oorlog gehad. Hij had haar verteld over de angst van zijn moeder omdat zijn vader in het verzet zat. Hij was emotioneel geworden toen hij begon over die vreselijke nacht. Plotseling was er met veel lawaai en machtsvertoon een wagen met Duitsers de straat ingereden. Doodsbang was zijn moeder geweest dat de Duitsers voor haar man zouden komen. Was er niet kort daarvoor een aanslag op een verrader gepleegd door het verzet? Ze hadden hun adem ingehouden maar de Duitsers liepen hun deur voorbij. Nooit meer had hij het beeld uit kunnen wissen van de buren die samen met een Joods onderduikersgezin door de Duitsers de vrachtwagen werden ingeslagen. Het was de laatste keer dat hij zijn buurmeisje had gezien waarmee hij altijd had gespeeld.

„Het moet een keer over zijn," had hij gezegd. „laten we het niet steeds weer oprakelen. We pijnigen onszelf er alleen maar mee."

Hij had gelijk gehad. Ze had zich beter gevoeld voordat Joppe dat album had gevonden. Nu moet ze Pim helpen bij zijn spreekbeurt, daarna moet het voorbij zijn. Ze recht haar schouders, wrijft de tranen van haar wangen en ontdekt in de kamer pas dat ze is vergeten de theepot mee te nemen.

11

Zachtjes klopt ze met haar wijsvinger de dagcrème op haar gezicht. Haar huid lijkt vaal in het vroege morgenlicht. Caroline bestudeert kritisch haar smalle gezicht waarin de volle lippen ook zonder lippenstift opvallen. De schoonheidsspecialiste heeft haar wenkbrauwen in model geëpileerd waardoor haar ogen groter lijken. Zorgvuldig brengt ze een gekleurde make-up aan, veegt wat blusher op haar wangen en maakt dan haar ogen op. Ze had veel meer in de zon moeten zitten de afgelopen tijd, dan had ze nu niet zoveel kunstmatige schoonheid hoeven te gebruiken. Ongeduldig schudt ze haar haren naar achter, borstelt ze tot ze glanzend op haar schouders vallen en hangt dan het zilveren collier in haar hals. Buiten start de buurman de auto om naar zijn werk te rijden. Meestal is hij iets eerder dan zij. Kort daarna rijdt zij het parkeerterrein af. Het is vreemd te bedenken dat de meeste mensen in deze flat niet eens in de gaten zullen hebben dat dit een bijzondere dag voor haar is. Ergens probeert ze een gevoel van spijt te onderdrukken. Ze had precies geweten hoe haar trouwdag eruit zou moeten zien en welke jurk ze zou dragen. Met iets van ergernis draait ze zich om. Over een half uur kan Arthur komen. Het heeft geen zin zich te verliezen in dromen over hoe het zou kunnen zijn. Ze klikt zilveren oorhangers in haar oren en draait zich om op de hakken van haar elegante pumps. Zelf had ze voor deze eenvoud gekozen. Niemand erbij, alleen getuigen die mee zouden gaan naar het gemeentehuis, daarna in een restaurant samen een kop koffie met gebak om vervolgens richting Schiphol te rijden. Voor hun vertrek zouden ze de kaarten in de brievenbus gooien.

Op 4 juli hebben wij in stilte onze liefde bezegeld met een ring. Als u dit leest, zijn we op huwelijksreis. Vanaf vijftien september wonen we samen in een nieuw huis aan de Merelkamp 15. Tot die tijd kunt u ons op het oude, vertrouwde adres van Arthur vinden.

Het leek een geweldig idee. Ze had het zelf zo overdacht.

Niemand wist ervan, alleen de twee getuigen die eigenlijk niet meer dan oppervlakkige kennissen waren. Zelf had ze de moderne jurk uitgezocht in een prachtige grijsblauwe kleur die fraai met haar blonde haren harmonieerde. Nu is er ineens het weten dat ze deze dag nooit meer over kan doen. De belangrijkste dag van haar leven zal in een uurtje voorbij zijn. Annelie en Stef trouwden op net zo'n grauwe dag als vandaag maar ze waren het middelpunt geweest, het fraaie middelpunt in de kring van familieleden, vrienden en kennissen. Een droom van een trouwjurk had Annelie gedragen en voor het paar uit liep een bruidsmeisje naast een bruidsjonker. Ze herinnert zich nu hoe zij toen had gemijmerd over een zonovergoten dag, een bruidegom, over bruidskinderen, een schitterende bruidsjapon met een boeket van lichte rozen en een onvergetelijk feest te midden van haar geliefden. Hoe anders is de werkelijkheid van vandaag en ze begrijpt zelf niet dat ze daar nu ineens sentimenteel van wordt. Beneden claxonneert een auto. Een blik uit het raam leert haar dat het Arthur is. Nog een laatste keer kijkt ze in de spiegel, pakt haar jas van de kapstok en grijpt haar koffer.

„Ga je op vakantie, buurvrouw?" wil een buurman weten die ze op de galerij tegenkomt en als ze knikt gaat hij opgewekt verder. „Ik zal wel een oogje in het zeil houden. Wie geeft de planten water?"

„Ik heb ze bij Arthur gebracht."

Er zijn al zoveel spullen bij Arthur. Stukje bij beetje heeft ze haar inboedel verhuisd naar zijn woning. Na de vakantie zullen ze haar huis leegmaken. De buurman weet het nog niet. Ze vertelt het hem ook nog niet. Met een glimlach neemt ze afscheid. Ze zou zich veel gelukkiger willen voelen.

Het gebak is belegd met verse aardbeien die diep wegzakken in een laag slagroom. Elke keer als ze het vorkje naar het schoteltje beweegt valt haar oog op de ring die nog vreemd onwennig om haar vinger zit. Dat zo'n smalle band zoveel verschil kan maken. Tegenover haar zit Arthur. Hij glimlacht als ze naar hem kijkt. De getuigen zijn met elkaar in gesprek, rondom hen praten mensen, lachen mensen, leven mensen. Straks zullen ze dit restaurant verlaten en afscheid nemen van de twee getuigen. Daarna vertrekken ze richting Schiphol. De koffers liggen achter in de auto. Daar ligt eveneens de stapel kaarten. Twee in elkaar verstrengelde handen, gedrukt op glanzend, zachtgeel papier. Morgen zal iedereen het weten. Allerlei gezichten trekken aan haar voorbij en in gedachten ziet ze hoe die gezichten zullen kijken als de tekst op de kaart tot hen door zal dringen. Arthurs ouders, zijn enige broer Olivier, haar collega's, Arthurs werknemers, Annelie en Stef, haar moeder. Ze wil er niet aan denken wat die kaart bij haar moeder teweeg zal brengen. Ze wil op dit moment helemaal niet aan haar moeder denken. De slagroom staat haar plotseling tegen. „Ik ben altijd nog een beetje zenuwachtig voor het vliegen," verklaart ze, als Arthur met verbazing informeert of ze haar gebak niet verder op eet. De getuigen haken erop in en vertellen over turbulentie en vliegangst. Dan is het moment van vertrek aangebroken. De arm van Arthur rond haar schouder, een laatste afscheid van de getuigen. Arthur start de auto. Ze is getrouwd!

Steeds weer legt Emmely de kaart neer, gaat voor het raam staan, loopt weer terug om de kaart opnieuw op te pakken. Ook zonder te kijken kan ze zich de tekst voor de geest halen. *Op 4 juli hebben wij in stilte onze liefde bezegeld met een ring...* Twee in elkaar verstrengelde handen, gedrukt op glanzend, zachtgeel papier.

Het was niet eens direct tot haar doorgedrongen wat dat betekende, daarvoor had ze verder moeten lezen. Het voelt alsof ze een klap in haar gezicht heeft gekregen van Caroline. De zoveelste. Opnieuw heeft haar jongste dochter een deur voor haar neus dichtgeslagen. Verontwaardiging en verdriet strijden om voorrang en tegelijkertijd vindt ze zichzelf belachelijk omdat ze is blijven hopen. Caroline heeft haar toch duidelijk gemaakt dat ze niet langer deel uitmaakt van haar leven. Het is nog een wonder dat ze deze kaart heeft gekregen. Het had erger gekund. Ze hadden immers ook een groot feest kunnen geven en al hun familie en vrienden kunnen uitnodigen, behalve haar? Achteraf zou het haar dan vast een keer ter ore zijn gekomen. Als een van haar kennissen het niet deed dan zou een van haar kleinkinderen op een dag wel zijn mond voorbij praten. Kinderen konden zo moeilijk een geheim bewaren.

Zou de pijn dan groter zijn geweest? Is het mogelijk dat ze nog meer verdriet zou voelen?

Misschien moet ze er nog iets positiefs in zien. Caroline heeft het in ieder geval nog de moeite waard gevonden om haar op de hoogte te brengen van haar veranderde levensomstandigheden. Zouden Annelie en Stef ervan hebben geweten? Annelie kan zwijgen als het graf. Ze zou werkelijk niets hebben gezegd als Caroline haar dat zou hebben gevraagd. Ze gooit de kaart op tafel, pakt de telefoon, toetst het nummer van Annelie en Stef in. Twee keer gaat de telefoon over, dan drukt ze het apparaat weer uit. Wat doet het ertoe of Annelie het nu wel of niet heeft geweten? De omstandigheden veranderen er niet door. Opnieuw staat ze voor het raam, ziet de bus voor de verkeerslichten, hoort het piepen van de remmen. De dag is grijs. De grijsheid druppelt door in haar hart. Ellendig voelt ze zich. Ellendig heeft ze zich gevoeld vanaf het moment dat ze Caroline is kwijtgeraakt. Ze heeft ermee proberen te leven maar dat gevoel van verlatenheid is aan haar blijven knagen. Sinds haar kleinzoons geïnteresseerd bleken in haar verleden, lijkt het nog erger te zijn geworden. Soms voelt ze zich als het kleine meisje in het kamp, vol onzekerheid, vol angst.

Kort nadat Pim en Joppe waren geweest voor de spreekbeurt van Pim had hij haar gebeld om te vertellen dat hij een acht voor zijn spreekbeurt had gekregen. Hij had ook gezegd dat zijn meester Hans veel van haar verhaal wilde weten en had gevraagd of ze zelf niet iets wilde komen vertellen. Ze had pertinent geweigerd. Wat kon zij daar nu over zeggen?

Nu haalt ze diep adem in een poging dat gevoel van radeloosheid en eenzaamheid op te lossen, maar het ademen helpt niet. In de grote hal klinken voetstappen op de marmeren tegels. Medebewoners, weet ze, op weg naar hun dagelijkse kop koffie in de gemeenschappelijke ruimte beneden. Mede daarom waren

Alois en zij hier destijds gaan wonen. Ze weet nog best hoe Annelie ervoor had gepleit. „Nu vind je het misschien nog niet zo nodig maar je omstandigheden kunnen maar zo veranderen. Je weet niet of je gezond mag blijven. Misschien is het op een gegeven moment niet meer mogelijk dat je eropuit trekt. Dan zou het fijn zijn als je binnen dit gebouw andere mensen kunt ontmoeten."

Ze hadden nooit van de mogelijkheid gebruik gemaakt. Later had Annelie weer aangedrongen, kort nadat Alois was overleden.

„Als je dan 's morgens niets te doen hebt, hoef je niet in je eentje hier te blijven zitten, maar kun je daar gaan koffiedrinken. Zo leer je ook de andere bewoners kennen. Dat is juist nu goed. Wat heb je eraan om hier te blijven zitten? Je krijgt papa er toch niet mee terug?" Ze was het vast van plan geweest, ze had het nooit gedaan. Nu kan ze niet anders. Als ze hier blijft, zal de wanhoop haar totaal overvallen en ze weet niet wat ze dan zal doen. Normaal kijkt ze altijd even in de spiegel voor ze de deur uitgaat. Nu grijpt ze alleen haar sleutels van het rekje naast de kapstok. De dag is grijs maar de temperatuur is aangenaam. Langzaam loopt ze door de hal in de richting van de lift. Er staan mensen te wachten. Ze groeten beleefd. Een buurman informeert of ze zich wel goed voelt omdat ze zo bleek ziet.

„Ik ga koffiedrinken," zegt ze zonder op zijn vraag in te gaan. „Jullie gaan er ook heen? Ik ben er nog nooit geweest. In al die jaren dat ik hier nu woon, ben ik er nog nooit geweest."

„Ik weet zeker dat je vaker zult komen," meent een buurvrouw. „Het is altijd zo gezellig. Ik mis het gewoon als ik een keer niet kan."

„Kom maar naast ons zitten," zegt de buurman vriendelijk. „Alles wijst zich dan vanzelf."

De hartelijke woorden doen haar goed en ze vraagt zich af waarom ze niet eerder is gegaan. Hoe vaak heeft ze niet 's morgens alleen koffie gedronken in haar woning terwijl ze iedereen naar de koffie hoorde gaan? Wat heeft haar al die tijd weerhouden? Ze heeft zichzelf voorgehouden dat die anderen veel ouder zijn dan zij, dat ze er niet tussen past. Ze heeft niet willen inzien dat voor haar de tijd net zo goed voortschrijdt, langzaam maar zeker. De buurman laat haar voorgaan als de lift tot stilstand komt en hij de deur opent.

Hoe komt ze in deze winkelstraat? Nooit eerder is ze er geweest. Nooit eerder heeft ze ook zoveel mensen gezien die allemaal haast lijken te hebben. Hun boodschappentassen stoten tegen haar aan en scherpe gespen bezeren haar. Niemand verontschuldigt zich. Het is een vreemde winkelstraat waar Emmely loopt. Ze kent de namen van de winkels niet, ze zijn in een buitenlandse taal geschreven in vreemde lettertekens die haar niets zeggen. Ze roept, wil iemand aanhouden om de weg te vragen maar niemand reageert als ze hen probeert aan te houden, ze lijken haar gewoon niet op te merken. Ze steekt haar hand op. Iedereen loopt gewoon door, alsof ze onzichtbaar is. Het valt haar op dat er niet gepraat wordt, niemand lacht. Eigenlijk is er geen ander geluid dan voetstappen, zware ademhaling, ritselende kleding. Waarom is ze hier?

Zou het met haar leeftijd te maken hebben dat ze plotseling zo moe is? Haar ogen zoeken een bankje waar ze even rusten kan maar vinden het niet. Er is niets in deze winkelstraat, geen bankje, geen fonteintje, geen draaiorgel. Alles is doods. Nu valt haar op dat de winkels allemaal in het donker zijn gehuld. Geen deur staat open. Het benauwt haar meer dan ze zich wil toegeven. Tussen al die haastige mensen door probeert ze zich nu een weg te banen naar de zijkant. Misschien kan ze leunen tegen een etalageruit, maar het lukt haar nauwelijks om vooruit te komen. Verslagen blijft ze staan, duizelig van de inspanning. Dan meent ze in de verte ineens Annelie te zien. Duidelijk ziet ze de donkerblauwe jas die Annelie altijd draagt met regenachtig weer, het korte blonde kapsel daarboven. Dat beeld brengt weer iets van hoop in haar boven. Annelie zal haar hier uit kunnen helpen. Ze opent haar mond, ze wil roepen maar haar stem reageert niet. Haar roepen wordt fluisteren. Ze drukt mensen aan de kant om maar zo snel mogelijk dichterbij te komen maar Annelie loopt snel, veel sneller dan zij. Als de vrouw ineens achterom kijkt, blijkt het Annelie niet te zijn. Teleurgesteld blijft ze voorover gebogen staan, hijgend van vermoeidheid en angst. Als ze weer rechtop gaat staan, ontdekken haar ogen een muur met daarin een poortje. De deur staat op een kier. Het moet haar lukken om bij dat poortje te komen, weg van deze mensenmassa voor wie ze niet bestaat. Het lukt haar om zich tussen de mensen door te worstelen. Ze blijft hijgen zoals al die mensen om haar heen hijgen in hun haast. Als ze goed luistert, lijkt het een soort gonzen, alsof er een enorme bijenkolonie door de stad trekt. Niemand besteedt aandacht aan haar als ze de deur verder opent en zich door het poortje wringt. Heel even is er een gevoel van immense opluchting omdat hier geen mensen zijn. Ze is helemaal alleen. Rondom zich kijkend wordt ze bevangen door een nieuwe schrik. De vlakte rondom haar is van een onwezenlijke doodsheid. Er is geen groen, geen boom, geen struik, er is helemaal geen teken van leven. Loodgrijs staat de hemel boven een soort lavalandschap. Nergens hoort ze een vogel, er is geen wind, geen geluid, alleen het gezoem van al die mensen achter het poortje dringt nog door. Als plotseling de deur in het poortje dichtvalt, komt ook daar een einde aan. Verstikkend is dan de stilte. Ze hapt naar adem maar met het geluid lijkt ook de zuurstof verdwenen. Terug moet ze. Dan maar tussen al die mensen, maar deze doodsheid is niet te verdragen. Ze morrelt aan de deur, ze hangt aan de klink maar op geen enkele manier geeft de deur mee. Ze schopt ertegen, ze trekt. De deur blijft hermetisch gesloten. Alles aan haar lijf doet pijn, haar benen, haar voeten, haar handen en armen. Ze kan niet meer maar toch loopt ze verder langs de muur, in de hoop elders een opening te vinden. IJdele hoop. Nergens bevindt zich een deur, een poortje of wat voor opening dan ook die haar terug kan brengen naar de bewoonde wereld. Langzaam maar zeker dringt de verlatenheid steeds meer tot haar door, wordt het besef steeds sterker dat er nooit meer een einde aan haar eenzaamheid zal komen. Niemand zal haar hier vinden. Een alleen-zijn zonder einde. Ze schreeuwt haar angst uit. Nu heeft ze wel een stem maar is er niemand die haar hoort. Haar schreeuwen gaat over in huilen, een radeloos snikken en al snikkend bevindt ze zich plotseling in haar bed waar de eerste schemering de nacht doorbreekt. Geleidelijk dringt het tot haar door dat de nachtmerrie ten einde is maar het gevoel van verlatenheid blijft en ze kan niet ophouden met huilen.

12

Theo Ottens woont met zijn vrouw en een golden retriever in een schitterende bungalow aan de rand van Apeldoorn. Als Emmely het pad oploopt wordt ze door haar broer begroet. „Emmely, grote zus van me, wat doe je er goed aan om weer eens aan te komen. Hoe lang is het niet geleden dat we elkaar hebben gezien?"

Ze slikt het verwijt in dat het niet aan haar ligt dat ze elkaar zo weinig zien, dat Theo en Lieke over het algemeen niet overlopen van gastvrijheid. „Wanneer ben je vierenzestig geworden?" wil ze van Theo weten. „Is dat nu bijna eén jaar geleden?" en op zijn knikken," constateert ze. „Dan is het dus bijna een jaar geleden dat we elkaar zagen."

„Het was een geweldig feest," herinnert Theo zich met een glimlach. „Lieke had werkelijk kosten noch moeite gespaard om er voor mij een onvergetelijke dag van te maken en dat terwijl het niet eens een kroonjaar is. Maar kom verder, lieverd. Lieke heeft de koffie klaar. We zitten buiten. Je hebt werkelijk prachtig weer meegebracht."

Theo loopt vooruit over de zorgvuldig aangelegde paden die tussen uitbundig bloeiende borders doorlopen. Hij is een slanke, nog altijd goed uitziende man. Zijn gezicht is magerder geworden sinds ze hem de laatste keer zag. Er zijn lijnen verschenen die er eerst niet waren, zijn blonde haren zijn wit maar zijn ogen nog altijd doordringend blauw. Hij draagt een lichte pantalon met daarop een gestreept poloshirt. Alles aan Theo ademt kwaliteit uit. Alles aan Lieke eveneens, constateert Emmely even later als Lieke zich vanuit haar zetel op het schitterende terras verheft. Ze draagt een olijfgroene linnen japon die haar lange, slanke figuur goed doet uitkomen. Haar donkere haren worden door de kapper zorgvuldig bijgeknipt en in dezelfde donkere kleur geverfd als ze van nature heeft. Het maakt haar bleke gezicht een tikkeltje hard.

„Emmely, wat heerlijk dat je er bent." Vlinderlichte kusjes op beide wangen laten roze lipstick achter die Lieke er zelf met een verontschuldigend gebaar weer afveegt. Waarom voelt ze zich altijd zo onzeker in de nabijheid van haar schoonzuster? Met zorg heeft ze vanmorgen haar kleding gekozen. Tevreden had ze in het zachtroze pakje voor de spiegel gestaan. Het was uitstekend geschikt voor het fraaie weer van vandaag maar stond toch gekleed. Nu ze tegenover Lieke staat, wordt het een saai, alledaags pakje. Ze neemt plaats op de tuinstoel die Lieke haar wijst, aait Cindy, de golden retriever, en wacht tot haar schoonzus koffie heeft ingeschonken. Theo leunt achterover in zijn comfortabele stoel. Op het tafeltje naast hem ligt een aantal bouwkundige tijdschriften. Ook na zijn vervroegde uittreden als bouwkundig ingenieur is de interesse gebleven. Ze ziet hoe zijn vingers steeds weer over het gladde omslag strijken, hoe zijn ogen Lieke volgen.

„Je bezoek is perfect getimed," hoort ze hem dan zeggen en als ze naar hem kijkt, valt het haar op dat zijn ogen de hare ontwijken. „Ik heb me afgevraagd of ik het je wel moest vertellen. We zijn niet echt close met elkaar maar nu je hier bent, kan ik niet anders."

Lieke zet een kop en schotel van Engels porselein voor haar neer, presenteert er zelfgebakken notencake op een schoteltje bij. Schijnbaar willekeurige handelingen die nu de inleiding tot iets vreselijks lijken te zijn.

„Ik ben ziek," zegt Theo en ze kan niet anders dan hem vragend aan blijven kijken. Ergens hoopt ze nog dat het mee zal vallen, dat er eenvoudig iets aan te doen zal zijn. Tegelijkertijd ziet ze aan zijn gezicht dat het anders is.

„Longkanker. Volgende week word ik geopereerd, er wordt een long weggehaald. Het lijkt erop dat er geen uitzaaiingen zijn. Van de bevindingen tijdens de operatie hangt het af hoe de vervolgbehandeling zal zijn."

„Longkanker," herhaalt ze maar het is net of het woord niet echt tot haar door wil dringen, of ze de betekenis niet begrijpt. Ze kijkt naar haar jongere broer. In Indië waren ze altijd samen geweest. Haar kleine broertje. Papa en mama waren zo blij met zijn geboorte geweest. Zij had zich echt de grote zus gevoeld. Hoe kan het toch dat ze zo uit elkaar zijn gegroeid? Of is er, ondanks alles, nooit sprake van een band geweest? Scheelden ze daarvoor te veel in leeftijd? Theo wist veel minder van vroeger, had nooit de relatie met hun moeder gehad zoals zij die had gevoeld. Nooit hadden ze meer gesproken over de tijd in Indië. Voor Theo was het voorbij toen hun vader opnieuw trouwde en zei dat deze vrouw vanaf dat moment hun nieuwe moeder was. Theo leek helemaal niet zoveel problemen te hebben met zijn aanpassing in Nederland, het land dat hun vaderland was, maar waar zij zich in het begin zo'n vreemde had gevoeld. In die tijd waren hun verschillen nog niet zo naar de oppervlakte gekomen. Dat was later gebeurd, toen ze met Alois was getrouwd en Theo een paar jaar daarna met Lieke was aangekomen. Alois en Lieke lagen elkaar totaal niet en als vanzelf was hun contact steeds minder geworden. Ze beseft ineens dat ze Theo nog steeds wazig aan zit te kijken. Als oudste zus wordt er nu iets van haar verwacht, een vriendelijk gebaar, een woord van bemoediging. Iets dat de pijn kan verlichten.

„Ik zal voor je bidden," weet ze uit te brengen. „Ik weet niet wat ik anders nog voor je kan doen."

„Ik denk dat je niet meer kunt doen." Hij probeert te glimlachen. „Het is gek hoe snel je leven kan veranderen. Natuurlijk realiseer je je als mens dat je door een ziekte of een ongeluk getroffen kunt worden, maar op het moment dat het werkelijk gebeurt, is het bijna niet te bevatten.'

„De arts was positief," brengt Lieke naar voren. „Natuurlijk zul je straks je beperkingen hebben maar deze ziekte is niet onoverkomelijk."

„Toch bepaalt het je ineens bij je sterfelijkheid," houdt hij vol. „Je gaat naar een arts omdat je gezondheidsklachten hebt. Hoesten dat maar niet overgaat. Natuurlijk zit het wel ergens in je achterhoofd. Ik heb bijna m'n hele leven gerookt maar er zijn wel meer mensen die hun hele leven hebben gerookt en toch geen longkanker krijgen. Je meent altijd maar dat het jouw deur wel voorbij zal gaan."

„Theo, maak er niet steeds zo'n drama van. Je komt hier wel overheen."

„Mens, het gaat nu om wat ik voel! Niet om wat jij voelt!" reageert hij heftig. „Als je hoort dat je kanker hebt dan is het net of het niet echt tegen jou gezegd wordt. Vervolgens krijg je een stapel papieren in je handen gedrukt, je moet bloed af laten nemen en er wordt een afspraak voor een operatie gemaakt. Zo snel mogelijk."

Hij haalt diep adem. „Het is wonderlijk zo volgzaam als je ineens wordt. Ik ben altijd kritisch geweest, wilde altijd weten waarom er bepaalde dingen van me verwacht werden." De zucht van Lieke is duidelijk hoorbaar maar lijkt hem niet te storen. „Nu heb ik niets gevraagd. Ik doe wat mijn arts me zegt. Vannacht drong het ineens werkelijk tot me door. Het zou best eens zo kunnen zijn dat ik helemaal niet meer zo lang leef."

„Het spijt me, ik moet even naar binnen." Lieke staat op. Met geheven hoofd loopt ze de kamer in, Cindy op haar hielen.

„Ik liet me gaan, het spijt me." Theo wil ook opstaan maar ze houdt hem tegen.

„Het is goed om je uit te spreken. Lieke zou dat moeten weten."

„Ze vindt het moeilijk om te praten over de eindigheid van het leven. In feite heeft ze ook gelijk. De arts was positief, zag nog best kansen voor me, maar als je 's nachts niet kunt slapen, lig je toch te denken."

Op zijn voorhoofd parelen zweetdrupjes. Steeds ziet ze zijn blik afdwalen in de richting van de enorme glazen pui waarachter hij Lieke weet.

„Ik moet haar ophalen," verontschuldigt hij zich. „Ze zal het niet begrijpen als ik haar niet haal. Uiteraard lijdt zij ook onder de situatie. Het is niet makkelijk om een man te hebben die lijdt aan zo'n ernstige ziekte."

„Voor jou zelf is het ook niet eenvoudig," waagt ze op te merken.

„Nee," erkent hij en zijn blik laat de pui los. „Maar het is net alsof je in een toestand van verdoving terechtkomt op het moment dat je je realiseert dat je zo'n ziekte hebt. Ik heb het idee dat ik op dat moment ben opgenomen in een maalstroom die me eenvoudigweg meeneemt. Ik hoef geen beslissingen meer te nemen, die worden voor me genomen. Alleen 's nachts komt het plotseling op me af, elke nacht weer. Ik ben altijd een kerkganger geweest. Het is vanzelfsprekend dat ik er elke zondag zit. Van jongs af geloof ik in God maar als je hoort dat je zo'n ziekte hebt, wordt het ineens anders. Kan ik God nu nog wel vertrouwen? Waarom doet Hij me dit aan? Dat zijn vragen die dan in je opkomen. Tegelijkertijd voel je je als mens zo klein, zo afhankelijk. Wat zou ik zijn als ik dit alleen moest dragen? Wat heb ik aan al die jaren van hard werken, aan dit huis en aan de heerlijke buitenlandse vakanties? Alles wordt betrekkelijk. Voor mij komt het er nu op aan. De dood is langszij gekomen. Misschien hoef ik niet in te stappen maar de dood is wel veel dichterbij dan hij ooit geweest is."

„Probeer daar toch met Lieke over te praten," adviseert ze. „Met Alois heb ik het er nooit over gehad en het moment van afscheid kwam totaal onverwacht. We hebben niets meer tegen elkaar kunnen zeggen. Jullie hebben die mogelijkheid. Ook al lijkt het positief, ik kan me voorstellen dat je in deze situatie toch over bepaalde dingen wilt spreken. Laat je door Lieke niet ontmoedigen. Het is belangrijk dat je dit samen deelt. Waarschijnlijk is ze alleen maar bang, Theo." Vanuit haar ooghoeken ziet ze haar schoonzuster door de kamer ijsberen, haar hakken tikken op de plavuizen.

Ze staat op. „Misschien is het beter dat ik nu maar ga."

„Nee, alsjeblieft niet. Ik ben zo blij dat je er bent. Lieke heeft met de lunch op je gerekend. Ik ga even met haar praten. Ze zal het me kwalijk nemen als ik je laat gaan."

Nu houdt ze hem niet langer tegen. Haar koffie staat nog op tafel, daarnaast de cake op het schoteltje. Ze roert door haar kopje, breekt stukjes van de cake en wacht. Vanuit de kamer klinken gedempte stemmen. Af en toe laait Liekes stem hoog op. Theo klinkt rustig en kalmerend, alsof hij meent daarmee haar vuur te kunnen blussen. Ze voelt zich te veel, heeft er spijt van dat ze is blijven zitten maar durft het niet aan om er nu nog vandoor te gaan. Theo zal het haar kwalijk nemen. Misschien heeft hij haar juist nu nodig, zoals hij haar vroeger nodig heeft gehad. Daar had ze vandaag met hem over willen spreken. Nadat een paar dagen geleden de kaart van Arthur en Caroline haar wankele rust hevig had verstoord, wilde ze de gebeurtenissen uit haar kindertijd met haar broer delen. Ze wilde weten of de herinneringen ook voor hem bij het ouder worden steeds meer gingen leven. Uiteraard speelde een rol dat hij een stuk jonger was geweest dan zij. Een kind van vijf heeft minder herinneringen dan het meisje van bijna tien jaar dat zij aan het einde van de oorlog was. Nu is het zeker dat er van die gesprekken vandaag niets zal komen en misschien is dat goed. Welke reden is er voor Theo om over zijn jeugd na te denken? Theo heeft geen kleinkinderen die hem naar zijn verleden vragen. Lieke en hij kregen geen kinderen en ze realiseert zich nu dat haar schoonzuster zich daarover ook nooit wilde uiten. Nu hoort ze hoe Lieke haar stem verheft, hoe ze schreeuwt en huilt. Waarom kan ze niet gewoon opstaan? Waarom voelt ze zich zo gebonden aan die belofte aan Theo dat ze zal blijven? Ze kan later toch aanvoeren dat ze zich te veel voelde en dat het haar beter leek om hen samen te laten. Voor Lieke zal haar aanwezigheid op dit moment alleen maar gênant zijn. Onrustig schuift ze op haar stoel heen en weer maar iets weerhoudt haar om op te staan. Haar ogen volgen de strepen in de parasol boven haar, ze telt steeds opnieuw hoeveel smalle gele strepen er zijn, hoeveel brede groene en crème strepen. Ze telt altijd, alsof ze met het tellen controle over haar leven kan krijgen. Het heeft nog nooit geholpen, het helpt ook nu niet.

Hoeveel later Theo weer het terras op komt, kan ze niet eens zeggen. Eindeloos lang lijkt het geleden dat hij naar binnen ging om Lieke op te halen. Hij weet zich duidelijk geen houding te geven en even ziet ze in hem weer de slungelige puber die hij vroeger was.

„Ze is nogal overstuur," begint hij.

„Is het dan toch niet beter dat ik ga?" Waarom zegt ze niet gewoon dat ze opstaat en gaat? Waarom is ze zo weinig daadkrachtig?

„Lieke heeft me uitdrukkelijk gevraagd om je te zeggen dat ze je bij de lunch verwacht. Ik neem zo lang de honneurs waar. Ze knapt altijd op als ze een poosje op de piano speelt. Als je het niet erg vindt dan kruipt ze zo achter de vleugel om zich af te reageren." Hij gaat zitten, roert in z'n kopje, neemt een slok. „Ach, de koffie is koud natuurlijk. Ik zal nieuwe koffie halen."

„De kan staat hier," zegt ze.

„Natuurlijk. Lieke neemt altijd de thermoskan mee naar buiten, dan hoeft ze niet steeds naar binnen te lopen. Hoe vond je de cake? Wil je het recept misschien?"

Hij praat snel, nerveus en lijkt van haar geen antwoorden te verwachten. „Ik ben benieuwd wat Lieke zo gaat spelen. Ze houdt erg van Mozart. Houd jij ook van Mozart? Wat vreemd is dat toch eigenlijk dat we zo weinig van elkaar weten. Misschien moeten we elkaar in de toekomst eens wat meer zien."

„Ik kom je in ieder geval in het ziekenhuis opzoeken."

„Ja, natuurlijk. In het ziekenhuis."

De koffiekan lekt. Bij Lieke is haar dat niet opgevallen. Nu ziet ze druppels op het tafelkleed.

„Het is toch wat," merkt hij op als hij gaat zitten. „Zo kan je leven heel snel veranderen. Jij weet daar alles van natuurlijk. Alois overleed van het ene op het andere moment. Onvoorstelbaar en beangstigend als je er goed over nadenkt."

Alois geloofde in een leven na de dood, ze hadden er niet vaak over gepraat maar ze wist het van hem. Haar moeder had dat ook geloofd. „De Here Jezus is voor onze zonden gestorven," had haar moeder destijds verteld. „We zijn altijd bang voor de dood omdat we niet precies weten wat dat is. In de bijbel lezen we dat er leven is na de dood. We noemen het de hemel. Omdat de Here Jezus voor onze zonden is gestorven, mogen wij na onze dood naar de hemel."

Als kind was dat moeilijk te bevatten geweest. „Wat is daar

dan in de hemel?" had ze aan haar moeder gevraagd.

„Het is daar zo mooi dat er eigenlijk geen woorden voor zijn om het te beschrijven."

Daarmee was het niet duidelijker voor haar geworden. „Zijn daar ook bomen en bloemen?"

„Oh ja, nog veel mooiere dan hier en je kunt overal spelen." Haar moeder had gepraat alsof ze er al eens om het hoekje had gekeken en juist dat had haar gerustgesteld. „Is de Here Jezus daar dan ook?"

„Ja kind. Ik weet zeker dat Hij je bij de hand neemt als je binnenkomt. Hij maakt je vast wegwijs en als Hij naar je kijkt, zie je ogen vol liefde." Gek, dat het haar nu nog zo bijstaat dat haar moeder tranen in haar ogen had gekregen toen ze die woorden uitsprak. Ze had gekeken alsof ze ernaar verlangde en misschien was dat ook wel zo. Het gesprek had plaatsgevonden kort nadat de Duitsers Nederland binnengevallen waren. Dreiging van oorlog had toen overal in de lucht gehangen, al werd er zo min mogelijk over gepraat.

„Nu denk ik wel dat we tekortgeschoten zijn, Lieke en ik," merkt Theo op. Ze moet even nadenken, zo ver weg is ze met haar gedachten geweest. „In de tijd na het overlijden van Alois, bedoel ik." Hij heeft haar niet begrijpende gezicht opgemerkt. „We zijn maar met z'n tweeën als broer en zus. Een raar idee dat onze familienaam niet doorgegeven zal worden. Lieke en ik hebben geen kinderen en jij hebt de naam van Alois aangenomen. Tegenwoordig is dat allemaal veranderd. Vrouwen hebben ook daarin keuzevrijheid. Ik weet dat Annelie de naam van haar man wel heeft aangenomen. Wat denk je dat Caroline zal doen als ze ooit trouwt? Caroline lijkt me wel het type dat haar eigen naam zal willen houden."

Arthur en Caroline Aardenburg stond er onder de kaart. Ze ziet het nog voor zich. „Caroline heeft de naam van haar man aangenomen," zegt ze en als ze zijn wenkbrauwen vragend ziet rijzen, „Caroline is onverwacht getrouwd. Drie dagen geleden kreeg ik de kaart. Je kent Arthur Aardenburg toch wel?"

„Die jongeman van de apotheek? Ach, dat is toch aardig. Was

er een speciale reden voor dat zo onverwacht getrouwd zijn? Een nieuwe wereldburger op komst misschien?"

Aan die mogelijkheid heeft ze geen moment gedacht. Nu schokken de woorden van Theo haar. „Welnee," zegt ze zekerder dan ze zich voelt.

„Dan zou je het wel hebben geweten," bedenkt hij. Met de neus van zijn lichtbruine, leren schoen trekt hij denkbeeldige rondjes over de blinkende tegels op het terras. „Of komt ze nog steeds niet thuis?"

Dit gesprek wil ze niet maar als ze naar zijn ogen kijkt, weet ze dat ze zich er niet aan zal kunnen onttrekken. Vanuit de kamer klinken nu de eerste pianoklanken. Heel even luistert hij ingespannen, met zijn hoofd een beetje schuin. „Ze heeft vandaag voor Beethoven gekozen. Zijn laatste pianosonate. Het past waarschijnlijk bij haar stemming. Luister, hoor je hoe snel en opgewonden de muziek klinkt? Het tweede deel is wezenlijk rustiger. Lieke kan goed pianospelen. Ik bewonder haar daarom. Daarbij is het goed voor haar. Alles legt ze in haar pianospel. Blijdschap, tevredenheid maar ook woede en verdriet, onrust. Je hoort het allemaal terug in haar spel. Ik zou willen dat ik zo'n manier vond om mijn emoties te uiten. Hoe doe jij dat? Jij bespeelt toch ook geen instrument."

„Ik wandel graag. Als ik het ergens moeilijk mee heb, ga ik vaak een eind wandelen."

„Komt Caroline nog steeds niet thuis?" Opnieuw legt hij de vraag neer.

Ze schudt haar hoofd.

„Het was dus een volslagen verrassing voor je toen je hoorde dat ze getrouwd was," constateert hij. In de kamer begint Lieke opnieuw nadat ze ergens een toets mis heeft geslagen.

„Het was verschrikkelijk," erkent ze. „Het blijft ook verschrikkelijk om geen contact met haar te hebben. Juist met Caroline had ik heel veel, dat weet je. Caroline was altijd zo'n zwak poppetje. Ik heb altijd alles voor haar gedaan en nu wordt me dat juist verweten."

„Het niet kunnen krijgen van kinderen brengt veel verdriet met zich mee. Het hebben van kinderen soms ook." Nadenkend roert hij door zijn kopje. „Deze dagen heb ik kinderen gemist," erkent hij dan. „Lieke is zo alleen, weet je. Natuurlijk heeft ze een broer en zussen die haar steunen maar met kinderen lijkt het me toch anders. Ik zou me rustiger voelen als ik kinderen had. Ze zouden bij Lieke zijn als me iets zou overkomen. Jouw kinderen waren je ook tot steun in die vreselijke tijd na het overlijden van Alois, toch?"

Vanuit de kamer klinkt het pianospel nu rustiger. Lieke maakt geen fouten meer, vloeiend lopen de verschillende tonen in elkaar over.

„Het was goed om de kinderen en kleinkinderen om me heen te hebben," weet ze nog. „Hoewel ik me daardoor niet minder alleen voelde. Kinderen kunnen het verlies van een partner niet compenseren."

„Ze zijn wel zijn nalatenschap."

„Ja, dat zijn ze en ze hebben ook hun best gedaan om me op te vangen maar ik vond dat ik niet te veel op hen moest leunen. Ze hebben hun eigen leven. Vooral Annelie natuurlijk met haar gezin, haar werk als verloskundige." Ze had werkelijk gemeend dat ze niet te veel had gesteund op haar kinderen. Caroline dacht er anders over.

Het pianospel stopt abrupt. Liekes hakken bewegen zich in de richting van de tuindeur. Lang en slank staat ze in de deurope-ning. Ze glimlacht als ze het terras op komt. „Het spijt me dat ik me zo liet gaan. De ziekte van Theo brengt veel spanning en af en toe kan ik er niet goed mee omgaan."

„Begrijpelijk, het brengt veel angst en onzekerheid met zich mee."

Lieke knikt bedachtzaam. „Dan stel ik nu voor om een glaasje port te nemen. Theo heeft laatst heerlijke port meegenomen."

Als Theo wil gaan staan, legt ze haar hand op zijn schouder. „Blijf maar lekker zitten, lieve. Ik haal het op, dan kan ik meteen de koffiekopjes wegbrengen. Mijn koffie is inmiddels koud, die kan zo door de gootsteen."

Haar handen zijn slank en gebruind met glanzende ringen aan

haar vingers. Rond haar slanke polsen rinkelen gouden armbanden. Als ze met het blad naar binnen loopt, klatert de fontein in het midden van de tuin ineens duidelijk hoorbaar.

13

Haar gezicht is gebruind van twee weken waarin onafgebroken de zon heeft geschenen en de hitte soms ondraaglijk werd. In Nederland hebben de temperaturen in de julimaand ondertussen ook zomerse waarden bereikt. Arthur zit achter zijn computer na te genieten van hun wittebroodsweken in Griekenland. Plaatjes van hibiscus en overvloedig bloeiende bougainville, terrasjes aan de haven en bezienswaardigheden schuiven in het beeld voorbij. Stuk voor stuk heeft hij ze met zijn digitale camera vastgelegd. Op al die foto's is zij het stralende middelpunt. Caroline in Athene, Caroline bij de Akropolis, Caroline bij het kanaal van Korinthe, Caroline naast het zwembad, Caroline in het zwembad, Caroline aan de bar. Veel hebben ze gezien van het land met zoveel historie. Het is een vermoeiende reis geweest maar zeker ook een reis om nog eens over te doen. In de spiegel is duidelijk te zien dat haar haren blonder zijn geworden. Ze steekt ze op tot een nonchalant zomerkapsel dat haar nek vrijlaat. Haar neus is licht verveld, het puntje is roze. Ze vet haar lippen in, wrijft crème op haar gezicht. De badkamer is licht en ruim, helemaal de smaak van Arthur. Zij heeft overal haar sporen nagelaten, haar bodylotion, haar doucheschuim en op het randje onder de spiegel staat haar felroze make-uptasje.

„Heb je altijd zoveel rotzooi gemaakt?" had Arthur gisteravond van haar willen weten.

„Rotzooi?"

„Nou ja, overal staat wat."

„We zijn net van vakantie terug. Uiteraard staat overal wat. Het lukt me niet om direct zo pijnlijk netjes te zijn als jij bent. Waarschijnlijk gaat het me helemaal niet lukken om zo netjes te worden als jij bent.'

„Noem je dat pijnlijk netjes?" Hij had gelachen maar aan zijn gezicht had ze gezien dat het hem verontrustte, alsof hij er geen rekening mee had gehouden dat zij ook haar ruimte in zijn huis zou innemen.

Haar hand blijft stil tegen haar wang liggen. Zijn huis, dat zou het blijven tot ze zouden verhuizen naar de woning die van hen samen zou worden. Het was goed dat ze die keuze hadden gemaakt. Ondanks al haar spullen die hier staan, blijft ze zich een vreemde voelen, een logé die hier niet werkelijk thuishoort. Van buiten klinken geluiden. Ze gluurt door de lamellen en ziet kinderen in de tuin van de buren spelen. Hun moeders spreken met elkaar over de heg. Rondom de tuin van Arthur staat geen heg maar een houten schutting die steeds in hoogte verspringt. De hele tuin is ingelegd met kleine klinkers, afgewisseld met fraaie grijze tegels. Arthur heeft een hekel aan grasmaaien. Langs de schutting staan terracotta potten vol roze gekleurde geraniums, rozen op stam, fuchsia's, petunia's en blauwe lobelia. De tuin ademt de smaak van Arthur. In het nieuwe huis moet alles anders worden. Daar zal ze haar stempel drukken, wil ze niet langer het idee hebben dat ze er niet hoort.

De buurvrouw kijkt onverwacht naar boven. Hoewel ze weet dat ze onzichtbaar is, trekt ze zich toch betrapt terug. Vanmorgen werd ze in de tuin gefeliciteerd door de buurvrouw die ook een kaart had ontvangen. „Wat een verrassing. Jammer dat jullie niet hier blijven wonen."

Ze zouden haar hier altijd zien als de vrouw die in Arthurs huis was komen wonen. In de nieuwe woning zal ze gewoon Caroline Aardenburg zijn. Daar wil ze de buren een avond uitnodigen om kennis te maken in het huis dat van hen samen is. Arthur en Caroline Aardenburg zal er op hun naambordje staan.

„Caroline, ik heb de koffie klaar!" De stem van Arthur onder aan de trap. Ze vraagt zich af of dit geluk is. Een man die haar tot middelpunt van zijn foto's maakt, koffie die voor haar wordt ingeschonken, vroeg naar bed en eindeloos vrijen. Is dit wat ze heeft gewild, wat ze heeft verwacht? Sinds ze dit huis gisteravond is binnengekomen, heeft ze in stilte verlangd naar haar eigen flat, haar eigen spullen. Het is net of het leven een doorlopend toneelspel is waarin ze steeds een andere rol vertolkt. Ze had jarenlang de rol van aanhankelijke dochter op zich genomen. Daarnaast speelde ze de rol van deskundige op het gebied van juridische zaken tijdens haar werk, de rol van liefhebbende tante als ze bij haar neven en nichtje was, van vrouw en minnares tegenover Arthur. In de kleine flat had ze nooit een rol gespeeld. Zou het ooit zover komen dat ze zichzelf kan zijn met Arthur in haar buurt?

„Liefje, de koffie wordt koud!"

Het is haar nooit eerder opgevallen dat hij zo ongeduldig is. Zijn voetstappen klinken al op de trap, even later staat hij achter haar. „Wat ben je toch aan het doen? Waarom heb je je haar opgestoken? Ik vind het veel mooier als het loshangt. Je gezicht glimt helemaal. Kun je het niet een beetje poederen?"

„Dan wordt de koffie nog verder koud." Ze steekt haar tong naar hem uit voor ze langs hem wegglipt, de trap af. Zijn voetstappen volgen de hare. „Je neemt het me toch niet kwalijk? Jij vindt koude koffie toch ook niet lekker?"

Buiten valt de warmte op haar. Ze laat zich in de fraaie, houten tuinstoel vallen. De koffie dampt nog. Hij gaat tegenover haar zitten. Zijn stevige benen steken gebruind onder zijn korte broek vandaan. Hij draagt moderne sandalen. Zijn voeten zijn breed, de nagels kort.

„De foto's zijn mooi geworden. Je moet zo maar eens kijken. Ik wil van jou ook graag weten welke je wilt houden om af te drukken."

„Ik wil straks nog wat spullen uit m'n huis ophalen. Volgende week zijn we allebei weer aan het werk, dan heb ik er geen tijd meer voor."

Hij trekt een moeilijk gezicht. „Er staat hier al zoveel troep. Zal ik met je meegaan? We kunnen dan samen beslissen wat wel en niet deze kant opgaat."

„Ik ben prima in staat om zelf te beslissen. Zoek jij die foto's nu maar uit. Misschien is het goed om hier eens rond te kijken wat jij zelf kunt missen. Als we straks verhuizen, kunnen we immers niet alles meenemen." Ze begrijpt zelf niet goed waar die behoefte om alleen te zijn uit voortkomt.

Als ze de teleurstelling op zijn gezicht ziet, schaamt ze zich maar toch draait ze haar besluit niet terug.

Het huis is niet langer van haar, hoewel de meeste meubels er nog staan. Ze opent de deur naar het balkon en pakt de tuinstoel uit de kast. Hier zijn de geluiden vertrouwd. De buren die op deze zomerse morgen ook buiten koffie zitten te drinken, de kinderen in de speeltuin, de bus die langsrijdt, een auto die hard remt. De wind speelt door de bladeren van de eiken die op het veld voor haar huis staat. In het najaar lag het gras altijd bezaaid met eikels die op woensdagmiddagen met zakkenvol door schoolkinderen mee naar huis werden genomen. Oudere mensen hadden er eens over geklaagd. Met vochtig weer zouden al die eikels een gevaar vormen waarover men gemakkelijk ten val kon komen. De gemeente had aangevoerd dat de bomen ver genoeg van het trottoir verwijderd stonden en zo waren ze blijven staan.

Langzaam laat ze zich in de stoel zakken en sluit haar ogen. Het is waarschijnlijk de laatste keer dat ze hier zit. Ze zal nog terugkomen om haar spullen op te halen, om wat ze niet langer gebruikt aan een goed doel af te geven, om de flat schoon te maken. Daarna is het voorgoed voorbij. De comfortabele flat, waarin ze zich altijd veilig voelde, die haar omsloot als een warme jas, zou gaan toebehoren aan vreemden. Anderen zouden op dit balkon zitten, onder de douche staan, door de kamers lopen. Anderen zouden hier lachen en huilen, gelukkig en ongelukkig zijn. Dat is wat haar heeft benauwd vanaf het moment dat ze het vliegtuig verliet dat hen van Griekenland naar huis bracht. Zoals Arthur die twee weken altijd in haar buurt was, zo zal hij in haar dagelijks leven ook deel uit gaan maken van al die dingen die ze hiervoor alleen deed. Ze heeft het altijd fijn gevonden om bij hem te zijn. De weken waarin ze van elkaar gescheiden waren, hadden haar tot het besef doen komen dat ze niet zonder hem kon leven. Vanaf het moment dat ze hem heeft toegezegd te willen trouwen, is haar leven in een stroomversnelling terechtgekomen. Ze is op drift geraakt en kon niet anders dan zich laten meevoeren. Nu heeft de stroom haar uitgespuugd en is het net of ze op een verlaten strand is aangespoeld. Achter zich heeft ze haar schepen verbrand. Er is geen weg terug. Ze zal eraan moeten wennen en twijfelt hevig of haar dat wel zal lukken.

„Wat ben je aan het doen?"

Ze heeft geen idee hoe lang ze op het balkon gezeten heeft als ze plotseling de stem van Arthur achter zich hoort. „Ik meende dat je hier zou opruimen?"

„Dat was ik van plan. Ik ga zo beginnen."

„Je bent al uren weg. Ik maakte me bezorgd. Je had je mobiele telefoon ook niet aanstaan."

„Uren?" Ze kijkt op haar horloge en moet dan toegeven dat hij gelijk heeft. „Hoe kan dat nou?"

„Ben je in slaap gevallen?"

„Zoiets, denk ik." Ze heeft toch niet geslapen? Er zijn zoveel gedachten voorbij gekomen waar ze geen raad mee wist. Ze joegen haar angst aan. Als ze opstaat, voelt ze zich duizelig.

„Ben je niet lekker?" informeert Arthur bezorgd.

„Het gaat wel. Ik ga nu maar opruimen."

„Ik heb een veel beter idee." Hij grijpt haar pols, trekt haar tegen zich aan. Ze hoort zijn stem in haar oor. „Jij gaat helemaal niet opruimen. Het lijkt me zo fijn om samen met jou nog even te genieten van onze vrije dagen. Laten we ergens op een terrasje een hapje gaan eten. Morgen is er weer een dag en bovendien hebben ze dan slecht weer voorspeld. Vandaag moeten we het er nog van nemen. Morgen kunnen we hier samen opruimen. Jij bepaalt wat je wilt meenemen. De rest verdelen we in spullen waar ze in Polen nog iets aan hebben en spullen die met de vuilnis mee kunnen. Wat denk je ervan?"

Ze voelt zich het kleine meisje dat ze vroeger was. Het meisje dat aan de hand van haar vader liep en zich daar veilig voelde. Ze voelt zich het meisje dat zich gekoesterd wist. Thee als ze thuiskwam, warme dekens als ze ziek was en een beschuitje op bed.

„Het lijkt me een geweldig idee, Arthur Aardenburg." Het zware gevoel is verdwenen als ze met hem de trap afloopt in de richting van de zon.

Veel later zit ze in de tuin en bestudeert de woorden op de kaart in haar handen. Het is een fraaie kaart met witte lelies. Rechtstonder staan twee gouden ringen afgedrukt. Hartelijk gefeliciteerd met jullie huwelijk staat er voorop. Bij thuiskomst hadden er veel kaarten in de brievenbus gelegen. Een kaart van Annelie en Stef, van collega's van haar, van collega's van Arthur. Tevergeefs had ze gezocht naar het handschrift van haar moeder, zonder het tegen Arthur te zeggen. Waarom wilde ze een kaart van haar moeder als ze haar moeder niet meer wilde?

Nu heeft ze toch de kaart in haar handen. Aan het handschrift op de envelop had ze direct gezien dat het van haar moeder kwam. Een regelmatig, zwierig handschrift heeft ze. Ze zou het uit duizenden herkennen. Het is duidelijk te zien dat de woorden met zorg waren geschreven.

Lieve Arthur en Caroline,

Op deze wijze wil ik jullie van harte gelukwensen met jullie onverwachte huwelijk. Bijzonder, dat jullie na zoveel jaren samen nu definitief de stap hebben durven wagen. Ik wens jullie Gods zegen voor de toekomst. Een toekomst waar ik toch ook eens weer deel van hoop uit te maken.

Jullie (schoon)mama.

Caroline draait de kaart om en weer terug, bestudeert de woorden zonder te weten hoeveel moeite het Emmely heeft gekost om ze te schrijven. Hoeveel kladbriefjes ze heeft gebruikt, hoeveel van die schijnbaar achteloze woorden waren geëindigd als een prop in de prullenbak.

„Fideel van je moeder om ons toch een felicitatie te sturen," vindt Arthur, die achter haar langs loopt.

„Ze had die laatste regel er niet op moeten schrijven."

„Waarom niet? Het is haar manier om te zeggen dat ze graag contact wil. Waarom zou ze dat niet kenbaar mogen maken? Ze is je moeder."

„Ik voel nog steeds geen behoefte aan een gesprek."

„Waarom niet?" Hij blijft staan, zakt neer in de stoel tegenover haar. „Waar ben je bang voor?"

„Ik ben bang dat het gaat zoals het altijd is gegaan."

„Dat zij de regie van je leven overneemt?" Hij trekt z'n wenkbrauwen op.

„Ach, laat ook maar." Ze gooit de kaart op tafel.

„Op die manier ontloop je altijd de problemen. Je loopt ervoor weg in plaats van de confrontatie aan te gaan."

„Ik ben nog niet sterk genoeg om de confrontatie aan te gaan."

Word toch eens volwassen, zou hij tegen haar willen zeggen. Samen staan we sterk. Maar als hij haar gezicht ziet, zwijgt hij.

14

Emmely heeft altijd een hekel gehad aan ziekenhuizen. Als ze even kan, probeert ze een bezoek te vermijden, stelt het uit tot de patiënt weer thuis is. Nu Theo in het ziekenhuis ligt, kan ze er niet onderuit. Met moeite weet ze voor haar auto een plekje op de parkeerplaats te bemachtigen. Vanaf de achterbank vist ze een kleurig boeket in folie dat ze voor haar broer heeft gekocht. Nauwkeurig volgt ze even later de aanwijzingen die ze telefonisch van Lieke heeft gekregen en nauwkeurig op een briefje heeft vermeld. „Je moet bij de hoofdingang naar binnen," heeft Lieke gezegd. „Daar zie je de receptie. Die moet je rechts voorbij. Dan moet je doorlopen. Sla vervolgens de eerstvolgende gang aan de rechterkant in en loop dan verder tot je aan je linkerhand liften ziet. Daarnaast zijn trappen. Meestal neem ik de trap naar boven, een beetje beweging kan geen kwaad. Bovendien heb ik een hekel aan liften. Al die mensen die in een kluitje bij elkaar staan. In een lift merk je pas hoeveel verschillende geuren een mens kan uitscheiden. De meeste daarvan zijn niet bepaald aangenaam te noemen. Ik weet niet wat jij wilt, maar je kunt in ieder geval zowel met de trap als met de lift naar de derde verdieping."

Ze heeft de route op het briefje gevolgd alsof het een schatkaart is. Nu staat ze voor de glazen deuren die het trappenhuis scheiden van de gang. Misschien komt het van de spanning dat ze moeite heeft met ademen. De trap lijkt in ieder geval onoverkomelijk. Ze wacht tot de liftdeuren ernaast zich openen en mengt zich tussen de andere bezoekers in de lift. Bijna onmerkbaar zet die zich in beweging. In de grote, confronterende spiegel aan het einde ziet ze haar eigen gezicht tussen alle vreemde. Haar bloemen dreigen in de knel te komen, ze hoort het folie kraken, drukt het boeket dicht tegen zich aan. Opnieuw zoekt ze haar eigen gezicht in de spiegel. Ze wil niet kijken maar kan het tegelijkertijd ook niet laten, alsof ze zichzelf op die manier wil pijnigen. Het is een oud gezicht. Juist hier ziet ze het duidelijk, in het onbarmhartige lamplicht. Het is raar om op deze plaats te ontdekken wat ze eigenlijk allang wist maar waar ze steeds aan trachtte te ontsnappen. De lijnen langs haar mondhoeken, de kaken die de afgelopen jaren gekrompen lijken te zijn, de smalle lijnen van haar lippen, de neus die puntig afsteekt. Bijna opgelucht verlaat ze de lift op de derde verdieping.

„Hij ligt helemaal aan het einde van de gang op een kamer alleen," heeft Lieke gezegd en terwijl ze daar loopt, krijgt de benauwdheid opnieuw vat op haar. Langzaam loopt ze verder, telt haar voetstappen, houdt de nummers op de deuren in de gaten. Lieke heeft het helemaal goed gehad. Helemaal aan het einde van de gang ontdekt ze een plaatje naast de deur met zijn naam Th. Ottens. Ze herkent Lieke naast het bed maar de man in het bed is niet de man die haar broer was toen ze hem voor het laatst ontmoette. Theo is een patiënt geworden, hij ziet er ziek uit. Donkere wallen in zijn bleke gezicht, waarvan de wangen ingevallen zijn.

„Theo?" zegt ze wat aarzelend. „Hoe voel je je?" Ze weet niet goed wat te zeggen, legt wat onhandig het fraaie boeket op de dekens.

„Beroerd," zegt hij maar probeert toch te glimlachen. „Het is onvoorstelbaar hoe ziek ze je in een ziekenhuis weten te maken."

„Ik heb van Lieke begrepen dat de artsen tevreden waren."

„Er lijken geen uitzaaiingen te zijn." Ze ziet hoe zijn hand die van Lieke zoekt. „Mijn leven zal nooit meer zo worden als het was en voorlopig mag ik hier nog even blijven."

„Ga maar even zitten," nodigt Lieke haar uit en schuift een stoel bij. „Je ziet eruit alsof je elk moment kunt omvallen."

„Het is hier ook zo heet." Met een papieren zakdoekje dept ze haar voorhoofd. Dankbaar aanvaardt ze de stoel, zoekt opnieuw naar woorden, maakt een opmerking over de kaarten op het prikbord boven z'n bed.

„Als je lid van een kerk bent, krijg je veel kaarten," weet Lieke. „Het is natuurlijk afgekondigd tijdens de dienst en veel mensen leven op deze manier met Theo mee."

„Ik heb het ook bij het overlijden van Alois gemerkt. Er waren veel reacties, zelfs van mensen die ik niet kende. Onze gemeente is zo groot. Veel mensen ken ik alleen van gezicht. Op moeilijke momenten is het goed te weten dat er mensen met je meeleven en voor je bidden. Zo heb ik dat in ieder geval ervaren."

Ze ziet dat Theo zijn ogen heeft gesloten.

"Vaak zit ik alleen maar naast hem," zegt Lieke, die het kennelijk ook heeft opgemerkt. "Hij is doodmoe. In een ziekenhuis heb je altijd het idee dat je moet praten maar dat is natuurlijk onzin. Vaak is het genoeg om er alleen maar te zijn. Ik weet zeker dat Theo het erg fijn vindt dat je er bent." Ze aarzelt even maar gaat dan verder, "Ik hoop dat dit contact niet voorbij is als Theo het ziekenhuis verlaat. We hebben geen kinderen en familiebanden zijn dan belangrijk."

Even ligt het haar voor in de mond om te zeggen dat het haar schuld niet is dat ze zich zo vaak niet welkom heeft gevoeld, dat er van hun kant ook nooit iets is geweest. Ze slikt haar woorden in.

Een half uur later loopt ze met haar schoonzus door de gang. Ze voelt zich lichter dan op de heenweg.

"Heb je tijd om samen met mij een kop koffie te drinken in de hal?" wil Lieke weten. "De avond duurt zo lang nu Theo er niet is."

Ze stemt toe. Het is haar vreemd te moede hier naast haar schoonzus te lopen die haar altijd op afstand heeft gehouden. De ziekte van Theo lijkt haar veranderd te hebben, alsof ze zich realiseert waar het in het leven werkelijk om draait.

"Ben je weer wat opgeknapt?" informeert Lieke als ze gezamenlijk de trap afdalen.

Ze telt de treden die haar van de onderste verdieping scheiden, raakt direct de tel kwijt als ze haar schoonzus antwoord moet geven.

"Ik weet niet wat er aan de hand was," zegt ze nu. Ze blijft even staan om de achterliggende treden te tellen, haalt haar schouders op als Lieke haar bevreemd aankijkt. "Ik heb altijd moeite met ziekenhuizen," bekent ze dan en telt niet langer.

„Logisch, met jouw achtergrond."

„Logisch?"

„Nou ja, je moest je moeder toch achterlaten in dat ziekenhuis en hebt haar nooit weer gezien."

Ze had in die tijd haar stappen geteld vanaf de barak naar het ziekenhuis waar ze haar moeder wist.

„Ik zwaaide op afstand," zegt ze. „Mijn moeder was er altijd voor mij geweest. Ik had zo'n hechte band met haar. Verwonderlijk is dat natuurlijk niet. Ik ben vijf jaar lang enig kind geweest. Voor mijn idee woonden er ook niet veel kinderen in de buurt. Ik speelde met mijn moeder. Het was altijd al zo dat ik uit m'n doen was als zij ziek was. Ook toen ik kleiner was en we nog in vrijheid leefden."

„Je was op zo'n kwetsbare leeftijd," begrijpt Lieke. Ze hebben de laatste trede van de trap genomen, Lieke zwaait de klapdeur open. „Theo was natuurlijk ook zijn moeder kwijt maar hij was jonger. Hij heeft er minder van begrepen. Hoe oud was jij? Een jaar of negen, tien?"

„Op dat moment was ik tien jaar."

„Theo was dus nog maar vijf."

„Ik weet nog hoe dodelijk eenzaam ik me voelde toen ik op een dag bij het ziekenhuis kwam en mijn moeder niet meer achter het raam vond. Het was of de grond onder mijn voeten wegzakte. Het was me direct duidelijk dat ze niet meer leefde."

Honderd en elf stappen was ze van de barak van haar moeder verwijderd. Af en toe moest ze de laatste stappen iets groter of juist iets kleiner maken, dan kwam het precies uit. Na het overlijden van haar moeder had ze zich eens vergist. Al tellend was ze onderweg naar de ziekenbarak toen het plotseling tot haar doordrong dat ze daar niet meer was.

„Niemand had je verteld dat ze was overleden?"

„Dat hoorde ik later pas."

„Wie zorgde er toen voor jullie?"

„Een van de andere moeders. Ze was er niet blij mee. Het betekende extra zorg. Ze had zelf twee kinderen die honger leden."

Lieke kent de weg. Zonder aarzelen steekt ze bij de receptie over naar de koffiecorner. „Lust je er een gevulde koek bij? Ze hebben hier hele lekkere koeken."

Ze laat zich zakken, ziet hoe haar schoonzus zelfverzekerd koffie bestelt, betaalt en even later met een blaadje met daarop twee koppen en twee koeken haar richting uitkomt.

„Ik verbaas me er altijd over hoe snel iets bekend terrein wordt," zegt ze als ze de kopjes op het ronde tafeltje heeft gezet. „Vanaf de eerste dag dat Theo is opgenomen, ben ik na afloop van het bezoekuur hier koffie gaan drinken. Soms ben ik alleen. Mijn zussen zijn al eens mee geweest en nu ben jij erbij. De eerste keer moet je kijken hoe je er komt en wat er allemaal te koop is. Nu is het vanzelfsprekend geworden, zoals ik ook niet meer hoef na te denken over de route naar Theo's kamer. Een mens is in staat zich snel aan te passen."

Ze zit met een hoge, rechte rug in de stoel, haar smalle handen rusten in haar schoot. „Ik vroeg me af of ik in staat zou zijn geweest me aan te passen als ik Theo wel had moeten missen. Als me was verteld dat hij nog maar kort te leven heeft."

„Je moet." Ze heeft de koek van het blad gepakt dat Lieke op tafel heeft gezet. Het folie knispert als ze het probeert te verwijderen. „Toen Alois overleed was ik uiteindelijk ook gedwongen om me aan de nieuwe situatie aan te passen. Het wil niet zeggen dat je dat makkelijk doet. De pijn duurt tot op de dag van vandaag voort maar je kunt er niets aan veranderen. Het leven is soms als een vloedgolf die je overspoelt. Je dreigt te verdrinken en komt dan toch weer boven. Ik ben bovengekomen maar af en toe dreig ik toch weer kopje onder te gaan."

„Wat zeg je dat mooi." Nooit eerder heeft Lieke bewonderend naar haar gekeken. Ze voelt zich er ongemakkelijk onder. „Ik heb geleerd om situaties te beredeneren en van daaruit probeer ik ermee om te gaan. Misschien stamt dat die nog uit de tijd dat ik als kind in het kamp zat. Door redeneren denk je grip op de situatie te krijgen. De werkelijkheid was natuurlijk dat de situatie totaal onzeker was en je geen enkele grip op had. Je wist nooit wat de Japanners zouden doen. Ze waren wreed, sloegen van zich af, vernederden de vrouwen en ik herinner me nog duidelijk hoe bang ik elke morgen bij het appèl was. Mijn moeder stond vooraan. Als ze kwaad wilden, was zij voor mijn idee het eerste aan de beurt."

„Je leefde dus voortdurend in angst."

„Ik voelde me altijd naar."

Er liggen kruimels op haar rok.

„Sinds Theo te horen heeft gekregen dat hij ziek is, heb ik dat ook. Mijn leven is natuurlijk toch al niet zo verlopen als ik voor ogen had. Theo en ik wilden een groot gezin. We hebben ermee moeten leren leven dat we geen kinderen kregen. Dat is een strijd die nooit eindigt. In eerste instantie krijgt iedereen om je heen kinderen. Als je dat gehad hebt, krijgen ze kleinkinderen. Overal hoor ik dat kleinkinderen nog veel geweldiger zijn dan kinderen. Ik zie foto's en hoor verhalen waar ik niet over kan meepraten. Theo wist altijd te relativeren. Theo is de zekerheid in mijn bestaan. Het was voor mij bijna niet te verdragen om te ervaren dat hij weg zou kunnen vallen. Ik ben niets zonder Theo."

„Theo redt het wel," zegt ze zacht.

„Zijn ziekte heeft een onzekere factor in mijn bestaan gebracht."

„Het bestaan is altijd onzeker. Wat je vandaag hebt, kan morgen verdwenen zijn."

„Misschien is dat het verschil tussen jou en mij. Ik heb mij in een veilige wereld gewaand. Jij wist van jongs af aan dat het heel snel kon veranderen. Theo heeft daar maar weinig over gepraat. Zijn verleden speelde niet in ons leven. Sinds zijn ziekte is er iets veranderd. Hij herinnert zich weinig van jullie moeder maar hij vertelt wel hoe het was toen jullie in Nederland kwamen."

„Met een nieuwe moeder," zegt ze. „Na de bevrijding zagen we vader weer. Hij stelde ons voor aan een vrouw en zei dat zij onze nieuwe moeder was. Daarmee veegde hij onze eigen moeder voor altijd van de kaart. Haar naam werd niet uitgesproken, alsof ze nooit had geleefd. De wereld van voor de oorlog leek in zijn ogen niet te hebben bestaan. Hij had een nieuwe wereld betreden en keek niet achterom naar wat geweest was. Daarmee verhinderde hij ons ook om onze herinneringen mee te nemen. We gingen naar Nederland en hier was het allemaal gebeurd. Hier hadden ze geleden onder de Duitse bezetting, hier waren de Joden weggevoerd, hier had de holocaust plaatsgevonden. Wie waren wij om te spreken over onze ervaringen in Nederlands-Indië?"

Een zwaar zwijgen blijft tussen hen hangen. Rond hen gaat het leven gonzend door maar zij hebben zich teruggetrokken op een eiland van stilte. Lieke roert door haar koffie en drinkt dan langzaam uit haar kopje. Emmely kauwt een hap van de gevulde koek weg en vecht tegen haar tranen. De meeste mensen merken de twee zwijgende vrouwen aan het tafeltje niet op.

15

Nu weet ze het. Vage vermoedens zijn zekerheid geworden. Drie minuten zijn er nodig geweest om haar bestaan honderd procent te veranderen. Twee roze streepjes maken een wereld van verschil. Ze gelooft het niet. Met bevende vingers haalt ze een tweede exemplaar uit de verpakking. Drie minuten hoeft het stripje maar in het bakje met urine gehouden te worden. Opnieuw zet ze de kookwekker op drie minuten, gaat op haar rug op bed liggen en volgt de secondewijzer op haar horloge. Het tikken van de kookwekker klinkt irritant in haar oren en loopt niet synchroon met het voortschrijden van de secondewijzer. Drie minuten, eindeloze minuten. Haar hart bonkt tussen het tikken door, de spanning wordt ondraaglijk. De kookwekker loopt af voordat haar secondewijzer de drie minuten heeft bereikt. Daarom zijn haar eieren altijd zachter dan ze denkt. Ze blijft de wijzer volgen. Tergend langzaam schrijdt die voort. Drie minuten zijn voorbij. Opnieuw die hoop, ondanks het feit dat ze het eigenlijk allang zeker weet. Arthur had haar vanmorgen nog zo onderzoekend aangekeken toen ze misselijk aan de ontbijttafel had gezeten.

„Je bent toch niet?"

„Nee, ik ben niet!"

Ze had zich ziek gemeld. „Een beetje oververmoeid. Wat grieperig misschien."

Ze had het vermoed. Via internet had ze de test laten komen zodat Arthur het niet zou weten. Opnieuw die twee roze streepjes. Er is geen twijfel mogelijk. Zelfs haar lichaam moet ze delen. Niet langer is het van haarzelf. Er groeit iets dat ooit als kind ter wereld komt. Het is haar kind, hun kind, een kind van Arthur en haar. Voor eeuwig zal het met haar verbonden blijven. Ze weet zeker dat Arthur blij zal zijn als hij het hoort. Sterker nog, hij zal dolgelukkig zijn en al haar zorgen en bedenkingen wegwuiven. „Wij kunnen het aan. Wij samen."

Zij zou weten dat het niet zo was. Hij zou het aan kunnen maar zij niet en toch groeit het kind in haar. Op een dag zal zij de weeën voelen. Niets zal het tegen kunnen houden. De pijn zal aanhouden tot het kind eindelijk schreeuwend ter wereld zal komen. Heeft ze niet altijd gezegd dat ze geen kinderen wil opvoeden? Dat het haar onmogelijk is om kinderen op te voeden? Hoe heeft het zo verkeerd kunnen gaan? Versuft zit ze op de rand van haar bed, te midden van de verhuisdozen. Het hele huis staat op de kop in verband met de op handen zijnde verhuizing. Overal dozen, rommel, papieren, en in haar groeit een kind dat zich daar niets van aantrekt. Als ze opstaat, draait de wereld. Ze weet niet anders te doen dan haar jas aan te trekken. In de spiegel die naast de voordeur hangt, ziet ze een vreemd, wit gezicht. Haastig trekt ze de deur open, ademt diep in. De zon lijkt met haar zorgen te spotten, daarnaast voelt de wind kil aan. Nazomerwind met een vleugje herfst. Het licht van de zon lijkt uit duizend gouden stralen te bestaan. Ze trekt de deur achter zich dicht en loopt de straat uit. Onzeker tasten haar handen langs keurig geverfde hekjes, langs struiken, langs muren en schuttingen alsof ze dronken is. Haar handen voelen klam aan. Ze wrijft ze langs haar bovenbenen. Als ze diep ademhaalt, gaat het beter. Ze versnelt haar tempo en loopt de wijk uit. Achter de woonwijk ligt een weg die naar sportvelden voert. Daarvoor moet ze een brug over. Heel even blijft ze staan, met haar handen op de leuning, starend naar het zwarte water dat haar gezicht weerspiegelt. Alsof ze plotseling schrikt, zet ze het ineens op een hardlopen. Op de vlucht voor zichzelf en voor haar gedachten. De hakken van haar laarsjes tikken luid op de vaalrode tegels van het fietspad dat ze volgt, haar jas fladdert vreemd achter haar aan als een vogel die het vliegen verleerd is. Ze volgt haar voeten en is er vaag van doordrongen waar die haar zullen brengen. Het voetgangerslicht springt net op rood. Ze steekt over zonder te kijken. Als ze een poos later voor de hardblauwe deur staat die ze meer dan een jaar geleden voor het laatst achter zich dichttrok, steekt haar zij en is ze buiten adem. Links van die deur staan bordjes met nummers en namen die erbij horen. Zonder te kijken weet ze precies waar ze aan moet bellen.

„Ik wil u wel naar binnen laten," zegt een vriendelijke oudere heer die ze niet aan heeft horen komen. „Ik moet ook naar binnen. Het is maar een kleine moeite om de deur even voor u open te houden. Wilt u ook met de lift mee?"

Ze schudt haar hoofd. Langzaam bestijgt ze de trap, telt de marmeren treden, laat de deur naar de grote hal open zoeven, loopt langs ramen en deuren, staat stil voor de deur waarnaast in een eenvoudige grijze pot een donkerrode geranium hangt. Haar vinger drukt op de bel. Ze probeert te repeteren wat ze zal zeggen, bedenkt dat het vanzelf wel zal komen. Als ze eerst maar binnen is.

Achter haar suist de deur opnieuw open. Sloffende voetstappen in de gang. De man die haar heeft binnengelaten loopt achter haar langs met een krant in zijn hand. „Mevrouw Nijenhuis is er niet," zegt hij. „Ik heb geen idee wanneer ze terugkomt. Kan ik haar misschien een boodschap doorgeven?"

Ze heeft geen boodschap, geen woorden voor de scherpe teleurstelling die ze ervaart. „Ik kom een andere keer wel weer," weet ze nog uit te brengen. Zich hinderlijk bewust van zijn nieuwsgierige blik loopt ze terug. Nog eens opent de deur zich voor haar. Bij de lift staan twee vrouwen met elkaar te praten. Opnieuw neemt ze de trap, nu met zware stappen. De trap lijkt veel hoger, ze vergeet de treden te tellen.

Zijn gezicht straalt en ze neemt het hem kwalijk. Zijn blijdschap, zijn plannen. „Het komt geweldig uit dat we nu gaan verhuizen. We kunnen direct de babykamer in orde brengen. Welke kamer kunnen we daarvoor het beste nemen? De kamer voor of juist achter? In grootte verschillen ze niet zoveel maar de zon staat 's avonds aan de achterkant. Toch maar de kamer voor of is zon in de kamer juist prettig voor de baby?"

Nu pas lijkt hij haar vreugdeloosheid op te merken. „Je bent er toch wel blij mee, liefje?"

Ze wil niet laten merken wat ze voelt. Hij zal teleurgesteld zijn omdat ze opnieuw zijn geluk niet kan delen.

„Liefje, we kunnen dit samen aan. Je kunt minder gaan werken. Je wilt toch wel minder gaan werken? Ik kan ook wel regelen dat ik een dag in de week thuis blijf om op te passen. Dat moet te regelen zijn. Stel je voor, we worden een gezin. Een gezin…"

Hij legt zijn hand op haar arm, buigt zich naar haar over. „We moeten het maar goed overleggen. Als jij nu twee dagen minder gaat werken en ik een dag, dan blijven er nog twee dagen over. Ik weet zeker dat mijn moeder ons kind dan wel onder haar hoede zal willen nemen maar misschien is een kinderdagverblijf voor die dagen toch beter. Daar zal het leren om met andere kinderen om te gaan en dat is weer goed voor zijn sociale ontwikkeling."

„Het duurt nog maanden voor het geboren wordt en jij houdt je al bezig met de oppas."

„Dat soort dingen moet je tijdig op een rijtje hebben. Het klinkt raar als je dat doet als je kind nog niet eens geboren is, maar na de geboorte is je bevallingsverlof zo voorbij. Dan is het te laat om nog iets te regelen. Tenminste, dat heb ik wel eens gehoord. Lieve Caroline, stel je toch eens voor, we krijgen een kind!"

„Ik moet dat kind krijgen!" Ze spuugt de woorden bijna uit.

„Ja, natuurlijk. Daar ben ik me volledig van bewust. Het grootste karwei is voor jou. Zie je daartegen op? Ben je bang voor de bevalling?"

„Voor mij zijn er al zoveel vrouwen bevallen. Ik neem aan dat ik er ook wel door zal komen."

„En de zwangerschap? Je voelt je nu toch goed? Je bent alleen 's morgens wat misselijk."

Ze schudt haar hoofd. Ze voelt zich niet goed maar hoe kan ze dat aan hem uitleggen? Ze is wat eerder moe en bij het opstaan niet lekker maar dat is het ergste niet. Hoe kan ze hem uitleggen dat ze zich op een hele andere manier beroerd voelt?

„Over een poosje zijn we met z'n drieën, Caroline."

„Alsof dat alleen maar rozengeur en maneschijn is." Ze schrikt van haar eigen bittere woorden maar het is onmogelijk om ze terug te draaien.

„Je bent bang dat je de verantwoordelijkheid niet aan zult kunnen," constateert hij. „Je vergeet weer dat we samen zijn. Of ben je bang voor iets anders? Ben je bang dat je dit kind net zo zult opvoeden als jouw moeder jou heeft opgevoed? Jij weet toch het beste hoe je dat kunt voorkomen. Jij hebt geen traumatisch oorlogsverleden."

„Houd toch eens op over dat traumatische oorlogsverleden. Volgens mijn moeder heeft dat Jappenkamp nauwelijks invloed op haar leven gehad."

„En jij wilt dat geloven?"

„Mijn moeder wilde dat ik dat geloofde."

Het is net of ze die deur weer voor zich ziet. Die deur naast de bloeiende geranium die hermetisch gesloten bleef. „Nou ja, zij zal er in ieder geval nooit op hoeven passen," zegt ze hard en voordat hij heeft kunnen antwoorden is ze de kamer uitgeglipt. Hij hoort hoe ze de trap opgaat en weet dat ze naar haar werkkamer zal gaan. Hij weet hoe ze aan haar bureau zal gaan zitten en zal wachten tot hij komt. Hij weet dat hij vanavond niet zal komen.

Zelfs de angstaanjagende gedachte aan het moederschap went. Misschien komt het door het enthousiasme van Arthur, de grote bos roze rozen die hij haar de volgende dag meebrengt. Het kleine luiertruitje waarmee hij haar de dag daarop verrast, het zachte vinyl beestje dat ze bij het naar bed gaan op haar kussen vindt. Onvermoeibaar lijkt hij de winkels af te struinen tijdens de lunchpauze. De week daarna komt hij met een gouden schakelarmband thuis. „Na de geboorte kan hier een kinderkopje met de naam van ons kind aan bevestigd worden."

„Gaan we het vernoemen?" wil ze weten. Haar vraag verrast hem maar vervult hem ook met vreugde. Hij probeert het niet te laten merken. „Hoe denk je daar zelf over?"

„Ik zoek liever een naam met een mooie betekenis uit maar misschien vinden jouw ouders…"

„Mijn broer heeft zijn twee kinderen ook niet naar m'n ouders vernoemd en ze hebben me ooit verzekerd dat ze daar geen enkel probleem mee hebben."

„Dan zoeken we samen een mooie naam uit."

„Otello…"

„Wat een belachelijke naam."

„Ik heb ooit ergens gelezen dat het de rijk bedeelde betekent."

„De betekenis is even belachelijk en wat wil je ervan maken als het een meisje wordt?"

„Het wordt een jongen."

„Waarom een jongen?"

„Omdat ik dat voel."

„Goed, Otello dan." Ze lacht en hij beseft plotseling dat ze lang niet echt gelachen heeft.

Voorzichtig trekt hij haar naar zich toe, legt zijn handen op haar platte buik. „Ik heb nooit geweten dat ik in staat was om zoveel van iemand te houden."

„Doe niet zo raar."

„Jij en Otello zijn de spil waar mijn leven om draait."

Het is goed dat hij soms van die rare dingen zegt. Hij is veel vrolijker dan zij. Hij weet haar uit elke put te trekken. Zijn gezicht is heel dicht bij het hare. Zijn mond streelt haar wangen, haar hals, daalt af naar het kuiltje in haar hals. Als hij haar naar de slaapkamer draagt, voelt ze zich lichtgewicht.

„Emmely, er stond een paar dagen geleden een vrouw aan je deur." Sijbrand Atsma staat naast haar bij de brievenbussen. Zorgvuldig sorteert Emmely haar post. Rekeningen, een kaart van een kennis op vakantie en reclame.

„Voor mij?"

„Ik heb haar beneden binnengelaten. Even later stond ze bij jouw deur te bellen. Ik zag dat omdat ik de krant wegbracht naar Hetty en Hielke Postma op de hoek."

„Als ze me nodig heeft, zal ze nog wel eens terugkomen."

„Dat zal vast wel. Ik wilde je het gewoon even zeggen. Op de een of andere manier had ik het idee dat het belangrijk was."

De liftdeuren schuiven open. „Ga je met me mee in de lift?" wil Sijbrand weten.

„Nee, dank je. Ik leg de post zo lang in de auto want ik ga naar het ziekenhuis."

„Knapt je broer een beetje op?"

„Langzaam," zegt ze. „Het is een zware operatie geweest. Dat gaat je niet in de koude kleren zitten. Hij moet nu verder met een long."

De deur van de lift schuift zachtjes dicht.

„Sijbrand?"

De deur schuift weer open. Sijbrand posteert zich tussen deur en muur.

„Hoe zag die vrouw eruit?"

„Jong en mooi. Ze zou een dochter van je kunnen zijn."

Hij grijnst en trekt zich opnieuw terug achter de deur. Zuchtend zet de lift zich in beweging.

16

De woorden die Caroline gesproken heeft blijven hangen in de kamer met het hoge plafond. Langs de achterwand staat een boekenkast die tot de rand toe gevuld is. In de vensterbank staan miniatuurauto's, ook in een hoek van de kamer zijn de sporen van kinderen te vinden. Een poppenwagen, een speelgoedkeukentje, een garage vol met autootjes en drie poppen op een stoel.

Het is alsof Annelie langzaam wakker wordt, of de betekenis van de woorden maar geleidelijk doordringt maar dan ineens blijkt de boodschap over te komen.

„Ik word tante! Caroline, gefeliciteerd!" Annelie hangt haar jongere zus om de hals, kust haar op beide wangen. „Ik had niet verwacht dat ik ooit nog tante zou worden."

„Van Stefs kant ben je toch ook al tante? Je hebt zelfs de kinderen van je zwager en schoonzus gehaald."

„Dat is anders. Jij bent m'n zusje."

„Soms weet ik niet of ik er wel blij mee ben."

„Niet blij? Ach, elke aanstaande moeder twijfelt wel eens."

Ze kijkt naar Annelie. Haar oudere zus ziet er niet uit of ze ooit twijfelt. Ze was gewend haar eigen boontjes te doppen. Voordat ze zelf moeder werd had ze al zoveel moeders geholpen om hun kind ter wereld te brengen. Annelie had nooit getwijfeld zoals zij nu deed. Ze was nooit teruggedeinsd voor verantwoordelijkheid. Zij had 's nachts nooit wakker gelegen, bang voor de tijd die komen ging. Annelie had daar vast niet over nagedacht. Alles wat ze deed, lukte ook. Waarom zou dat bij het opvoeden van kinderen anders gaan? Ze durft het niet te vragen maar zou Annelie nooit teruggeschrokken zijn voor de gedachte dat sommige gebeurtenissen onomkeerbaar zijn? Een zwangerschap is onmogelijk terug te draaien. Haar kind zal groeien en op een dag geboren worden. Net zo onomkeerbaar.

„Eerst is er het verlangen naar een zwangerschap," hoort ze Annelie zeggen. „dan is er de blijdschap als je zwanger bent. Als

je dat achter de rug hebt, dringt het tot je door dat er een bevalling aankomt en dat je daarna een kind groot moet brengen." Zou
haar zus die gedachten dan toch kennen?

"Als aanstaande moeder heb je zoveel twijfels." Annelie slaat
een arm om haar schouders. "Alleen al de gedachte dat je een
gehandicapt kind zou kunnen krijgen. Het is immers niet vanzelfsprekend dat het gezond wordt? Er kan van alles misgaan
vanaf de conceptie tot en met de geboorte. Als je baby geboren
is, ben je er nog niet. Er kan namelijk ook heel veel misgaan tijdens het opgroeien. Ongelukken, ziektes, drugsgebruik, verkeerde vrienden..." Ze lacht. "Laat het nou maar gewoon over je
komen, zusje."

Hoe kan zij vertellen dat ze nooit heeft verlangd naar een
zwangerschap, dat het haar overkomen is, dat ze niet eens echt
blij kan zijn. Annelie zal dat nooit kunnen begrijpen.

"Mag ik je verloskundige zijn?"

"Natuurlijk, waar zou ik anders naartoe moeten?"

"Er zijn hier in Zwartburg meer praktijken."

"Arthur en ik hebben het er van de week over gehad. We willen allebei graag dat jij het doet."

"Bedankt voor het vertrouwen. Kom je van de week naar m'n
praktijk? Ik maak een echo en je zult zien dat je zwangerschap
dan echt voor je gaat leven."

"Je zult dan toch nog niet veel kunnen zien?"

Op internet had ze gezocht hoe klein het vruchtje was.

"Het hartje klopt al. Voor elke aanstaande moeder en vader is
dat een heel bijzonder moment."

"Arthur zal vast mee willen," bedenkt ze.

"Ik verwacht niet anders. Ik denk dat Arthur een betrokken
vader zal worden. Stef wandelde altijd achter de kinderwagen.
Als gemeenteleden hem tegenkwamen, keken ze daar vreemd
van op maar voor hem was het heel vanzelfsprekend. Waarom
zou die kinderwagen alleen aan de moeders zijn voorbehou-
den?"

Als Annelie erover praat, wordt het minder beangstigend.

"Ik heb nog wel wat spulletjes van Idske over. Ik weet niet of jullie alles nieuw willen kopen maar voor sommige dingen vind ik het onzin." Ze slaat haar benen over elkaar, vouwt haar armen daaromheen en verstrengelt haar vingers. „We hebben bijvoorbeeld de kinderstoel nog en het badje. De wieg staat hier ook nog. Dat is die wieg waar we zelf ook in hebben gelegen. Ach, ik ratel maar door. Wat zullen de kinderen het prachtig vinden zo'n klein neefje of nichtje. Weet je al of je dit ook tegen mama gaat zeggen?"

Er valt een stilte. „Wat denk jij?" informeert Caroline dan.

„Je weet hoe ik erover denk. Ik wil niet tussen jullie gaan zitten. Als jij vindt dat je dit met mama moet delen, kun je contact zoeken. Zelf herinner ik me van die tijd dat ik het gevoel had dat ik mama heel erg nodig had. Je wilt ervaringen met haar delen. Als je kind geboren is, wil je het aan je moeder laten zien."

„Je vindt dat ik dat al veel eerder had moeten doen."

Het bankstel van Stef en Annelie is te groot voor haar. Steeds schuift ze met de zware kussens naar voren. Buiten is de duisternis al ingevallen. Het is oktober, de weg naar de winter wordt ingeluid met koude avonden en goudkleurige dagen.

„Dat heb je mij niet horen zeggen. Ik weet wel dat mama veel verdriet had van jullie onverwachte huwelijk."

„Ons huwelijk was niet alleen voor haar onverwacht. Jij was ook teleurgesteld en daarin was je niet de enige. Op mijn werk vonden ze het niet leuk. Arthur heeft veel commentaar in de apotheek gekregen."

„Voor haar kwam het extra hard aan."

„Ik ben een poos geleden bij haar aan de deur geweest maar ze was niet thuis."

„Als ze dat zou weten, zou ze het betreuren."

„Misschien vind ik over een poosje nog een keer de moed."

Soms komen Annelie en zij heel dicht bij elkaar. Soms zijn ze echt zusjes die dingen delen. Heel vaak blijft er een kloof.

„Mag ik haar vertellen dat je zwanger bent?" wil Annelie nu weten.

„Ik denk dat het beter is als ik dat zelf doe maar hoe doe ik dat zonder dat zij het gevoel krijgt dat ze zich weer volop in mijn leven kan mengen?"

„Je kunt toch duidelijkheid scheppen en grenzen stellen? Ik weet zeker dat ze die wil respecteren."

„Dat is niet haar sterkste kant."

„Ze heeft toch ook gerespecteerd dat jij geen contact meer wilde?"

Caroline zucht. Af en toe lijkt het alsof Annelie en zij totaal langs elkaar heen praten.

„Ze kon het anders niet laten om zichzelf uit te nodigen op haar felicitatie."

„Ik vond het heel sterk dat ze jullie toch een kaart stuurde voor jullie onverwachte huwelijk. Probeer eens positief naar je moeder te kijken. Ze heeft haar hele leven voor je klaar gestaan. Altijd weer maakte ze zich zorgen om jouw gezondheid. Jij was zo'n teer poppetje dat extra aandacht moest hebben. Ik was Hollands welvaren. Ik hoefde die aandacht niet. Herinner je je nog die keer dat je ineens hele hoge koorts kreeg?"

„Ik had wel vaker hoge koorts."

„Ik herinner me het nog als de dag van gisteren. Het was namelijk op de dag van de diploma-uitreiking. Ik had m'n atheneum-diploma gehaald. Alleen papa was erbij want mama moest bij jou zijn."

„Ik kon daar toch niets aan doen."

„Nee, jij kon daar niets aan doen. Ik weet nog wel wat ik voelde."

„Je bent gewoon jaloers," constateert Caroline geschokt.

„Ik ben nooit jaloers geweest maar ik wist wel dat ik minder belangrijk was dan jij. Voor jou moest alles wijken. Misschien moet ik niet eens willen dat het contact tussen jou en mama weer hersteld wordt. Ik kom er eerlijk voor uit dat ik geniet van de aandacht die ze momenteel aan mij en mijn gezin besteedt. Die aandacht had ik nooit gekregen als jij niet te kennen had gegeven dat je geen contact meer wenst. Het probleem is dat ik zie dat mama lijdt onder jouw afwijzing. Ze is geen jonge vrouw meer. Ze loopt naar de zeventig. Aan papa heb je gezien dat het

leven zomaar ten einde kan zijn. Dan is er geen weg terug meer."
„Je kunt merken dat je met een predikant getrouwd bent."
Caroline is opgestaan. „Je preekt minstens zo goed als Stef."
„Het heeft niets met preken te maken."
„Noem het zoals je wilt."
„Caroline ga zitten. Het is duidelijk dat we er samen nooit uit-komen. Misschien moeten we het nu laten rusten. Je bent hier binnengekomen met een geweldige mededeling. Ik wil er blij om zijn. Wijn krijg je niet van me maar misschien heb je zin in vruchtensap?"
Annelie zal altijd haar grote, verstandige zus blijven. Soms lijkt het alsof ze in verschillende werelden zijn opgegroeid. Met enige tegenzin laat ze zich toch weer op de te grote bank zak-ken.

„Was dat nu inderdaad je dochter laatst?" wil Sijbrand Atsma weten.
„Laatst?" Emmely trekt haar wenkbrauwen op. Ze draait het sleuteltje van de brievenbus om en ontdekt dat de postbode nog niet is geweest.
„Nou ja, vorige maand of zo. Ik tref je bijna nooit alleen en in gezelschap wil ik je er niet naar vragen."
„Het zou kunnen dat het mijn dochter is geweest."
„Dat klinkt ingewikkeld." Sijbrand draait zijn sleuteltje ook rond en komt tot dezelfde conclusie als Emmely. „Ga je straks in de gemeenschapsruimte koffiedrinken?" wil hij van haar weten.
„Ik weet het eigenlijk niet."
„Is het erg onbehoorlijk als ik je uitnodig voor een kop koffie bij mij thuis?"
„Waarom?"
„Omdat het me prettig lijkt om eens echt met je in gesprek te raken. Deze korte ontmoetingen bij de brievenbus laten me altijd met veel onbeantwoorde vragen achter. Als we samen in de gemeenschapsruimte koffiedrinken, komt het ook niet tot diep-zinnige gesprekken."
Emmely kijkt naar hem. Het is of ze hem nu voor het eerst ziet,

de buurman van schuin rechtsonder. Ze had het altijd prettig gevonden om hem tegen te komen en even een praatje met hem te maken. Anderhalf jaar geleden was zijn vrouw na een lang ziekbed overleden en in die tijd had ze hem wel eens gebeld om te vragen hoe het met hem ging. Dankzij haar was hij later ook weer naar de koffie gegaan. Hij is een jaar ouder dan zij is, weet ze. Kort na haar negenenzestigste hoopt hij zijn zeventigste verjaardag te vieren.

„Nou? Was het echt een onbetamelijke vraag?" Zijn wenkbrauwen bewegen zich in de hoogte. Grijze, wilde wenkbrauwen heeft hij die in een expressief gezicht staan. Een even grijze krans ligt rond zijn gladde hoofd.

Ze giechelt. „Er zal geroddeld worden."

„Er wordt altijd geroddeld."

„Zal ik met een half uurtje bij je zijn?"

„Dan zorg ik dat de koffie klaar is."

Ze hoort hem fluiten als hij naar de lift loopt. Hij fluit nog als de deur zich gesloten heeft. Hij vergeet haar te vragen of ze ook mee wil.

Ze voelt zich totaal belachelijk als ze voor de spiegel haar wangen van een roze blos voorziet en haar lippen bijwerkt. Ze schaamt zich over het gevoel van opwinding, over haar hart dat met zware, onrustige slagen klopt. Nog eens kamt ze haar haren, controleert in de spiegel of haar kleding goed zit. Nog snel schiet ze iets elegantere schoenen aan. Ze heeft al een bloes aangetrokken die haar meer flatteert. Het zal Sijbrand vast niet opvallen. Alois was het ook nooit opgevallen als ze iets anders droeg. Mannen hebben daar geen oog voor. In de hal tikken voetstappen op het marmer. In de keuken blijft ze even achter het gordijn staan kijken om te zien wie er vanmorgen gaan. Als de laatste deuren gesloten zijn, trekt ze haar deur open en loopt naar de liften. Opnieuw voelt ze zich belachelijk. Een kind dat verboden dingen doet.

„Ga je ook naar de koffie?" De buurvrouw verderop is laat.

„Nee, nee, ik wil kijken of ik post heb."

„De postbode is nog niet geweest."

„Meestal is hij er om deze tijd wel."

De lift komt tot stilstand, de deuren openen zich. Zijn haar blossen niet te roze? Ze veegt onopvallend langs haar wangen.

„Ik zie hem altijd voorbij komen en vanmorgen is hij niet geweest."

„Ik verwacht nog iets van de kerk. Dat kan inmiddels in de bus zijn gegooid," verzint ze.

„Ik heb niemand bij de brievenbussen gezien."

„Ik neem aan dat je niet de hele morgen voor het raam hebt gestaan. Er kan net iets bezorgd zijn toen jij op het toilet zat."

De buurvrouw blijft wachten tot ze de brievenbus geopend heeft. „Nou, wat zei ik je?" klinkt het triomfantelijk. „Weet je zeker dat je niet meegaat naar de koffie?"

„Nee, ga nou maar."

Ze moet voor haar goede fatsoen wel weer in de lift stappen, gaat naar boven en daalt weer. In de hal is nu alles rustig. Met iets van schaamte loopt ze naar het huis van Sijbrand.

„Het was een hele klus om van Mientje af te komen," constateert hij met een lach. „Ik zag jullie aankomen en weet inmiddels hoe vasthoudend ze is. Na het overlijden van mijn vrouw heeft ze een tijd lang haar zinnen op mij gezet. Het heeft behoorlijk moeite gekost om haar te overtuigen dat ik niet op een nieuwe liefde zat te wachten." Hij sluit de deur achter haar, neemt haar jas aan, gaat haar voor naar de kamer. „Zoek maar een plaatsje. Ik haal koffie voor je."

Ze voelt zich opgelaten als ze op de bank gaat zitten. Vanaf een donker, eiken dressoir kijkt Tilly Atsma haar met een ernstige blik aan. Ze heeft de vrouw van Sijbrand niet goed gekend. Kort na haar verhuizing was ze overleden en in die tijd had ze nauwelijks contact met haar medebewoners. Als Sijbrand terugkomt wordt ze bevangen door een verlegenheid die haar normaal in zijn aanwezigheid vreemd is.

„Mooie foto van Tilly," merkt ze op.

„Ja, precies zoals ze was. Ze was geen vrolijke lachebek en als ze op de foto moest, wist ze niet hoe ze kijken moest. Deze foto heeft onze jongste dochter van haar gemaakt toen we vijfenveertig jaar getrouwd waren. Het is Tilly ten voeten uit."

„Je bent alweer anderhalf jaar alleen."

„En ik leef nog." Hij gaat tegenover haar zitten in een grote, eiken leunstoel. Zijn huis ademt zo'n heel andere sfeer dan het hare. „Als je me van tevoren had verteld dat Tilly eerder zou overlijden dan ik, dan had ik gemeend dat ik daar nooit overheen zou komen."

„Je leert ermee leven," begrijpt ze.

„Je moet ermee leren leven."

„Daar weet ik alles van."

„Jouw man heb ik niet gekend. Je was al weduwe toen Tilly en ik hier kwam wonen, is het niet?"

„Alois heeft hier niet lang gewoond, eigenlijk net zoals jouw Tilly. Mijn oudste dochter had erop aangedrongen dat we zouden verhuizen. We woonden in een schitterend huis in de binnenstad maar het was behoorlijk bewerkelijk. Natuurlijk had ik wel hulp maar dan bleef er nog genoeg over. Annelie had een vooruitziende blik. Toen er sprake was dat hier appartementen gebouwd zouden worden, vond ze dat we ons ervoor moesten inschrijven. Het leek haar goed omdat we toch ook een dagje ouder werden en het leven dan maar zo veranderen kan. Bovendien wilden we graag appartementen met ruimte. Die worden maar weinig gebouwd voor ouderen. Deze waren ruim, zo ruim dat onze jongste dochter er in eerste instantie ook nog bij in heeft gewoond."

„Maar niet meer toen wij hier introkken, want ik ken haar niet."

„Nee, een jaar na het overlijden van Alois is ze in een eigen flat getrokken. Ik ben blij dat we er destijds voor gekozen hebben om hier te gaan wonen. Mijn leven veranderde inderdaad van de ene op de andere dag. Het was goed dat ik toen niet meer in dat enorme huis woonde. De eerste jaren heb ik me wat op de achtergrond gehouden. Sinds kort vind ik het prettig om af en toe naar de koffie te gaan, zoals je wel weet."

„Wie stond er laatst bij je aan de deur? Was dat je oudste dochter?"

„Ik weet het niet helemaal zeker maar ik denk dat het de jongste was."

„Jullie spreken elkaar dus niet vaak."

Ze heeft er altijd een hekel aan om over de verwijdering tussen haar en Caroline te praten. Nu komen de woorden vanzelf. Sijbrand zwijgt. Af en toe knikt hij begrijpend. Als haar stem zwijgt, leunt hij naar voren en legt zijn hand op de hare. Ze staart naar die hand, naar de bruine vlekjes op de rug, naar de twee gouden ringen om zijn rechter ringvinger. „Michelangelo," hoort ze hem zeggen en niet begrijpend kijkt ze hem aan. „Jouw verhaal doet me aan dat detail van de plafondschildering van Michelangelo denken. Het is een bekend beeld. Twee handen die naar elkaar reiken en die elkaar net niet kunnen bereiken. Uiteraard had de schilder er destijds een andere bedoeling mee. Het is een onderdeel van zijn schildering over Genesis in de Sixtijnse kapel in Rome en laat zien hoe God naar Adam, naar de mens reikt. Meestal wordt alleen dat kleine stukje van zijn schilderij eruit gelicht. Veel mensen schijnen door dat beeld aangesproken te worden. Het komt zo vaak voor. Mensen die zo dichtbij zijn en toch onbereikbaar. Heel vaak is die afstand echter met een stap te overbruggen. Waarom zoek je haar niet gewoon op?"

„Ik ben bang om opnieuw gekwetst te worden. Bovendien heeft ze me nadrukkelijk gevraagd haar met rust te laten. Afgelopen zomer heb ik haar getroffen op de camping toen ik bij Annelie op bezoek was. Ze heeft geen woord tegen me gezegd en is uiteindelijk een eind gaan lopen."

„Waarschijnlijk wist zij zich ook geen houding te geven. Het is vaak eenvoudiger om onenigheid te veroorzaken dan weer bij te leggen."

„Ik heb fouten gemaakt, ik was zo bang dat haar iets zou overkomen. Bij haar geboorte was ze al zo klein, zo kwetsbaar. Ze is vernoemd naar mijn moeder maar ze deed me ook vaak aan mijn moeder denken. Mijn moeder was ook kwetsbaar."

„Jij was kwetsbaar," zegt hij. „Een kind in de oorlog. Onze generatie heeft op de een of andere manier altijd iets met de oorlog van doen gehad. Al die jaren hebben we het meegezeuld, heeft het onze beslissingen en manier van leven beïnvloed. Tilly woonde in Amsterdam tijdens de oorlog. Zij en haar familie hebben echt honger geleden. Woedend kon ze worden als onze kleinkinderen het eten wilden laten staan. Misschien wordt het tijd om die bagage eens met je jongste dochter te delen. Het dragen zou lichter worden."

De bel doordringt plotseling het huis. Met tegenzin staat hij op, sluit zorgvuldig de deur tussen de gang en de kamer. Ze hoort de stem van Mientje, hoog en opgewonden. Zijn stem klinkt rustig daardoorheen, dan wordt de deur gesloten. Zijn sloffende voetstappen komen weer in de richting van de kamer. „Mientje wilde weten of ik al post had," merkt hij op. „Zij had nog steeds niets en dat vond ze toch wel heel laat. Ze is inmiddels op weg naar jou."

„Dan ga ik nu snel naar de brievenbus. Als zij boven is, ziet ze me beneden niet. Als ik er niet ben, ligt ze de rest van de dag op de loer tot ze me ziet komen."

„Het enige nadeel van deze appartementen." Hij grijpt haar hand en helpt haar van de zware leren bank. „Ik hoop dat je nog eens komt."

„Je bent bij mij ook van harte welkom."

„Dank je." Hij kust haar zachtjes op de wang. Het lukt haar om net voor Mientje bij de brievenbussen aan te komen.

17

Alles in het nieuwe huis is mooi. Ruim drie weken is het nu geleden dat ze zijn verhuisd maar nog dagelijks geniet ze van het nieuwe, van de stijlvolle, moderne meubels die ze samen hebben uitgezocht. Van de badkamer met het grote bad, de twee wastafels en de douche. Met zorg hebben ze alles bij elkaar gezocht. Warmrode plavuizen in de gang, zachtgrijze in de ruime kamer. Wondermooi harmonieert de vloer met de strakke meubels, de rode gordijnen. Een enorme schuifpui geeft toegang tot de tuin die nu nog niet meer dan een zanderige bende is, maar waar in het voorjaar een hoveniersbedrijf zich mee bezig zal houden. Daar zal binnenkort de broeikas van Arthur in elkaar gezet worden zodat ze volgend jaar weer verzekerd zijn van sappige tomaten en komkommers. Het is nog steeds niet helemaal haar huis. Ze grijpt regelmatig mis als ze iets zoekt en toch voelt ze zich hier gelukkiger. De kleine kamer aan de voorkant wordt de babykamer, hun eigen slaapkamer geeft ruimte aan een riant slaapkamerameublement, er is een werkkamer die ze delen en een logeerkamer. Haar grootste trots is de keuken die rond een kookeiland is opgesteld. Zwart marmer harmonieert schitterend met donkerrood hout. Naast het kookeiland staat een enorme tafel die genoeg ruimte biedt aan aanschuivende gasten. Arthur houdt ervan om voor gasten te koken. Zij vindt het prettig om te kijken hoe hij het eten bereidt, ook deze namiddag als er geen gasten zijn. Ze houdt van zijn rituelen, de manier waarop hij bedachtzaam de mouwen van zijn overhemd omvouwt en vervolgens alle ingrediënten voor het recept verzamelt. „Een heel vrij weekend," heeft hij even daarvoor tevreden gezegd. „Geen dienst, niemand die iets van me wil."

Ze kijkt naar hem als hij zorgvuldig de paprika en prei snijdt, het vlees in de marinade legt. Af en toe neemt hij een slokje wijn. Het zijn momenten boordevol rust waarin ze beiden in staat zijn afstand te nemen van hun hectische baan, van de drukke wereld waarvan ze deel uitmaken. Het geluid van de telefoon voelt als inbreuk. Ze twijfelt, kijkt naar Arthur, die zijn vette handen in de lucht steekt en knikt.

„Tante Caroline, Joppe en ik willen graag jullie nieuwe huis bekijken," klinkt het aan de andere kant als ze het knopje heeft ingedrukt.

„Pim en Joppe willen komen," vertaalt ze de woorden naar Arthur.

„Laat ze dan ook blijven eten."

„Ik weet niet of ze wel prei en paprika lusten," sist ze in de hoop dat hij zijn uitnodiging intrekt.

„Dan verzinnen we iets anders."

Ze kan niet anders, ze moet zijn uitnodiging overbrengen. Een waar indianengehuil aan de andere kant is hun antwoord.

„Hoe komen jullie dan?"

„Met de bus," is het besliste antwoord van Pim.

„Moet ik jullie niet komen halen? Weet je wel waar je moet uitstappen?"

„Mama heeft het uitgelegd. Ze komt ons vanavond weer halen."

Met een ongelukkig gezicht drukt ze het knopje weer in.

„Wat een ondernemende neefjes heb je." Arthur is onder de indruk.

„Ik zou het vroeger niet eens hebben gemogen. Waarom moesten ze hier eigenlijk eten?"

„Dat is toch gezellig?"

Ze zwijgt. Zelf had ze zich verheugd op een lange, rustige avond met Arthur. Nu zullen Pim en Joppe niet tot heel laat blijven, maar als Annelie ze komt halen, zal ze vast ook niet in de auto blijven zitten. Ze heeft hun huis nog niet eens bekeken en zal dit vast het goede moment vinden.

„Wil jij kijken of er nog genoeg ijs is?" Arthur past zijn plannen direct aan. „Als dessert kunnen we dan flensjes met ijs en chocoladesaus eten."

„Je zult vast een fantastische vader worden," merkt ze wat zuur op.

„Wat heeft dat er nou mee te maken? Ik vind het gewoon leuk

dat die twee neefjes van je komen. Het zijn leuke knullen. Wat mij betreft mogen ze ook best een keer blijven logeren."

„Maar vandaag niet."

Ze let niet op zijn ontstemde blik als ze naar de bijkeuken loopt waar de vrieskist staat.

Pim is enthousiast over het nieuwe huis. „Wat een groot bad!"

„Je mag een keer bij ons logeren, dan kun je er samen met Joppe baden," belooft Arthur.

„Jullie krijgen ook een baby," weet Joppe.

„We zijn helemaal vergeten het cadeautje te geven," herinnert Pim zich. Met een rood hoofd duikt hij in zijn rugtas. „Joppe en ik hebben het zelf uitgezocht."

Het pakje is verfrommeld, het gele konijntje met het blauwe broekje heel zacht. Ontroerd aait ze over het pluizige velletje. Zou het bij haar zwangerschap horen? Tegenwoordig huilt ze overal om. „Wat lief," zegt ze. „Als straks de wieg op het kamertje staat, zet ik het konijntje erin."

„Helpen jullie me met koken?" Arthur heeft schorten tevoorschijn getoverd, legt hier en daar een knoop om de maat aan te passen en wikkelt de jongens er zo goed en kwaad als dat gaat in.

„Vind je het niet eng om zo samen met de bus te gaan?" wil Caroline weten.

„Natuurlijk niet," klinkt het uit twee monden.

„We zijn ook al een keer met de bus naar oma geweest," vertelt Joppe. Ze voelt de waarschuwende blik van Arthur op zich rusten. Ze slikt. „Oma vond dat wel leuk zeker."

„Ze wilde ons ophalen maar we konden haar huis wel zelf vinden," meldt Joppe trots.

„Ik had toen een acht voor mijn spreekbeurt," deelt Pim nu mee.

„Knap, waar ging dat over?"

„Over Nederlands-Indië. Oma heeft daar ook gewoond. Ze was toen nog een meisje."

„Dan weet je er nu natuurlijk wel veel van."

„Oma heeft best veel verteld maar de foto's waren niet leuk. Ze had geen foto's uit het kamp."

„Ze gingen naar kamp Halmaheira," weet Joppe nog te vertellen. „Ze moesten allemaal in een trein en konden niets zien. Dat was hartstikke eng."

„En haar papa was al weg," vult Pim aan.

„En toen ging haar mama ook nog dood. Zomaar. Ze ging naar het ziekenhuis en oma mocht alleen maar zwaaien."

„Opeens was ze er toen niet meer. Ze was dood en dat was hartstikke zielig. Dat heb ik niet op school verteld, hoor. Ik vind dat zielig voor oma."

Ze bijt op haar lip, ziet het meisje voor zich dat ook zij wel eens op de foto's heeft gezien. „Willen jullie iets drinken, jongens?" In de kelder staat frisdrank. Ze is blij om even de keuken te kunnen verlaten. „Opeens was ze er niet meer. Ze was dood," had Pim net gezegd. „Ik vind dat zielig voor oma."

Hoe kon het dat haar twee neefjes schijnbaar meer wisten dan zij? Hadden ze beter geluisterd? Zij wist toch ook van de achtergrond van haar moeder. Hoeveel mensen hadden haar niet gezegd dat de wortels van haar moeders overbezorgdheid juist daar moesten liggen. Ze had altijd haar schouders opgehaald. Nu ziet ze het in een ander licht. „Kind, het lijkt me beter dat je niet meegaat op kamp. Je bent pas ziek geweest. Kind, je krijgt echt geen brommer. Ik verbied het je. Het is te gevaarlijk! Kind, ga nou niet naar dat feest. Je weet nooit wat daar allemaal gebeurt en wat er allemaal gebruikt wordt. Doe het nou niet, ga nou niet, ik verbied het je!"

Vasthouden wilde ze, voorkomen dat haar iets zou overkomen, bang dat zij er opeens ook niet meer zou zijn. Haar moeder ging mee op schoolreis, mee naar het zwembad als ze alleen met vriendinnen wilde. Zij zou nooit alleen met de bus hebben mogen reizen. En toen stierf haar vader plotseling. Van het ene moment op het andere was hij er niet meer. „Ik voel me niet lekker," was het laatste wat hij tegen haar moeder had gezegd en dat ze zich geen zorgen hoefde te maken. Na zijn dood was de angst van haar moeder verhevigd, juist tegenover haar. Dat zou ze nooit begrijpen. Tegenover Annelie had ze zich nauwelijks zo bezorgd getoond. Ze is het trapje afgedaald en pakt een fles cola. Langzaam loopt ze weer naar boven. Haar moeder wilde niet praten over die episode. „Wat heb ik daar nou van meegemaakt? Ik was nog maar een kind. Ik ben geen troostmeisje geweest, ik ben nooit in elkaar geslagen, ik ben nooit neergevallen bij een appèl, nooit dagenlang opgesloten in zo'n kleine bamboekooi." Hoe is het mogelijk dat haar twee neven schijnbaar wel door wisten te dringen. „Opeens was ze er niet meer. Ze was dood."

Haar handen wringen de dop van de fles open voor ze ermee naar de keuken loopt.

„Ik hef mijn ogen op naar de bergen: vanwaar zal mijn hulp komen? Mijn hulp is van de Here, die hemel en aarde gemaakt heeft."

Emmely leest de woorden die haar broer haar heeft gewezen, langzaam en duidelijk. Nooit eerder hebben deze woorden zo voor haar geleefd, zijn ze zo diep tot haar doorgedrongen. Vanuit haar ooghoeken ziet ze hoe Lieke langs haar ogen veegt. Even trilt haar stem. „De Here zal u bewaren voor alle kwaad, Hij zal uw ziel bewaren. De Here zal uw uitgang en uw ingang bewaren van nu aan tot in eeuwigheid."

De laatste woorden heeft Lieke ook uitgesproken. „Dat was onze trouwtekst," zegt ze aangedaan. „Nooit geweten dat ik die nog eens zo nodig zou hebben." Omstandig zoekt ze in de zak van haar blazer naar een zakdoek en snuit haar neus. „Vinden jullie het goed dat ik nu ga? Over een half uur word ik verwacht en ik wil ruim de tijd hebben om erheen te rijden.

„Natuurlijk. Theo is bij mij in goede handen. Geniet maar van je vrije middag."

Ze ziet hoe Lieke voorzichtig een kus op het voorhoofd van haar man drukt. Theo glimlacht, wordt dan overvallen door een hevige hoestbui. Zijn benauwdheid is angstaanjagend om te zien. Hij wuift met zijn hand dat Lieke moet gaan. „Zie je nu wel," zegt ze bij de deur. „Zie je hoe vreselijk dit is? Wil je wel alleen met hem blijven?"

„Ga nu maar. Ik red me wel."

Als ze de kamer in komt, hangt Theo uitgeput in zijn stoel. Zijn gezicht ziet grauw. „Ik denk dat het goed is dat je weer teruggaat naar je bed," stelt ze voor. „Als je straks wakker bent, kijk je maar of je er weer uit wilt of dat je liever hebt dat ik bij je kom zitten."

„Je bent nog altijd m'n grote, sterke zus," fluistert hij.

Ze glimlacht, streelt hem door z'n haren. „Sterk? Ik zou veel sterker willen zijn maar kom maar mee, broertje. Ik zorg vandaag voor je."

Hij is zo mager geworden. Ze schrikt ervan als ze een arm om hem heenslaat en hem zo de trap op, naar de slaapkamer begeleidt. Nadat hij in eerste instantie goed herstelde, werd hij twee weken geleden door een longontsteking getroffen. Het heeft hem ver achterop gebracht. Piepend gaat zijn ademhaling, het duurt lang voor ze boven zijn.

Ze helpt hem met het uittrekken van zijn kleding en drapeert zorgvuldig het dekbed over hem heen.

„Het goede aan dit hele verhaal is dat Lieke en ik geestelijk enorm naar elkaar zijn toegegroeid," hoort ze hem dan zeggen. „We hebben alles goed doorgesproken voor als het toch niet goed gaat. Lieke weet wat ik wil op mijn begrafenis. Ze weet ook van mijn verwachtingen na dit leven. Hij is ons tot hulp en sterkte."

Opnieuw een hoestbui. „Ga maar slapen," zegt ze, als hij weer een beetje tot rust is gekomen. „Straks hoop ik nog een poosje met je te kunnen praten."

Zachtjes sluit ze de deur van de slaapkamer.

Het huis is stil nu. Cindy drentelt om haar heen tot ze het dier de mand wijst. Besluiteloos staat ze op de drempel van de keuken waar een volle tafel haar aangrijnst. Een pak melk, een broodmand met brood, divers beleg, borden met kruimels. Op het bord van Theo ligt meer dan een halve boterham met jam. Hij wilde zo graag eten, het lukte hem niet. Ze zucht en neemt de borden van de tafel, spoelt ze af onder de kraan en deponeert ze in de afwasmachine. Daarna volgen de bekers, het bestek. In de afgelopen weken is dit huis bekend terrein voor haar geworden. Misschien was ook dit het goede aan het verhaal. Zorgvuldig drapeert ze het door Lieke geborduurde tafelkleed weer over de fraaie, antieke tafel en zet de kristallen fruitschaal terug. Besluiteloos staat ze dan in het midden van de kamer. De vleugel trekt haar aandacht. Het middelpunt in Liekes bestaan. Ook nu kon ze maar zo plaatsnemen op die kruk als het haar even te veel werd. Meestal bracht Bach of Mozart haar tot rust. Ze legt haar hand op de zwarte lak, poetst met haar mouw de afdruk direct weer weg, gaat op de kruk zitten en bladert door de partituren die op een stapel op de vleugel liggen. Het moet geweldig zijn om op deze manier al je verdriet, je woede, je onmacht en frustraties weg te kunnen spelen. Ze had daar nooit iets van begrepen. In de weken na Theo's operatie was het haar steeds duidelijker geworden.

De kruk zit niet goed. Ze houdt het niet lang vol, zoekt een plekje in de leren fauteuil die normaal door Theo wordt bezet. Ze draait rond tot ze het oog op de tuin heeft waar de wind met bladeren speelt. Het is de eerste keer dat die gelegenheid er is. Theo had er altijd voor gezorgd dat de tuin pijnlijk netjes bleef. Elk blad werd direct opgeruimd, de tuin zou in deze tijd al winterklaar zijn geweest. Theo zou de bollen in de grond hebben gestopt, dode bloemen hebben afgeknipt, planten hebben verplaatst. Lieke wilde het zo. Hij deed het.

Van boven klinkt opnieuw dat benauwde gehoest. Het maakt haar onrustig. Ze staat weer op, loopt door de kamer, weet niet wat te doen. Ze had Lieke zelf aangeboden er een middag op uit te gaan. Haar schoonzus zag eruit of ze het niet lang meer aan zou kunnen. De longontsteking van Theo was een vreselijke tegenvaller geweest. Haar zussen hadden zich direct bereid verklaard haar een middag op sleeptouw te nemen. Dat deden ze liever dan op ziekenbezoek gaan. Ze staat voor de boekenkast. Tussen alle boeken staat een foto van Lieke en Theo samen. Ze lachen allebei, het lijkt of ze blij zijn met elkaar. Haar ogen glijden langs de ruggen met titels. Af en toe neemt ze er een exemplaar uit maar ze is te onrustig om te lezen, tegelijkertijd voelt ze zich doodmoe. Boven is de rust weergekeerd. Opnieuw zakt ze neer in de stoel van Theo. Elke keer als ze aan hem denkt, knijpt haar maag samen, voelt ze een doffe, misselijkmakende angst die alleen maar is toegenomen na de afgelopen vreselijke weken. Het leek er allemaal hoopvol uit te zien. Geen uitzaaiingen, de operatie goed doorstaan, hartfunctie was voldoende. De dood was de afgelopen weken ineens toch weer dichterbij gekomen en met de dood, het afscheid nemen, het overblijven. Zij, helemaal alleen. Nooit hadden ze een goed contact gehad maar ergens was hij er altijd geweest. Haar broertje, met wie ze haar jeugd had gedeeld. Ze hadden er nooit meer samen over gepraat maar het was een onzichtbare schakel tussen hen geweest. Ze wil niet dat die schakel verbroken wordt, maar ze is niet in staat om er iets aan te veranderen.

Minuten tikken tergend langzaam voorbij. Er klinkt boven geen hoesten meer, vermoeidheid overvalt haar als een ongewenste indringer. Ze verzet zich niet lang als de slaap komt. Cindy maakt van de gelegenheid gebruik en legt zich aan haar voeten. Ze merkt het niet.

Later schrikt ze wakker. Ze weet niet hoeveel later, ziet op haar horloge dat ze toch zo'n uur geslapen moet hebben. Van boven klinkt nog steeds geen geluid. Het verontrust haar plotseling. Met zachte voetstappen klimt ze de trap op, luistert aan de deur van de slaapkamer en hoort nog steeds niets. Voorzichtig kiert ze de deur open en kijkt recht in zijn blauwe ogen. „Theootje," zegt ze teder. Ze pakt zijn hand, gaat voorzichtig op de rand van het bed zitten. „Heb je goed geslapen?"

Hij knikt. „Het is zo vreemd dat ik tegenwoordig wel eens teleurgesteld ben als ik gewoon weer ontwaak. Ik voel me er schuldig over. Voor Lieke zou het vreselijk zijn."

Ze klopt op zijn magere hand. „Vergeet mij niet."

„We zijn elkaar zo uit het oog verloren."

„In deze moeilijke tijd hebben we elkaar toch weer een beetje gevonden."

„Ik ben je dankbaar voor wat je voor Lieke deed."

„Je bent mijn broer en zij is met je getrouwd."

Er hangt een bedompte lucht in de slaapkamer die haar benauwt. „Wil je nog een poosje naar beneden?" informeert ze. Hij schudt zijn hoofd en ze had ook niet anders verwacht.

„Zal ik dan maar thee voor je halen?"

Hij schudt zijn hoofd. „Blijf bij me." Ze kan niet anders dan op de rand van het bed gaan zitten.

„Binnenkort gaat het weer beter met je," merkt ze geruststellend op en legt heel even haar hand op de zijne.

„Mijn leven is niet langer oneindig," zegt hij en als hij haar onbegrip ziet, vervolgt hij, „Zelfs als je boven de zestig bent, denk je niet in jaren. Je leeft gewoon door. Uiteraard weet je dat het leven eindig is maar het speelt niet echt een rol in je leven. Nu heb ik cijfers, termijnen en kansen. Weet jij hoeveel procent van de patiënten met mijn gunstige vooruitzichten een vijfjaars overleving heeft?"

Vijf jaar lijkt zo weinig.

„Zesenzeventig procent," gaat hij verder. „En ik wil eigenlijk helemaal niets horen over een termijn van vijf jaar. Ik wil op z'n minst tien jaar, vijftien jaar, of dat ik tot m'n honderdste door kan gaan."

„Ik kan ook volgende week…"

„Jou zit geen ziekte op de hielen."

„Je kunt toch ook langer dan vijf jaar…"

„Jawel, maar die vijf jaar is blijven hangen. Vijf jaar, tweehonderdzestig weken, zo'n achttienhonderdvijfentwintig dagen."

Hij probeert zich op te richten. Zij helpt hem, steunt hem met kussens. „Het is idioot hoeveel een mens denkt in een dergelijke situatie. Waarschijnlijk heeft het te maken met te veel rust. Normaal gesproken dender je door het leven zonder veel ruimte vrij te laten voor gedachten."

Zijn stem klinkt eentonig en plotseling ziet ze op tegen de eindeloze middag die nog voor hen ligt.

18

Later op de avond komt ze thuis. De straatlantaarns branden al, evenals de lichten in de hal van het complex. Haar huis is donker. Ramen als blinde vlekken. Leven achter elke deur, behalve achter de hare.

„Emmely?" Zijn deur wordt geopend als ze voorbij wil gaan. „Ik weet niet of je nog even iets wilt drinken, wat wilt praten. Misschien ben je gewoon te moe."

Ze wil niets liever dan het thuiskomen nog even uitstellen, het geeft niet wie of wat dat uitstel biedt. „Ik heb heerlijke wijn," zegt hij. „Heb je zin in een glaasje?"

Even later zit ze bij hem in de kamer, op de bank waar ze inmiddels vaker heeft gezeten. Zijn kamer is haar niet langer vreemd.

„Hoe is het met je broer?" wil hij weten.

„Langzaam maar zeker knapt hij op. Hij is aangeslagen, heeft veel minder moed dan vlak na de operatie. Die longontsteking heeft hem een eind achterop gebracht."

„Het is vast moeilijk om je jongere broer zo te zien."

„Hij is plotseling zoveel ouder geworden. Ik heb me vanmiddag gerealiseerd dat ik erg eenzaam zou zijn als hij zou overlijden. Een idiote gedachte misschien. We hebben de afgelopen jaren maar zo weinig contact gehad."

„Het heeft waarschijnlijk meer te maken met het idee je herinneringen met niemand meer te kunnen delen."

Hij kan haar gedachten zo prachtig verwoorden.

„Ik heb me afgevraagd waarom mijn verleden mij plotseling zo bezighoudt. Sinds mijn kleinkinderen me hebben gevraagd om erover te vertellen, laat het me niet meer los. Heeft het ermee te maken dat ik zoveel ouder ben geworden? Voor mijn gevoel heeft mijn kindertijd niet veel invloed op de rest van mijn leven gehad. Ik heb dat altijd beweerd maar nu twijfel ik. Is mijn bezorgdheid, die mij mijn jongste dochter heeft gekost, toch voortgekomen uit het plotselinge verlies van mijn moeder?"

„De oorlog heeft invloed gehad op ons allemaal, of we nu hier in Nederland zaten of daar in het verre Indië. Ik heb mijn hele leven in Zwartburg gewoond. Echte honger heb ik nooit geleden. Voor mijn idee probeerden we zo veel mogelijk ons leven door te leven. Met mijn broers haalde ik kattenkwaad uit. Natuurlijk zagen we de Duitse soldaten wel en 's avonds moesten we de verduisteringsgordijnen sluiten. Verder deden we vooral wat we altijd hadden gedaan."

„Wij probeerden dat ook wel. Ik was een kind, net als jij. Ik speelde met mijn broertje of met kinderen die ook in het kamp zaten en toch was er altijd dat nare gevoel."

„Jij was uit je vertrouwde omgeving gehaald. Opgesloten zijn in een kamp is heel anders dan de oorlog vanuit je eigen huis beleven. Uiteraard kregen wij de onrust en angst van de volwassenen wel mee. Ze wilden ons beschermen maar als kind voel je aan dat er iets in de lucht hangt. Bovendien vingen we flarden van gesprekken op. We hoorden altijd maar een klein stukje en fantaseerden de rest erbij."

„In Indië zweeg men erover. In de aanloop naar de oorlog voelde ik als kind de dreiging maar mijn moeder zei dat er niets aan de hand was. Uiteraard wisten ze zelf dat er wel degelijk iets aan de hand was. Eerst de Duitse inval in Nederland. Ze maakten zich zorgen over hun familie en over wat er verder ging gebeuren. Natuurlijk werd het toen duidelijk dat Japan ook een reële dreiging vormde. Eerst hielden ze huis in China en het was al snel duidelijk dat het daar niet bij zou blijven. Er werd niet over gepraat, alsof men niet kon geloven dat het werkelijk zover zou komen. De spanning hing in de lucht, daar kun je een kind niet tegen beschermen."

„Mijn ouders vertelden me natuurlijk ook niet alles. Dat mijn vader in het verzet heeft gezeten, is iets wat nooit echt tot me doorgedrongen is. We hadden er geen idee van, werden overal buiten gehouden. Zo beschermden ze ons want wat we niet wisten konden we ook niet verder vertellen. Ondanks de oorlog heb ik me altijd beschermd gevoeld. Mijn ouders waren er gewoon. Wat in het geheim gebeurde, kreeg ik niet mee. In mijn omgeving zag ik wel dingen gebeuren. Onderweg naar school ont-dekte ik huizen van Joodse mensen die plotseling verlaten waren. Ik had geen idee wat er precies met ze gebeurde. Later kwamen we dat pas te weten en toen begrepen we dat we ze nooit terug zouden zien. De gehandicapte jongen niet, die altijd voor het raam zat en naar ons zwaaide. Het meisje met de mooie strikken niet dat altijd zo lief naar ons lachte. Ik weet nog dat ze Rachel heette en dat ik dat een hele mooie naam vond. Al die dingen neemt een mens in zijn leven mee. Het heeft vast wel eens invloed gehad op de dingen die ik deed en op de manier waarop ik ze deed, ook zonder dat ik me ervan bewust was. Misschien is het goed dat het voor jou nu eindelijk eens naar boven komt. Een kind dat op die leeftijd zijn moeder verliest, is zo kwetsbaar. Wie zorgde er eigenlijk voor jullie toen je moeder overleden was?"

„Een van de andere vrouwen. Die was daar natuurlijk niet blij mee. Weer een zorg erbij en extra monden om te voeden. De Jappen waren wreed. Er moest in de groentetuinen worden gewerkt maar onder geen beding mocht er iets worden meege-nomen. Daarnaast was het de vrouwen ten strengste verboden om te koken. Vrouwen zijn natuurlijk in staat om van niets toch iets te maken. Dat wilden ze koste wat kost verhinderen. Ze wil-den ons gewoon honger laten lijden."

„Je wist dus dat die vrouw er niet blij mee was?" vraagt hij door.

„Dat stak ze niet onder stoelen of banken."

„Je hebt je dus heel vaak niet welkom gevoeld."

„Het is logisch dat iemand in zo'n situatie niet blij is als ze er de zorg voor andermans kinderen bij krijgt."

„Dat vroeg ik je niet." Hij glimlacht. Het brengt haar in ver-warring.

„Ik zou het zelf ook moeilijk vinden," probeert ze nog voor-zichtig.

„Je voelde dat je haar tot last was," zegt hij.

Ze kan er niet langer omheen draaien. „Ja, zo was het."

„Hoe vaak is dat later nog voorgekomen?"

137

„Sijbrand, ik wil er liever niet meer over praten. Het is vandaag al een vermoeiende dag geweest. Ik hoop niet dat je het erg vindt."

„Ik schenk je nog een glas wijn in en dan praten we over andere dingen," belooft hij. Als hij vlak bij haar staat, buigt hij zich naar haar over. „Ik kan je niet verzekeren dat ik er nooit meer op terugkom. Het spijt me als ik nu te ver ben gegaan maar soms doet het je uiteindelijk goed als je je pijn onder ogen ziet."

Met haar glas loopt hij de kamer uit. Haar ogen glijden naar de kandelaar met witte kaarsen die in de vensterbank staat. Zeven kaarsen, zeven armen. Dan wordt haar blik naar de boekenkast getrokken. Zoveel boeken heeft hij, net zoals Theo heeft en zoals Alois dat vroeger had. Zijn hele studeerkamer staat nog steeds vol boeken. Misschien wil Sijbrand er wel eens naar kijken. Wordt het niet eens tijd dat ze die kamer een beetje opruimt? Ze krijgt er Alois niet mee terug en ook zonder die kamer kan hij in haar gedachten voort blijven leven. De titels kan ze van deze afstand niet onderscheiden maar ze telt de ruggen van de boeken met de titels, soms in goudkleurige letters. Ver komt ze niet. Ze heeft de bovenste plank nog niet eens geteld als Sijbrand terugkomt en ze zich gedwongen ziet ermee op te houden.

Onverwacht staat Annelie twee dagen later voor de deur met haar drie kinderen en een bos zachtroze rozen. Pim overhandigt haar het boeket. „Omdat je mij zo goed geholpen hebt bij mijn spreekbeurt."

„Nou, dat is al even geleden."

„Het kwam er niet eerder van," verontschuldigt Annelie zich.

„En nou wil ik weer wat vragen, oma," verraadt Pim zich direct.

„We moeten met een groepje een werkstuk maken en nu willen we dat doen over de oorlogsjaren. De anderen zoeken alles over de oorlog hier in Nederland en ik heb beloofd dat ik het weer over Nederlands-Indië zou doen."

„Je hebt van mij toch alles al gekregen?"

„Ja, maar ik wil ook graag naar dat monument."

„Monument? Het Indië-monument in Den Haag?"

„Mag ik dan ook mee, oma?" bedelt Joppe.

„Ik ben er zelf nog nooit geweest. Ik weet ook niet wat ik er zoeken moet. Wat wil je dan bij dat mo ument?"

„Ik moet er een foto van maken en dat plakken we dan ook in ons werkstuk. Mag ik ook wel een foto uit jouw boek?"

„Dat zijn allemaal foto's van voor de oorlog."

„Ja, maar dan kun je toch zien hoe het er toen uitzag."

Emmely zucht en vangt een knipoog van Annelie op. „Zal ik jullie eerst maar eens een glas cola geven?"

Even later zitten de kinderen zielsvergenoegd op de bank met een plak cake en cola. Ze probeert het Indië-monument even naar de achtergrond te verdrijven door over andere dingen te praten. Idske leidt af door zich ogenblikkelijk over het wiegje te ontfermen dat Emmely speciaal voor haar kleindochter heeft gekocht. Druk bezig is ze met de daarin liggende baby, die gevoed en verschoond moet worden.

„Wat zorg je toch goed voor je kind," complimenteert Emmely haar kleindochter.

„Ja, en als ik het goed doe dan mag ik straks tante Caroline ook helpen."

„Waarmee?"

„Met de baby natuurlijk," mengt Joppe zich erin. „De baby krijgt een hele mooie kamer. Veel groter dan mijn kamer."

Als ze naar Annelie kijkt, ziet ze hoe haar dochter van kleur verschoten is. „Het spijt me, mam. Ik had graag gewild dat je het op een andere manier had gehoord."

„Kinderen kun je geen spreekverbod opleggen," zegt ze automatisch. Ze voelt zich verdoofd.

„Ik heb er nog met Caroline over gesproken. Ik heb haar gevraagd of ik het je mocht vertellen. Ze zei me dat ze dat zelf wilde doen."

„Daar is het dan waarschijnlijk bij gebleven."

„Ze is hier een keer aan de deur geweest."

„Dat vermoedde ik al."

„Hoezo?"

„Kijk oma, de baby heeft nu andere kleren aan." Idske dringt tegen haar op met de pop in haar handen. Ze kan het nauwelijks verdragen. „Prachtig," reageert ze lauw.

De jongens maken ruzie om een auto waarmee ze allebei willen spelen.

„Houd nu eens op!" Ze schreeuwt. De jongens houden beteuterd hun mond. Annelie gebaart dat ze gewoon even moeten gaan spelen.

„Hoe weet je dat Caroline hier aan de deur is geweest?" wil ze weten.

Emmely haalt haar schouders op. „Sijbrand had haar gezien."

„Sijbrand?"

„Nou ja, een buurman."

„Niet zomaar een buurman zeker."

„Noem jij je buren niet bij de voornaam?" informeert ze scherp om haar woorden ook direct weer af te zwakken. „Het spijt me. Ik ben gewoon uit m'n doen. Natuurlijk wist ik wel dat het eraan zat te komen. Eerst is ze getrouwd. Normaal gesproken komt daarna een bericht van zwangerschap. Ik had er ook wel rekening mee gehouden dat ik daar niets van zou horen maar als het dan werkelijk gebeurt... Als je dan plompverloren te horen krijgt dat je opnieuw oma wordt, dringt het tot je door dat je waarschijnlijk nooit contact met dat kleinkind zult krijgen. Misschien zal ik het toevallig eens zien, op afstand, maar ik zal er waarschijnlijk nooit op passen." Geëmotioneerd staat ze op, gaat voor het raam staan maar ziet het spel van de zon door de gouden bladeren van de bomen tegenover haar huis niet.

„Caroline is al eerder aan de deur geweest. Ze heeft me nooit verteld waarom maar ze heeft toen een stap in jouw richting gezet." Er komt geen reactie. Annelie haalt diep adem. „Ik heb Caroline gevraagd of ik jou mocht vertellen dat ze zwanger is. Ze vond het beter om dat zelf te doen. Ze was alleen bang dat het gevolg zou zijn dat jij je te veel met haar leven ging bemoeien."

„Noemt ze dat zo?" Ze blijft maar kijken naar het leven buiten. Stilletjes zitten Pim en Joppe achter haar. Idske is met de pop in een hoekje gaan zitten. Ze merkt het niet.

„Ik heb haar gezegd dat ze grenzen mag stellen."

„Grenzen stellen, voor jezelf opkomen, allemaal van die modieuze termen die een vrijbrief voor egoïsme betekenen."

„Met die bitterheid bereik je niets. Je weet wat ik bedoel. Caroline is een volwassen vrouw met recht op een eigen leven."

Annelie zucht. Ze wilde niet tussen haar moeder en zus in zitten. Wat had ze nu bereikt? Ze zit hier als een soort boodschappenmeisje en niemand die haar dat in dank afneemt. Waarom zoeken ze het niet zelf uit?

„Een feit is dat Caroline hier aan je deur heeft gestaan. Het volgende feit is dat ze me heeft gezegd dat ze je het nieuws zelf wil vertellen. Het lijken me vooral positieve feiten. Waarom zou het niet goed kunnen komen tussen jullie? Misschien moet je nu zelf weer een stap doen. Waarom bel je haar niet?"

„Ze heeft me eerder afgewezen. Denk maar aan Pinksteren op de camping. Je hebt toen toch gezien hoe ze naar me keek? Weet je hoe dat voelt? Nog heb ik daardoor de hoop niet opgegeven. Ik heb haar een kaart gestuurd voor haar geheime huwelijk. Ik heb niets gehoord. Ze kan best aan mijn deur hebben gestaan en ze kan best tegen jou hebben gezegd dat ze me zelf wilde vertellen dat ze zwanger is, maar ze heeft het niet gedaan! Wat moet ik nu nog doen?" Ze heeft zich omgedraaid. „Zeg me dat nu eens!"

„Het kan best zijn…"

Ze wil het liefst alleen zijn nu, zonder de stem van Annelie die maar doorgaat met allemaal goedbedoelde raadgevingen. Ze sluit zich ervoor af, zwijgt en knikt. Annelie lijkt niet in de gaten te hebben dat ze niets hoort.

De kleinkinderen hebben hun spel opgepakt. Pim en Joppe kibbelen weer. Idske kleedt de pop uit. Ze is dol op haar kleinkinderen maar nu zijn hun opgewekte stemmen haar te veel.

„Oma, kijk! De pop kan ook al een beetje lopen!" Idske heeft de blote pop aan twee handen vast en waggelt ermee door de kamer.

„Oma, waar heb je die andere auto's waar we altijd mee spelen? Mogen we anders dat spelletje nog een keer doen met al dat geld?" Joppe leunt op haar schoot. „Toe, oma?"

„We gaan zo naar huis," maant Annelie. „Haal jezelf nu niet te veel aan. Straks moet je dat allemaal weer opruimen."

„Maar dat mag toch nog wel even, oma?" Onverstoorbaar gaat Joppe verder. Zijn hand op haar arm, zijn hoofd een beetje schuin. „Ja, oma?"

Ze knikt. Alles is goed, als ze haar maar met rust laten.

„Oma, ga je dan wel met ons mee naar dat monument?" laat Pim zich ook weer horen.

Ook dat monument nog.

„Het is helemaal in Den Haag," merkt ze op.

„Mam, je rijdt overal nog naartoe. Een tijd geleden ben je nog een week naar Scheveningen geweest," helpt Annelie haar herinneren.

„Dat was met Lorien van het koor. Het is heel iets anders of je met een volwassene in de auto rijdt of met twee kinderen."

„Ze zitten allebei keurig in de gordels achterin. Als je de auto aan de rand van Den Haag parkeert, kun je met het openbaar vervoer verder."

„Het is wel goed," zegt ze om van het gezeur af te zijn.

Nooit eerder heeft ze het gevoel gehad dat zich nu zo sterk aan haar opdringt. Het gevoel dat ze niemand meer wil zien, niemand meer wil horen, dat ze helemaal alleen wil zijn. Nooit eerder heeft ze zich zo opgelucht gevoeld nadat de deur achter haar dochter en kleinkinderen is gesloten. Op tafel staan glazen en kopjes, de poppenwieg staat in de kamer. Vlak na de geboorte van Idske heeft ze die op een rommelmarkt op de kop getikt. Het is een gouden greep geweest. Elke keer als haar kleindochter komt, kan ze er uren mee spelen. Op de bank ligt een blote pop naast een stapel kleertjes. Het spel waarmee de jongens wilden spelen, ligt ernaast. Ze overziet de chaos en laat het. In bed trekt ze het dekbed over haar hoofd maar slapen kan ze niet.

19

Mientje zit naast haar met de koffie, aan haar andere kant zit Charlotte, die een verdieping boven haar woont. Ze schildert graag, kan levendig vertellen over de exposities die ze heeft gehouden en de mensen die ze daarbij heeft ontmoet. Nog vaak gaat ze eropuit met ezel en palet om in de eenzaamheid de essentie van een landschap weer te geven. Normaal gesproken vindt ze het prettig om naast Charlotte te zitten omdat ze zulke andere verhalen vertelt dan de overige bewoners, die zich veelal bezighouden met de dure euro of de vraag bij welke supermarkt de yoghurt duurder is. Vanmorgen irriteert haar plotseling de flamboyante verschijning van Charlotte, die alleen daar al de aandacht mee weet te trekken. Haar grijze haar is in losse krullen omhooggestoken waarop een hardroze hoedje rust. Haar ogen zijn aangezet, in haar wimpers klontert zwarte mascara. De kleine doorschijnende poncho die ze draagt heeft dezelfde kleur als haar hoedje. Daaronder draagt ze een zwarte, glanzende bloes. Elk woord dat ze uitspreekt zet ze kracht bij met gebaren. Aan het andere einde van de tafel zitten de mannen bij elkaar. Vreemd toch, dat mannen en vrouwen altijd weer bij elkaar kruipen. De aandacht van de mannen is net zo goed bij Charlotte. Ze ziet hoe Sijbrand met een glimlach om zijn lippen naar haar kijkt terwijl zij met haar lange vingers aangeeft hoe de burgemeester van Zwartburg naar haar toekwam bij de opening van een expositie van de schildersclub waarvan ze jaren geleden deel uitmaakte. „Ik had er drie werken hangen, was in gesprek met een man die ik kende toen ik vanuit mijn ooghoeken burgemeester Rooderkerken zag aankomen. Echte Zwartburgers zullen zich nog wel herinneren hoe die man zich voortbewoog. Hij schommelde altijd een beetje en liep dan met zijn neus in de lucht. Als er een was die vond dat hij belangrijk was dan was hij het zelf wel." Ze houdt even in, drinkt een slokje van haar koffie. „De man praatte ook nog met een hete aardappel in de mond." Er is bijval. De echte Zwartburgers herinneren zich burgemeester

Rooderkerken nog wel. Emmely ziet dat Sijbrand iets tegen de man naast hem zegt, die instemmend knikt.

Charlotte begint luider te praten. „Rooderkerken kwam naar me toe, kuste mijn hand en zei, 'Mevrouw Ponsen, wat hebt u hier weer een prachtig werk hangen. Ik vind vooral het schilderij met die brandende stad heel fraai. Die kleur van vuur op de achtergrond, de rode hemel.' Mijn gesprekspartner van even daarvoor stond nu met open mond naar mijn werk te kijken en wilde weten welk schilderij de burgemeester dan wel bedoelde."

Opnieuw een kleine pauze, een slok koffie. „De burgemeester wees op het middelste schilderij, waarop de man verbaasd uitriep: 'Maar Charlotte, je zei me net nog dat je het vrijheid noemde en dat het hoegenaamd niets voorstelde. Die kleuren stonden toch voor vrijheid?' Ik zag hoe de burgemeester enigszins beteuterd keek en antwoordde, 'Juist, en daarom heeft iedereen de vrijheid om erin te zien wat hij erin wil zien.' Rooderkerken kon die uitleg schijnbaar niet waarderen en is gauw doorgelopen."

Er wordt gelachen. „Zo zie je maar weer wat een poppenkast die wereld van de kunst soms is. Mensen kunnen zo doorslaan. Ze worden lyrisch over iets wat ze helemaal niet zien. In die wereld kan ik me niet thuis voelen en daarom vind ik het veel prettiger om een middagje aan de dijk te zitten en te schilderen wat ik daar werkelijk zie. Niemand hoeft er naar te raden maar tot mijn grote verrassing valt het dan niet langer onder kunst."

Haar opmerking ontlokt commentaar van voor- en tegenstanders van deze benadering en er ontstaat een discussie. Emmely zit erbij. Ze kijkt ernaar maar maakt er geen deel van uit. Tomeloze eenzaamheid...

Het eten tussen de middag smaakt haar niet. Ze is moe maar als ze op de bank gaat liggen, doet ze geen oog dicht. In gedachten ziet ze Caroline voor zich, de vrouw die ze geworden is, de vrouw in wie nu een nieuw leven groeit, haar kleinkind. Haar smalle figuur zal ronder worden, nog vrouwelijker. Waarom heeft Caroline laatst bij haar aan de deur gestaan? Had ze toen van haar zwangerschap willen vertellen? Waarom is ze dan niet meer teruggekomen? Waarom verwacht Annelie van haar dat ze nu zelf het initiatief zal nemen? Heeft ze dan niet gezien hoe Caroline op haar reageerde toen ze onverwacht tegenover elkaar stonden op de camping? Begrijpt ze dan zo weinig van haar gevoelens? Is het misschien niet belangrijk hoe zij de gebeurtenissen ervaart? Hoever moet ze gaan? Waarom walst iedereen over haar verdriet heen?

„Niet zeuren mama, er zijn anderen die het veel moeilijker hebben. Stel je toch niet zo aan. Stap eroverheen." Annelie zei het niet met zoveel woorden maar zo lijkt het. Woorden die ze in haar leven zo vaak heeft gehoord.

„Niet zeuren, meisje. Tante Leida is er nu. Noem haar mama, dat zal ze fijn vinden. Ze is je mama nu. Daar valt niets meer aan te veranderen. Geef haar een hand."

Ze wilde niet dat tante Leida haar mama werd, ze wilde ook geen hand geven. Waarom was papa zo hard geweest?

„Jij hebt geen kou gekend in de oorlog. Mensen stookten hun eigen kasten op om nog iets van warmte te krijgen. Weet je wel hoeveel honger de mensen hier hebben geleden? Ze aten tulpenbollen!" Het is net of ze de schelle stem van haar schoonmoeder weer hoort, het zelfgenoegzame lachje weer ziet.

„Reageer toch niet altijd zo gevoelig," had Alois gezegd toen ze zich erover beklaagde. „Laat die oorlog nu eens voorbij zijn. Het is toch te idioot voor woorden dat die oorlog zelfs nu in onze familie nog tweespalt veroorzaakt! Alsof jullie een wedstrijd doen wie het meeste geleden heeft!"

Zo was het niet maar ze had Alois dat nooit uit kunnen leggen. Misschien was ze in de loop der jaren werkelijk overgevoelig geworden.

Er klinken voetstappen in de hal, ze houden stil voor haar deur. Ze heeft het gehoord en is toch niet voorbereid op het geluid van de bel. Als ze stil blijft liggen, gaan de voetstappen misschien weer weg. Ze wil niet praten, niet met Mientje, niet met een van de anderen, zelfs niet met Sijbrand. Opnieuw wordt er gebeld, even later is er de stem van Sijbrand. „Emmely, ik weet dat je er bent."

Met tegenzin staat ze op, sloft de gang door en opent de voordeur. Zelf heeft ze geen idee hoeveel indruk ze op hem maakt met het lichte, grijze haar dat nu warrig rond haar smalle gezicht valt. Ze ziet bleek met donkere kringen onder haar ogen. Vanmorgen tijdens de koffie had hij dat ook al opgemerkt en hij had zich zorgen gemaakt. Hij had best gezien dat ze zich afzijdig hield van de rest, niet lachte om Charlottes verhalen.

„Het spijt me," zegt ze zacht. De rok die ze draagt is wat verkreukeld, de bloes daarop steekt voor de helft uit de tailleband. Hij kan zich ineens voorstellen hoe ze er als meisje uit moet hebben gezien, misschien dat hij het daarom zegt. „Meisje toch…" Die woorden wekken plotseling een eindeloze stroom van tranen in haar op. Heel even kijkt hij om zich heen. Bij Mientje in de keuken beweegt de vitrage. Resoluut stapt hij dan over de drempel, sluit de deur en slaat zijn armen om haar heen.

„Het spijt me," zegt ze nog eens als ze haar verhaal heeft verteld waarnaar hij stil heeft geluisterd. „Je kwam vast niet naar me toe om mijn klaagzangen aan te horen."

„Ik wilde je vragen om een eindje met me te gaan rijden," zegt hij rustig. „Vanmorgen had ik opgemerkt dat je zo stilletjes was. Ik wilde je wat afleiding bieden en een goed gesprek."

„Het spijt me."

„Wil je daarmee ophouden? Waarom verontschuldig jij jezelf steeds als je over je gevoelens praat? Denk je dat je mij daarmee verveelt?"

Ze voelt zich werkelijk een kleuter als opnieuw haar tranen beginnen te stromen. Hij staat op. „Ik neem je mee, of je nu wilt of niet. Trek je jas aan. Je moet er gewoon even uit."

Opnieuw beweegt de vitrage bij Mientje als ze even later door de hal lopen. Ze merken het op maar zwijgen erover.

Eerst heeft hij langs de IJssel gereden, over de brug in de richting van IJsseldijke. Daar hebben ze koffie gedronken in een restaurant met uitzicht over de uiterwaarden. Sijbrand had betaald, had niets willen weten van een bijdrage van haar. „Ik heb je toch uitgenodigd?"

Veel gepraat hadden ze niet. Af en toe had hij haar gewezen op een roofvogel, biddend in de lucht, op een diep in het water liggend vrachtschip.

Daarna had hij een route gevolgd die in het centrum van Zwartburg was uitgekomen. Ze waren de spoorbrug gepasseerd. Hij had gewezen. „Hier heb ik als jongetje vaak gespeeld. Het is onherkenbaar veranderd. Alles was in die tijd grasland, nu staan overal huizen." Er klinkt iets van verlangen in zijn stem door. Een hunkering naar iets wat nooit meer terugkomt.

Nu zijn ze dicht bij het centrum. Hij moet uitwijken voor de ontelbare fietsers die af en toe levensgevaarlijke manoeuvres maken. Hij rijdt een straat in, wijst opnieuw. „In dit huis ben ik opgegroeid, hier op de hoek. We hadden uitzicht op die school maar het was de openbare school. Ik moest een half uur lopen voordat ik bij de school met de bijbel kwam. 'Openbaren stinksigaren!' riepen wij naar de kinderen van deze school. Uiteraard speelden we daar niet mee. Wat dat betreft zijn er in deze tijd toch ook dingen ten goede veranderd. Dat onderscheid is er een stuk minder."

Ze herkent dat verhaal enigszins, al gaat het dan over haar kinderen. "Het was heel vanzelfsprekend dat Annelie en Caroline naar de christelijke school gingen die vlak naast de openbare stond. Ik herinner me nog wel dat er over en weer gescholden werd. Ze speelden in de buurt wel met kinderen van die school maar als het om school ging, kregen ze ruzie."

Af en toe praten ze, vertelt hij iets waar zij op in gaat. Een groot deel van de tijd zit ze stilletjes naast hem en kijkt naar zijn handen die het stuur losjes omvatten. Hij rijdt op een rustige, vertrouwde manier. Een eindje verder laat hij de plaats zien waar zijn grootouders woonden, waar hij naar de hbs ging. Ze stelt zich voor hoe hij eruit heeft gezien als jongen. Lang en dun misschien, net als alle jongens van die leeftijd. Zijn haar was donker, weet ze en in gedachten ziet ze voor zich hoe hij met zijn broers speelde. Een heel andere jeugd dan de hare, had hij. Ze wil er niet verder over nadenken, verbant die gedachten, zou de rit nog eindeloos willen rekken. Aan het einde van de middag, als de schaduwen langer zijn geworden, parkeert hij de auto in het centrum. Samen wandelen ze langs de gerestaureerde stadsmuur, volgen de zwarte gracht tot ze bij een tot restaurant verbouwd schip komen. Hij biedt haar zijn hand op de loopplank, helpt haar uit de jas, schuift haar stoel aan. Ze bestelt een glaasje port als aperitief, hij drinkt appelsap en wijst haar op de kerk aan de overkant. „In deze kerk ben ik gedoopt."

Het verrast haar. Het is de gemeente waar Stef voorganger is. „Officieel ben ik nog altijd lid," vertrouwt hij haar toe. „Maar ik kom er bijna nooit. Dat ligt niet aan de kerk maar aan de manier waarop ik tegen het geloof aankijk. Ik heb het binnen de Nederlandse kerken nooit zo weten te vinden." Hij kijkt bijna verontschuldigend naar haar. „Tilly en ik hebben echt ons best gedaan om ons ergens thuis te voelen. Er zijn zoveel stromingen binnen Nederland. Van zwaar reformatorisch tot luchtig evangelisch. Ik kan bijna geen kerk bedenken waar ik met haar niet geweest ben. Soms voelden we ons zwervers. Overal wilden ze me uiteindelijk in een keurslijf dwingen. Zo moet het en niet anders. Ik ervaar mijn geloof in God niet zo. Ik kan ook absoluut niet tegen de discussies die steeds maar weer oplaaien. Kinderdoop of volwassenendoop? Een orgel of een drumstel in de kerk? Het leidt zo af van de essentie van ons geloof, de kern, Jezus Christus, voor ons gestorven en opgestaan. Voor ons de dood overwonnen."

Hij is zo heel anders dan Alois voor wie het ondenkbaar was een zondagse kerkgang over te slaan. Ze durft het zich nauwelijks toegeven maar haar diepere gevoelens vertonen zoveel verwantschap met zijn opvattingen. Het voelt alsof ze Alois verraadt. Sijbrand praat rustig door, onwetend van haar verwarring.

„Uiteraard had ik me uit kunnen laten schrijven maar dat ging me te ver. Ik heb niets tegen deze kerk. Zij respecteren mijn gedachten daarover. Misschien is het uiteindelijk ook gewoon jeugdsentiment. In dit gebouw zijn uiteindelijk de wortels van mijn geloof gelegd. Ik ging er naar catechisatie, naar de jonge-lingsvereniging, kerfde mijn initialen in de harde houten banken. Het gebouw is veranderd, er is ingrijpend verbouwd, de gemeen-te groeit voorspoedig dus er moet steeds uitgebreid worden. Van mijn herinneringen is bijna niets meer over maar de locatie is dezelfde gebleven. De hoofdingang aan de gracht, de achterin-gang aan het plein. Soms spijbelde ik, samen met een vriend. We zetten onze fietsen in de stalling bij de kerk en gingen vervol-gens niet naar binnen maar wisten ongemerkt het bruggetje over te lopen. We wandelden dan in de stad tot de dienst was afgelo-pen."

De drankjes worden gebracht. Ze buigen zich over de menu-kaart. Het interesseert haar niet wat ze zal eten, het is goed hier met Sijbrand te zitten en naar zijn stem te luisteren. Hij heeft haar uit de cirkel gehaald die haar zo bang en onzeker maakt. Met zijn verhalen leidt hij haar af, voert haar gedachten naar zijn leven en ze vindt het prettig om van dat leven te horen.

„Ben je wel in deze kerk getrouwd?" wil ze nu weten. Ze vraagt zich af of Stef zal weten over wie ze het heeft als ze Sijbrands naam zal noemen. Waarschijnlijk niet. De gemeente is groot, er zijn nog twee predikanten en kerkgebouwen. Vanaf haar plaatsje bij het raam ziet ze het huis van Stef en Annelie. Ze hebben geen idee dat ze hier zit. Ze probeert niet steeds te kijken of ze iets ziet, een teken van leven, de kinderen misschien of Annelie die thuis komt.

„Uiteraard zijn we in deze kerk getrouwd. Nadat we kinderen kregen, hebben we ze hier ook nog laten dopen. De onrust kreeg ons pas later te pakken. De rouwdienst van Tilly hebben we niet in de kerk laten plaatsvinden. Ook hebben we er geen dominee bij gevraagd. Hoe kan een predikant een verhaal houden als hij de overledene nauwelijks kent? Ik kom het in mijn vrienden-kring vaak tegen. Mensen die zich al jaren niet meer in de kerk hebben laten zien. Ze voeren aan dat ze zich er niet thuis voelen of zich niet met de denkbeelden van de kerk kunnen verenigen of ze hebben nog iets anders bedacht. Elke keer is mijn verba-zing groot als dan blijkt dat ze toch vanuit het instituut dat ze zo verfoeien, begraven willen worden. Ik voel bijna plaatsvervangende schaamte als ik zie hoe een predikant zijn best doet om een rouwdienst voor een onbekende tot een goed einde te brengen."

Het is heerlijk om naar zijn stem te luisteren. Met enthousiasme ventileert hij zijn mening. Ze heeft geen zin om in discussie te gaan. Het stille toehoren doet haar zo goed.

De ober brengt het voorgerecht, wenst hen opgewekt „Smakelijk eten."

De stem van Sijbrand zwijgt. Ze genieten van de tongstrelende carpaccio van langoustines. Voor het huis van Stef en Annelie stopt een auto. Een vrouw met rood haar stapt uit, de auto rijdt verder. Stef doet de deur open. Ze ziet duidelijk zijn donkerblauwe vest, de hand die hij uitsteekt voor de vrouw over de drempel stapt.

„Ik vond het fijn dat je vanmiddag mijn jeugdherinneringen wilde delen,' hoort ze Sijbrand nu zeggen.

Ze laat de heldere tomatengelei op haar tong smelten. „Ik vond het prettig om te zien waar je bent opgegroeid om je zo beter te leren kennen."

„Kun jij je voorstellen dat ik ernaar verlang om in jouw jeugdherinneringen te delen?"

Ze maakt een gebaar van afweer. „Je weet al zoveel van mijn jeugd. Ik heb soms het idee dat ik er maar steeds weer over begin."

„Ik zou de plekken willen zien waar jij hebt gespeeld."

„Je weet dat ik hier niet ben opgegroeid."

„Ik wil er ook best wat moeite voor doen."

De auto lijkt omgekeerd te zijn en staat opnieuw voor het huis van Stef en Annelie. Het duurt even maar dan wordt de deur weer geopend en komt de vrouw naar buiten. Ze zegt nog iets tegen Stef en steekt haar hand op. Stef buigt iets door de knieën, blijkbaar om het gezicht van de bestuurder goed te zien. Hij zwaait. De vrouw stapt in en dan rijdt de auto weg. Stef sluit de deur.

„Hoe bedoel je dat?"

„Zou je niet eens terug willen naar Indonesië om alle plaatsen waar je bent geweest te bezoeken?"

„Ik zou er niets terugvinden. Waarschijnlijk zou ik het niet eens meer herkennen."

„Geloof je niet dat het helend zou werken? Het is de plek waar je moeder is gestorven en begraven."

„Hoezo helend? Ik geloof werkelijk dat ik er niets terug zou vinden. Ik heb ook nooit de behoefte gevoeld."

„Misschien zal het iets losmaken," probeert hij nog maar ze blijft haar hoofd schudden. „Daar hoef je niet meer over te beginnen. Met wie zou ik daar trouwens naartoe moeten?"

„Met mij." Ze bespeurt plotseling onzekerheid in zijn houding.

„Waarom zou je dat willen?"

„Omdat ik van je houd."

Ze heeft geen woorden. Hij vervolgt, „Na de dood van Tilly meende ik dat er nooit meer ruimte voor een ander zou komen. Ik ervaar het als een wonder dat ik ontdekt heb hoe prettig het is om in jouw nabijheid te verkeren. Ik zou veel vaker bij je willen zijn, veel meer deel uit willen maken van jouw leven. Ik wil zo graag dat je je niet langer alleen voelt."

Hij lijkt zo kwetsbaar. Ze weet al veel langer van haar gevoelens voor hem maar huivert bij de gedachte aan meer dan vriendschap. Liefde maakt gevoelig, veroorzaakt maar al te makkelijk pijn. Ze wil haar hand op de zijne leggen maar dan komt de ober tussenbeide. Met ervaren gebaren neemt hij de fraaie borden van tafel. „Heeft het gesmaakt?"

Ze knikken tegelijkertijd.

20

De buitenlamp aan de garage brengt vreemde lichtpatronen op het plafond van de slaapkamer aan. Caroline ligt er op haar rug naar te kijken, ontdekt figuren in de grillige vormen. Ze gaapt. Op de radiowekker met de rood oplichtende cijfers ziet ze dat het nog geen negen uur is geweest en toch ligt ze al een uur in bed. De laatste tijd vallen de lange dagen op haar werk zwaar. Vanavond was Arthur na werktijd met een oude vriend van hem uitgegaan. Ze had niet geweten wat ze alleen thuis moest. Eindeloos lang lag de avond voor haar. Haar bed leek de beste optie. Nu ze er ligt, kan ze de slaap niet vatten. Te veel gedachten willen ruimte in haar hoofd. De week is voorbij gegaan, het weekend ligt voor haar.

Aan het begin van de week had ze Annelie beloofd om haar moeder van haar zwangerschap op de hoogte te stellen. Ze was het vast van plan geweest maar had het ook steeds weer uitgesteld. Volgende week, had ze gedacht. Volgende week zou het ook nog kunnen, of de week daarna. Natuurlijk had ze niet met haar loslippige neefjes gerekend. Annelie had haar gezegd dat mama nogal overstuur was geweest toen ze onverwacht van haar zwangerschap had gehoord. Alsof dat haar schuld was. Zij kon er toch niets aan doen dat die kinderen het direct hadden overgebriefd? Lag het aan haar dat ze niet even waren gewaarschuwd? Annelie riep altijd dat ze haar kinderen niet wilde belasten met de problemen van mama en haar. Alsof het zo erg is om van die kinderen te vragen om even hun mond te houden. Ze zullen er echt geen trauma aan overhouden. Annelie is altijd zo wijs en verstandig. Die had toch wel een manier kunnen bedenken waardoor het wat speelser gebracht werd. „Het is nog een geheimpje. Zelfs oma weet er niets van. Jullie mogen het dus nog niet verklappen." Was dat zo erg geweest? Waarom moest Annelie trouwens ineens zo nodig met haar kroost naar mama? Het is algemeen bekend dat kinderen niet discreet zijn. Had ze niet een keer alleen kunnen gaan?

Ze zucht. Het leed is nu geschied. Mama weet het. Volgende week moet ze er maar een telefoontje aan wagen. Ze kan er niet toe komen om nog eens naar dat huis te gaan. Als mama wil, kan ze deze kant uitkomen. Volgende week zal ze echt bellen. Die gedachte stelt haar gerust. Ze rolt zich op, trekt het dekbed over zich heen. Het duurt niet lang voor ze slaapt.

De nabijheid van Sijbrand voelt als een warme deken. Emmely's hand speelt met de voet van het fraaie glas waarin haar wijn fonkelt. De gouden ringen rond haar rechter wijsvinger glanzen in het bescheiden lamplicht. Er is geen andere man in haar leven geweest dan Alois. Hij was haar eerste vriendje. Hij was haar man geworden.

Nu zit ze tegenover Sijbrand. Zijn bruine ogen raken haar blauwe, een rilling glijdt langs haar ruggengraat naar beneden.

Na het overlijden van Alois had ze zich niet kunnen voorstellen dat er ooit een ander zou komen. Het had haar ook niet geïnteresseerd. Sterker nog, die gedachte had haar met afkeer vervuld. Langzaam maar zeker was Sijbrand in haar leven geslopen. Eerst als een aardige, oppervlakkige buurman. Nadat Tilly overleden was, had ze met hem te doen gehad. Ze wist wat hij doormaakte maar ze had hem alleen een kaartje gestuurd. Met oprechte deelneming. Ze had geen behoefte gevoeld om naar de begrafenis van Tilly te gaan, wel had ze daarna af en toe gebeld.

Wanneer was er iets veranderd in haar? Was het die keer toen hij haar had gezegd dat Caroline aan de deur was geweest? Ze ziet nog hoe hij naar haar keek vanuit zijn ongemakkelijke houding in de lift. „Hoe zag die vrouw eruit?" had ze willen weten. „Jong en mooi. Ze zou een dochter van je kunnen zijn." De manier waarop hij die uitspraak had gedaan, had iets in haar teweeggebracht. In zijn ogen had ze bewondering gezien maar ook interesse. In de tijd erna waren ze steeds dichter naar elkaar toegegroeid. Voetje voor voetje waren ze elkaar genaderd. Sijbrand…

Zijn hand heeft de hare gezocht. Het is aangenaam om naar hem te kijken. Hij heeft een prettig, open gezicht. Net als bij

Alois is te zien dat hij een kantoormens is. Zijn huid is glad en rozig. Vanonder de weerbarstige wenkbrauwen kijken zijn donkerbruine ogen haar belangstellend aan. Hij lijkt een sterke man, een man op wie je kunt bouwen.

Heel langzaam kauwt ze het nagerecht weg, laat de vloeibare chocoladecake op haar tong smelten, geniet van het romige ijs. „Ik stel voor om straks langs Caroline en haar man te rijden," zegt hij en laat zich niet door haar afwerende gebaar weerhouden verder te spreken. „Ik zet je in de buurt van het huis af en wacht op je. Waarom zou jij niet de eerste zijn die een stap in haar richting doet? Zij stond een tijd geleden bij jou aan de deur. Misschien verwacht ze jou omdat ze wel vermoedt dat je van mij te horen hebt gekregen dat ze er was."

Ze schudt met haar hoofd. Hij praat gewoon verder. „Jij wilt straks toch je jongste kleinkind in je armen houden? Doe er dan wat aan. Je hoeft eventuele teleurstellingen niet langer alleen te verwerken. Ik breng je en ik wacht op je. Nou? Wat denk je ervan?"

Misschien maakt de wijn haar toch wat overmoedig, of zijn het zijn woorden, is het zijn nabijheid? Ze laat nog een hap ijs wegsmelten en knikt dan bedachtzaam. Voor ze weggaan, bestelt hij nog een kop koffie.

Niemand heeft haar verteld dat het mogelijk was om zo snel en pijnloos te bevallen. Annelie niet, Arthur niet, haar collega's niet. Wellicht hebben ze het zelf niet geweten en hebben ze, net als zij, gemeend dat er veel pijn en bloed aan te pas kwam bij het krijgen van een kind.

Waarom zijn ze er niet? Annelie is nergens te zien. Arthur is er niet. Alleen een arts met een donker montuur op zijn neus staat naast haar met een ernstig gezicht. Nu valt haar pas de stilte op. Waar is de baby eigenlijk? Is het een jongen of een meisje? Is het niet gebruikelijk dat een baby na de geboorte huilt? Ze heeft toch niets horen huilen? Waarom mag ze het niet vasthouden?

„Waar is mijn kindje?" Ze trekt de arts aan zijn witte jas maar hij reageert niet. Hij blijft ernstig naar een bepaald punt in de zaal kijken. Ze probeert wat rechtop te gaan zitten, ziet dan een heleboel verpleegkundigen die zich in een hoek lijken te verdringen. Alleen hun witte ruggen zijn te zien. Wat doen ze daar? Is daar haar baby? Is er iets met haar kind aan de hand? Een heftige angst grijpt haar ineens naar de keel. „Mijn kind, waar is mijn kind?" vraagt ze nog eens nadrukkelijk aan de arts maar hij schudt alleen zijn hoofd. De verpleegkundigen doen plotseling allemaal een stap opzij, staan nu in een rij van twee naast elkaar. Hoeveel zijn het er wel niet? Ineens valt het haar op dat alle verpleegkundigen een stap opzij doen waardoor de ruimte tussen hen groter wordt. Tussen de rijen door loopt een vrouw. Ze houdt haar adem in. De vrouw komt haar bekend voor. Haar gezicht staat net zo uitdrukkingsloos als dat van de arts. Nu pas ziet ze dat het haar moeder is. Pas als ze vlak bij het bed staat valt haar nog meer op. Haar moeder draagt een wit, stil bundeltje in haar armen en net zoals de arts even ervoor, schudt ook zij nu haar hoofd. Ze strekt haar armen uit om het bewegingsloze bundeltje over te nemen maar haar moeder blijft op afstand staan. Tranen lopen langs haar wangen, ze blijft haar armen uitstrekken. Er klinkt een bel, luid en doordringend. Haar moeder lijkt uit haar verstarring te ontwaken. Zonder dat Caroline ook maar iets kan doen om haar tegen te houden, draait ze zich om en loopt bij haar vandaan. Langzaam maar zeker wordt de afstand tussen haar en het witte bundeltje steeds groter. Ze wil haar achterna rennen maar haar benen zijn gevoelloos. Ze roept, maar haar stem zwijgt. Ze strekt haar handen in een nutteloos gebaar, alsof ze om een aalmoes smeekt. Alleen de rug van haar moeder is nog zichtbaar en opnieuw klinkt die bel. De droom maakt plaats voor een schemertoestand. Langzaam maar zeker dringt het tot haar door dat er iemand aan de deur moet staan. Ze is niet in staat om open te doen. Hulpeloos blijft ze liggen terwijl de tranen haar langs de wangen blijven stromen. Voetstappen verwijderen zich. Ze hoort het duidelijk door het open raam. Een autoportier klapt dicht. Het geluid van een optrekkende auto die de straat uitrijdt. De stilte is terug. Ze legt haar handen op haar buik, koestert het leven dat in haar groeit, beseft steeds duidelijker dat ze gedroomd heeft. Het nare gevoel blijft.

„Haar auto staat er wel," zegt Emmely. Ze probeert de teleurstelling weg te slikken.

„Ik neem aan dat haar man toch ook een auto heeft. Stond die er ook?"

„Ik heb geen idee wat voor auto hij heeft. De garagedeur was dicht. Ik heb niet gezien of er een auto in stond."

„Denk niet meteen het ergste. Waarom zou ze de deur niet voor je open willen doen? Ze heeft laatst aan jouw deur gestaan. Waarschijnlijk is ze even weg. Misschien lopend of met de fiets. Probeer het later nog eens. Geef het niet op."

Zijn stem geeft haar rust. Opnieuw vindt ze het prettig om naar zijn handen rond het stuur te kijken. De dubbele trouwringen om zijn rechter ringvinger, als teken van zijn trouw aan Tilly.

Tilly en Sijbrand, Alois en Emmely, zo was het geweest. Wat zouden de kinderen ervan denken als het Sijbrand en Emmely zou worden? Wat zou Alois er zelf van hebben gevonden? Zijn dood kwam te onverwacht om daarover te praten. Zelden hadden ze gepraat over hun sterfelijkheid. Toen Alois overleed, regelde ze samen met de kinderen de begrafenis op de manier waarvan ze dacht dat het goed was. Ze had geen idee of hij het werkelijk zo had gewild. Het was onzin om daarover van gedachten te wisselen als de dood op geen enkele manier in je woordenboek voorkwam. Als je niet ziek was, schoof je als mens de dood steeds een eindje voor je uit. Anders werd het als je werd ingehaald door een ziekte die een lang leven onzeker maakt.

Voor Theo en Lieke was het leven ingrijpend veranderd. Samen hadden ze over het leven en de dood gesproken. Lieke wist precies wat Theo belangrijk vond voor zijn begrafenis. Ze had van de gelegenheid gebruik gemaakt om haar wensen aan hem door te geven. Het was goed om dat van elkaar te weten.

Theo is de laatste tijd langzaam maar zeker opgeknapt. De dood is zeker niet langer onvoorstelbaar maar er is weer hoop.

Ze voelt de hand van Sijbrand op haar schouder. „Pieker niet, m'n lief. Ik ben ervan overtuigd dat je je kleinkind op een dag in de armen zult houden."

Als ze bij de flat arriveren, voelt het alsof ze heel lang weg is geweest. Hij legt zijn arm rond haar schouder, houdt de deur voor haar open en bij haar voordeur legt hij zijn handen rond haar gezicht. „Ik ben blij met je," zegt hij. „Ik wil heel graag bij je zijn. Helaas zal ik je binnenkort moeten missen. Over drie weken ga ik op vakantie. Ik heb altijd wat moeite met de grijze novembermaand. Het leek me een goed idee om voor een paar weken een zonnig eiland op te zoeken. Daarom heb ik een seniorenreis geboekt. Over een paar weken vlieg ik naar Tenerife. Als ik alles van tevoren had geweten…"

„Het is misschien goed. We kunnen er dan in alle rust nog eens over denken. Het gaat zo snel."

„Als ik terugkom, mag iedereen het weten."

Ze is het direct met hem eens, wordt dan praktisch. „Zal ik voor je planten zorgen?"

„Dat zou geweldig zijn. Mientje heeft dat een tijdje geleden een paar dagen voor me gedaan. Ik heb toen gemerkt dat ze ook in mijn laden had gesnuffeld. Ze zal het niet waarderen dat ik jou er nu voor vraag maar eigenlijk interesseert het me niet wat ze ervan vindt."

Ze staan nog steeds bij de voordeur. Ze wil het afscheid rekken. Het is prettig bij hem te zijn. Haar huis is zo donker. „Wil je niet even binnenkomen?"

Hij aarzelt, schudt dan toch zijn hoofd. „Het is beter dat ik nu naar m'n eigen huis ga. Het is een hele fijne middag geweest maar ook een emotionele en vermoeiende middag. Allebei moeten we veel verwerken. Het is beter om nu alleen te zijn. Morgen is er weer een dag en daar verheug ik me nu al op. Alleen zijn is niet goed voor een mens. We zijn niet meer zo jong, we dragen allebei onze eigen herinneringen mee maar ik denk dat we nog veel voor elkaar kunnen betekenen."

Onverwacht kust hij haar vol op de mond. Ze hapt naar adem, het dringt tot haar door dat iedereen hen dankzij de verlichting in de hal zal kunnen zien. Ze staan hier als twee verliefde tieners.

„Sorry," zegt hij, als hij haar loslaat. „Het was niet de bedoeling."

Waarschijnlijk zit iedereen op dit tijdstip aan de televisie gekluisterd. „Het was prettig," zegt ze en ze glimlacht, volgt met haar wijsvinger zijn lippen. Ze kijkt hem na als hij terugloopt, de zwaaiende deur door. Hij steekt nog een keer zijn hand op. Misschien heeft niemand het gezien. Misschien ook wel. Het interesseert haar niets.

21

Cindy rent voor hen uit. Onvermoeibaar, vrolijk en uitbundig. De lucht is pittig, prikkelend, zoals het op een herfstdag hoort te zijn. In de najaarszon krijgt de omgeving een gouden gloed. Naast haar hoest Theo. Ze vertraagt haar tempo tot de hoestbui voorbij is en hij langzaam verder loopt. Met haar voeten schopt ze een berg bladeren opzij, neemt een van de felgele bladeren in haar handen.

„Esdoorn," zegt Theo. „Om precies te zijn, de suikeresdoorn. Deze esdoornsoort krijgt zo'n prachtige kleur in de herfst."

Ze legt het blad op haar hand waar het even blijft liggen tot een windvlaag er grip op krijgt. Haar ogen volgen het blad. Ze roept Cindy die een stip geworden is.

„Ik moet even blijven staan," zegt Theo. Ze knikt. „We gaan zo terug. Voor vandaag is het genoeg geweest."

Cindy springt enthousiast tussen haar benen door. Ze valt bijna. Theo berispt het beest en moet dat met een nieuwe hoestbui bekopen.

„Lieke en ik hebben in ons leven heel wat kilometers weggelopen," hoort ze hem even later zeggen. „In de herfst liepen we uren door de bossen. We werden nooit moe."

Ze weet niet goed hoe ze moet reageren. Langzaam lopen ze het park uit dat vlak achter het huis van Theo en Lieke ligt. Haar broer is een oude man geworden, gebogen en hijgend. Volgens de artsen gaat het naar omstandigheden goed met hem. Zij ziet dat niet zo. De wind is toegenomen of lijkt dat maar zo? Ze wil Theo een arm geven maar hij wijst haar hulp af met een verontschuldigende glimlach. „Het gaat misschien niet zo snel maar ik kom er heus."

Oneindig lijkt de weg naar huis. Ze voelt opluchting als Theo eindelijk de sleutel in het slot steekt. In de warme kamer heeft hij tijd nodig om tot zichzelf te komen. Hij hoest en zij weet inmiddels dat ze hem maar het beste kan laten. In de keuken giet ze water in de elektrische koker en drukt op het knopje. Met

Lieke heeft ze de afspraak dat ze af en toe een middag van haar overneemt. Op die middag gaat haar schoonzus doen wat ze leuk vindt. Het is een prima oplossing. Zij vindt het prettig om bij Theo te zijn en op deze manier iets voor hem te kunnen betekenen. De gesprekken verlopen anders dan als Lieke in de buurt is. Voor Lieke is het een verademing om even met iets anders bezig te zijn dan de ziekte van Theo. In de kamer is het hoesten bedaard. Ze zet kopjes op een dienblad, doet suikerklontjes in een schaaltje en haalt het gebak uit de doos, dat ze bij wijze van verrassing voor Theo heeft meegenomen. Zorgvuldig schikt ze de moorkoppen op een schotel. Het water kookt. Ze giet het in de theepot, zoekt uit het kistje ernaast een theezakje en laat de thee trekken op het glazen lichtje. Het vlammetje beweegt alsof er een onzichtbare adem langs strijkt. Het is stil in huis. In de keuken klinkt het zoemen van de koelkast, buiten waait de wind. Het duurt niet lang voordat het weer echt winter zal worden, de laatste bladeren van de bomen worden gerukt, de dagen kort en donker worden. Voorzichtig schenkt ze thee in de kopjes en loopt naar de kamer. Theo ligt op de bank. Zijn gezicht ziet grauw. „Je bent doodmoe," constateert ze en neemt het zichzelf kwalijk dat ze te veel van hem heeft gevraagd. „Ik ben gauw moe," zegt hij met een cynische lach. „Jarenlang kende ik de betekenis van het woord niet. Nu kan ik me nauwelijks herinneren hoe het voelt om niet moe te zijn."

„Misschien zal het op den duur wat beter worden." Ze hoort zelf dat het nietszeggende woorden zijn. Hij antwoordt niet. „Ik heb een moorkop voor je meegenomen," zegt ze opgewekt.

„Omdat je me te mager vindt?"

„Omdat ik weet dat je daarvan houdt." Lieke had zich laatst over zijn cynisme beklaagd. „Ik kan niets goed doen. Hij zoekt overal wat achter," had ze gezegd. Vandaag merkt ze goed wat haar schoonzus bedoelt. Ze is niet bij machte om er iets aan te doen. Wat moet ze tegen hem zeggen? Dat hij wat positiever moet denken? Dat hij blij mag zijn dat hij nog leeft?

„Het spijt me." Hij gaat rechtop zitten. Zijn gezicht krijgt langzaam wat kleur. „Ik weet dat je het goed met me meent maar af en toe wil je niet langer het voorwerp van zorg zijn. Ik kan je verzekeren dat het veel prettiger is om te zorgen dan om verzorgd te worden."

„Ik heb altijd voor je gezorgd." Ze steekt hem de schotel met het gebak toe. „Helemaal opeten."

„Dat hebben we ervan overgehouden," zegt hij. „Ik heb er een vreselijke hekel aan om eten te laten staan. Ik weet dat jij dat ook hebt. Je kinderen beklaagden zich er vroeger over."

„Ieder mens die echt weet wat honger is, kan dat niet verdragen. Ik tikte mijn kinderen inderdaad op de vingers als ze riepen dat ze honger hadden. Tegenwoordig houd ik mijn mond tegenover de kleinkinderen maar het kost me nog altijd moeite."

Ze ziet hoe hij langzaam eet, met kleine hapjes.

„Papa was ook heel fel op dat soort dingen," zegt hij dan bedachtzaam.

„Papa was zo stil na de oorlog." Ze pakt haar schotel ook van de tafel, roert door de grote dot slagroom. „Hij is nooit meer de vader geworden die hij was. Eigenlijk zijn we hem in de oorlog ook kwijtgeraakt."

„Ik vind het vervelend dat ik nog maar zo weinig weet. Hoe hij was voor de oorlog, weet ik nauwelijks."

„Papa was blij met ons, dat herinner ik me duidelijk maar hij was ook dol op mama. Sinds Joppe mijn fotoalbum heeft ontdekt, haal ik het ook af en toe tevoorschijn. Als ik naar de foto's van papa en mama kijk dan straalt de liefde er vanaf. Misschien dat ik daarom nog nooit kan bevatten dat hij na de oorlog niets meer over haar wilde horen. Heb ik het dan zo verkeerd gezien? Vanaf dat moment moesten we tante Leida mama noemen, was tante Leida zijn vrouw en deed hij alsof mama nooit bestaan had. Hij werd woedend als ik er toch eens over probeerde te praten. Steeds vraag ik me af of hij dan toch niet zo van haar heeft gehouden als ik altijd heb gedacht."

Theo's vork prikt lusteloos in de chocoladesoes. Automatisch neemt ze de schotel van hem over en zet die op tafel.

„Als twee mensen van elkaar gehouden hebben dan zijn papa en mama dat wel geweest," zegt hij. „Ik herinner me heel weinig van die tijd maar er is me een ding heel duidelijk bijgebleven. Papa noemde mama vaak mijn witte orchidee. Mama heeft dat in het kamp heel vaak verteld. Nooit heb ik die benaming begrepen. Als hij er zwarte orchidee van had gemaakt, was het me duidelijk geweest. Een zwarte orchidee is zeldzaam. Bij mijn weten groeit op Kalimantan, zoals je weet het tot Indonesië behorende deel van Borneo, de enige zwarte orchidee ter wereld."

„Zwarte orchidee vond hij misschien niet zo passend omdat ze blank was."

„Dat kan. In ieder geval weet ik nog dat ze altijd glimlachte als ze erover vertelde. Ze keek dan even gelukkig. Misschien weet je ook nog dat er in huis bij papa en ma, en ik bedoel nu tante Leida, altijd een witte orchidee in de vensterbank stond."

„Die was van papa zelf."

„Juist, en tante Leida had er een vreselijke hekel aan."

„Papa besteedde er veel zorg aan."

„Als de orchidee per ongeluk dood ging, werd er zo snel mogelijk een nieuw exemplaar gekocht."

„Zou dat zijn manier zijn geweest om mama te herdenken?"

„Ik denk dat hij nooit over de dood van mama is heen gekomen. Tante Leida heeft het geweten. Daarom had juist zij ook zo'n hekel aan die witte orchidee, maar ze heeft het nooit aangedurfd om hem daarin te weerspreken. Het was wel het eerste dat uit de vensterbank verdween na zijn overlijden."

„Er was geen graf van mama."

„Inderdaad, ik denk dat de orchidee in stilte een gedenkteken was voor mama. Zijn verdriet was groter dan we wisten. Het was zo groot dat hij er niet over spreken kon."

Dat ze daar nooit eerder aan gedacht heeft. Stil blijft ze naast Theo zitten, ziet de geschiedenis plotseling in een ander licht. Op mama's verjaardag zorgde hij altijd dat hij niet thuis was, alsof hij niet kon verdragen om dan bij tante Leida te zijn. Nu ook wordt haar de tragiek van tante Leida duidelijk, die ze van hem mama moesten noemen. Zij had haar later ma genoemd, maar na het overlijden van papa was ze overgegaan op tante Leida. Het contact was toen al snel verwaterd. Nooit had tante

Leida de plaats van haar moeder in kunnen nemen, noch in haar wereld, noch in die van haar vader. Misschien had ze gehoopt op kinderen van zichzelf maar die waren er nooit gekomen. Tante Leida had net zo goed geleden onder de gevolgen van de oorlog. Het meest tragische was misschien dat iedereen was blijven zwijgen en geprobeerd had het leven op te pakken. Het was niet echt gelukt en juist dat zwijgen had de ellende doen toenemen. Die stilte had zoveel kapotgemaakt. Buiten claxonneert een auto. De schuttingdeur gaat open, er klinken voetstappen achter het huis. Lieke zwaait, ze lacht. Als ze opstaat om koffie voor haar schoonzus in te schenken, heeft ze het gevoel dat ze van heel ver moet komen.

22

Drie weken, eenentwintig dagen. Ze zijn maar zo voorbij. Veel te snel komt de dag dat ze Sijbrand naar de taxi ziet lopen die hem naar de luchthaven zal brengen. Ze is naar beneden gegaan, staat voor de buitendeur en zwaait naar hem. Een eindje verderop staat Mientje hem na te kijken. De taxi rijdt de parkeerplaats af, ze ziet de wuivende hand van Sijbrand, dan verdwijnt hij uit het zicht.

„Ik zou wel mee willen!" roept Mientje haar toe. Ze trekt de kraag van haar jasje wat hogerop. „Het zal daar aanmerkelijk aangenamer zijn dan hier."

Ze knikt. „Dat denk ik ook wel." De wind is kil. Dom van haar om niet even iets aan te trekken.

„Zie ik je zo nog bij de koffie?" wil Mientje weten.

„Ik denk het niet."

Als ze de voordeur achter zich sluit, lijkt het stiller in huis. Ze gaat in haar stoel voor het raam zitten. Op het kruispunt staat een rij auto's te wachten. De bomen zijn kaler geworden. Er loopt een vrouw met een kinderwagen voorbij, een schoolklas op de fiets. In de hal gaan voetstappen voorbij. Vrolijke stemmen roepen elkaar iets toe. Waarom is haar huis zo verlaten? Gisteravond hadden ze afscheid van elkaar genomen. De afgelopen drie weken hadden ze onopvallend regelmatig in elkaars gezelschap verkeerd. Ze vindt het prettig om dicht bij hem te zijn, zelfs als ze geen woord tegen hem zegt, maar hem tijdens het koffiedrinken aan het andere eind van de tafel, tussen de mannen, ziet zitten.

Gisteravond waren ze samen uit eten geweest om afscheid te nemen. „Wat zijn nou veertien dagen?" had hij gezegd. „Ze zijn in een zucht voorbij. Voor je het weet, sta ik weer bij je op de stoep. Ik zal veel foto's nemen zodat je een goede indruk krijgt van het eiland. Het schijnt nogal toeristisch te zijn maar ik zorg er altijd voor dat ik plekjes vind waar de meeste mensen niet van weten. Natuurlijk bel ik je."

„Dat is ontzettend duur vanuit het buitenland," had ze hem gewaarschuwd.

„Dat heb ik er dan graag voor over."

Gisteravond had het minder erg geleken dan nu. De wijzer van de klok verschuift weer een minuut, ze hoort heel duidelijk de tik. Opnieuw gaan er voetstappen voorbij. Ze aarzelt even, staat dan op. Ze kan veel beter koffie gaan drinken. Het huis is zo stil.

Plotseling lijkt de tijd minder haast te hebben. Natuurlijk probeert ze afleiding te vinden. Ze past een dag op bij Annelie en Stef, ze gaat trouw elke morgen koffiedrinken met de andere bewoners, ze spreekt af met een vriendin.

Zijn regelmatige telefoontjes maken iets goed. Ze kijkt ernaar uit, hoewel hun gesprekken maar kort zijn. Hij vertelt over palmbomen, over de zee, talloze restaurants en aangename temperaturen. Hij zegt dat hij haar mist. Zij vertelt hem dat ze hem ook mist. Ongemerkt kruipt zo toch de eerste week voorbij. Dagelijks loopt ze even zijn huis binnen om planten water te geven. „Je hoeft ze niet te verwennen," had hij gezegd. „Ik doe dat ook niet. Geef ze maar om de twee of drie dagen water, dan zullen ze het best overleven."

Ze vindt het prettig om door zijn huis te lopen, om in de stoel te zitten waar hij normaal gesproken zit. Nog een week is ze van zijn terugkomst verwijderd. Elke dag gaat ze naar zijn huis maar vandaag heeft ze getwijfeld, vermoeid als ze is van een dag winkelen met Annelie. Het leeftijdsverschil had zich doen gelden. Onvermoeibaar was haar dochter van de ene naar de andere winkel gelopen. Opheffingsuitverkoop in een zaak met kinderkleding, een speciaal boek dat ze zocht in een boekwinkel, nieuwe kleren die ze nodig heeft voor het feest van een vriendin die binnenkort twaalf en een half jaar is getrouwd. Zelf heeft ze schoenen gekocht die ze bij thuiskomst meteen heeft aangetrokken om alvast uit te lopen. Het loopt tegen acht uur als ze besluit op haar nieuwe schoenen toch nog even naar zijn huis te gaan. Haar hak voelt pijnlijk aan, als ze weer thuiskomt zal ze de chique schoenen direct verwisselen voor haar gerieflijke pantoffels. In zijn huis brandt de lamp al. Sijbrand heeft de tijdklok ingesteld. Aan het begin van elke avond springt het licht automatisch aan zodat zijn huis bewoond lijkt. Ze zoekt de post uit, persoonlijke post of reclame en legt die op de betreffende stapeltjes op tafel. Haar schoenen knellen behoorlijk. Toch kan ze het niet laten. Nog even loopt ze zijn slaapkamer in, haalt diep adem en snuift zijn geur op. Zijn bed is keurig opgemaakt met een smaakvolle dekbedhoes. Op zijn nachtkastje staat een foto die waarschijnlijk tijdens zijn vijfenveertigjarig huwelijksjubileum genomen is. Zonder te kijken weet ze precies hoe hij naast Tilly staat, omringd door kinderen en kleinkinderen. Toch moet ze de foto nog eens in haar handen nemen, loopt ermee naar het raam en kan in het vage schijnsel van de lantaarn voor het huis de personen onderscheiden. Als Sijbrand terugkomt, zullen ze hun wederzijdse kinderen vertellen van hun liefde voor elkaar. Volgens Sijbrand zullen zijn kinderen alleen maar blij voor hem zijn. Zij hoeft het alleen Stef en Annelie maar te vertellen. „Heb je nog iets van Caroline gehoord?" had haar oudste dochter vandaag tussen neus en lippen door gevraagd. Ze had nog niets gehoord. Ze had wel verteld dat zij onverwacht de moed had gevonden om Caroline op te zoeken maar dat die poging op niets was uitgelopen omdat er niemand thuis bleek te zijn.

„Het lijkt wel of het niet mag," had Annelie verzucht.

Ze veegt met haar hand over de bovenkant van de fotolijst en plaatst de foto dan weer zorgvuldig op het nachtkastje. Nog een week voordat Sijbrand terugkomt. Wat zijn nou zeven dagen?

Later kan ze niet meer navertellen hoe het komt. Misschien is ze over de drempel tussen de slaapkamer en de woonkamer gestruikeld, is het haar vermoeidheid of heeft ze haar voet verkeerd neergezet, of zijn de nieuwe schoenen er toch debet aan? In ieder geval ligt ze ineens op de grond en de pijn die ze voelt maakt haar misselijk. Verdoofd ligt ze op de vloer terwijl allerlei gedachten door haar hoofd wervelen. Gedachten die ze niet toe wil laten. Gewoon opstaan nu, even doorbijten. Haar huis is niet ver. Ze moet het kunnen redden. Natuurlijk kan ze het redden, maar als ze een poging doet om op te staan, is de pijn zo hevig dat ze dreigt flauw te vallen. Ze kan niet anders dan dood-stil blijven liggen en wachten tot ze zich iets beter voelt. Als ze naar beneden kijkt ziet ze hoe haar voet vreemd naar buiten ligt gedraaid. Ze weet wat dat betekent maar ze wil het niet toelaten. Misschien moet ze diep ademhalen, zal ze zich daarna beter voelen. De afstand naar haar huis is niet ver. Ze moet het kunnen redden en als ze dat niet redt, moet ze tot de voordeur kunnen komen. Er moet een manier zijn om die te openen. In de hal kan ze om hulp roepen. Natuurlijk kan ze dat.

Het lukt haar niet. Slap voelt ze zich, verschrikkelijk misselijk, zo duizelig. Pijn doet haar naar adem happen. Langzaam maar zeker overweldigt haar een ander gevoel als tot haar doordringt dat het haar onmogelijk is om van de plek te komen. Zeven dagen duurt het voordat Sijbrand terugkomt. Hoe lang kan een mens zonder eten of drinken? Ze probeert haar paniek terug te dringen, doet nog eens een poging om zich vooruit te bewegen. De pijn doet haar maag protesteren. Ze kan het niet langer tegenhouden, geeft over op de keurige, lichte vloerbedekking van Sijbrand.

Ze veegt haar mond af met de zakdoek die in de zak van haar rok zit maar de vieze smaak in haar mond blijft, de zurige lucht dringt door in haar neusgaten. Met de moed der wanhoop weet ze nu toch een eindje op te schuiven uit de buurt van de stinkende massa. De pijn beneemt haar opnieuw de adem, laat de wereld draaien. Heftig transpirerend blijft ze liggen, met haar hoofd op de armen en probeert haar paniek weg te ademen. Haar bloes plakt vochtig op haar rug, zweetdruppels lopen vanuit haar nek omlaag. Rustig blijven nu, nadenken en de mogelijkheden op een rijtje zetten. Een week zal ze hier zeker niet blijven liggen. Annelie belt minstens twee keer per week. Ze zal ongerust worden als ze steeds niet opneemt. Dan is Mientje er ook nog. Onuitstaanbare Mientje, die zich overal mee bemoeit en alles ziet. Ze zal het niet vertrouwen als ze morgen niet bij de koffie is. Mientje ziet haar altijd als ze naar de brievenbus loopt. Ze is ervan overtuigd dat haar buurvrouw op onderzoek uit zal gaan. Mientje heeft haar natuurlijk allang weten te ontfutselen dat dominee Van Haamstede haar schoonzoon is. Als ze onraad ruikt, zal ze contact met Annelie proberen te krijgen. Ze is ervan overtuigd. Die gedachte maakt haar rustiger.

Langer dan vierentwintig uur zal ze hier niet hoeven blijven liggen. Misschien zelfs niet langer dan vijftien uur. Wat zijn nu vijftien uur op een mensenleven?

Vanaf haar voeten kruipt de kilte omhoog. Haar bezwete bloes voelt koud aan op haar rug. Sijbrand heeft de verwarming laag gezet voor zijn vertrek. Het is fris in huis, het zal in de loop van de avond alleen maar kouder worden. Op haar horloge ziet ze dat er niet meer dan tien minuten voorbij gegaan zijn. Tien minuten. Zes keer tien minuten is een uur. Negentig keer tien minuten is vijftien uur, of negenhonderd minuten. Vijftien uren lijken plotseling eindeloos en vervullen haar met wanhoop. Met haar vuist slaat ze op de grond maar de dikke vloerbedekking dempt het geluid. Ze schreeuwt, roept de naam van de buren. Er gebeurt niets, ook niet nadat haar keel rauw geschreeuwd is.

Door de muren sijpelt het geluid van de televisie, een programma met koorzang. De woorden zijn niet te verstaan maar wel de melodie. Ze hoort de buurvrouw aan de rechterkant meezingen. Waarom kan zij alle geluiden van de buren wel horen en is er niemand die haar hoort? Nogmaals bonkt ze met haar hand, schreeuwt. Nooit eerder heeft ze gemerkt dat het volume van haar stem zo is afgenomen. De koren aan de rechterkant zingen gewoon door, als ze goed luistert, hoort ze dat de buren aan de andere kant hetzelfde programma bekijken en dan neuriet ze ineens de melodie mee, komen gaandeweg de woorden boven. *„De Heer is mij tot hulp en sterkte; Hij is mijn lied mijn psalmgezang..."* Wonderlijk troostend zijn die woorden. *„Daar zingt men blij, met dank'bre psalmen: Gods rechterhand doet grote kracht.*

Onverstoorbaar gaat de koorzang verder maar haar stem stokt. Langzaam maar zeker gaat haar lichaam uit steeds meer pijn bestaan. De vloerbedekking waarin haar voeten altijd zo prettig wegzakken heeft haar al die tijd misleid. Hard is de vloer eronder. Elk punt van haar lichaam dat de grond raakt doet zeer. Ze probeert een andere houding aan te nemen maar opnieuw voelt ze zich misselijk en duizelig, haar bloes voelt kil aan. In een poging zichzelf af te leiden, laat ze haar ogen de kamer ronddwalen die zo helemaal de sfeer van Sijbrand uitstraalt. Een schilderij dat een vriend van hem heeft gemaakt boven de bank. Stemmige kleuren. Serieuze kleuren noemt ze het in stilte en eigenlijk stralen alle meubels en attributen in zijn kamer dat uit. Serieus en betrouwbaar, net zoals Sijbrand is. Een kandelaar met kaarsen. Ze telt de kaarsen, zoals ze die elke keer telt als ze in deze kamer zit terwijl ze weet dat het er zeven zijn, of vijf en twee of drie en vier maar ook zes en een. Waarom telt ze? Ze krijgt haar leven er niet mee onder controle, ze krijgt er op dit moment haar toestand niet mee onder controle. Haar ogen dwalen verder naar een beeldje in de vensterbank van een gezette vrouw die een boek leest. „Ik houd van vrouwen die lezen," had hij gezegd. „Ze kunnen zo in het boek opgaan." Het figuur van de vrouw had hem bij dit beeld eveneens aangesproken. „Dit is een vrouw zoals ze in werkelijkheid is. Rond en mollig. Te veel wordt er in dit land de nadruk gelegd op het ideaalbeeld van de broodmagere fotomodellen. Een normale vrouw kan nooit aan dat beeld voldoen en daarom voelt een groot deel van de Nederlandse vrouwen zich ongelukkig. Ik hoop dat er weer een tijd komt waarin vrouwen zich niet langer voor hun rondingen hoeven te schamen."

Het is altijd prettig om naar Sijbrand te luisteren. Hij heeft overal een mening over, die hij graag uitdraagt. Misschien komt het omdat hij, net als Alois, zoveel heeft gelezen. Binnenkort moet ze hem de studeerkamer van Alois eens laten zien. Wellicht vindt hij daar ook nog boeken die hij graag eens wil inkijken. Daarna wordt het tijd dat ze de studeerkamer langzaam maar zeker ontruimt. Sommige dingen van Alois zal ze bewaren. Veel kan weg. Ze zal Annelie vragen wat zij ervan bewaren wil. Misschien zal ze ook wat achterhouden voor Caroline. De hoop is nog altijd niet uit haar hart verdwenen.

Alois en Sijbrand hebben wat boeken betreft veel met elkaar gemeen. Zoals de studeerkamer van Alois gevuld is met boeken, zo valt in de woning van Sijbrand ook de enorme hoeveelheid boeken op. Een uitpuilende boekenkast vult de hele achterwand van de kamer. Ze weet dat het kamertje naast de voordeur ook nog vol boeken staat. Sijbrand noemde dat compensatie voor zijn droom om na de hbs theologie te gaan studeren. Zijn ouders hadden daar het geld niet voor gehad. Zijn vader ontving een heel redelijk salaris als boekhouder op kantoor bij een kleine levensmiddelenfirma, maar naast Sijbrand waren er nog zes zoons die een goed stel hersens bezaten. Na de hbs was hij daarom aan het werk gegaan op een accountantskantoor. Hij was daar gebleven tot hem een loonsverhoging werd geweigerd die hem eerder was toegezegd. Met deze onbillijkheid kon hij niet leven en daarom had hij op staande voet ontslag genomen. De dag erna had hij gesolliciteerd op de afdeling interne zaken bij de gemeente Zwartburg en was er aangenomen. De ene cursus na de andere cursus had hij gevolgd tot hij uiteindelijk als chef interne zaken was geëindigd. In zijn vrije tijd had hij gelezen. Bij zijn verhuizing naar dit appartement had hij lang niet al zijn boeken kunnen meenemen, maar er bleven gelukkig nog veel over.

„Ik heb me in mijn leven altijd weer verwonderd over de vele boeken die geschreven zijn om te bewijzen dat God niet bestaat," had hij haar laatst gezegd. „Ik heb me afgevraagd waarom dat mensen maar bezig blijft houden. Geen van die boeken heeft mij weten te overtuigen. Ik heb altijd veel meer bewijzen gevonden voor het bestaan van God dan voor het tegendeel. Waarom zouden mensen nu steeds het tegendeel willen beweren?"

Diepe gesprekken voerde ze met Sijbrand. Heel andere gesprekken dan tijdens de koffie 's morgens in de gemeenschapsruimte. Ze genoot tegenwoordig van het gezamenlijke koffiedrinken als ze geen andere verplichtingen had, maar ze apprecieerde de gesprekken met Sijbrand nog veel meer.

„Het intellect van de mens dreigt zich steeds meer tegen hem te keren." Ze sluit haar ogen en stelt zich zijn gezicht voor, ziet voor zich hoe hij zijn standpunten uiteen zet. Enthousiast en blij met haar aandacht. „Geloven als een kind, staat er in de bijbel. Het is ons bijna onmogelijk geworden. Wij leven in een wereld waarin alles onderzocht en bewezen moet worden. Wonderen worden verklaard op een wetenschappelijke manier, de opstanding van Christus mag niet langer letterlijk worden genomen. Geloven wordt heden ten dage bijna als een gebrek aan intelligentie beschouwd. Ik vind het juist van groot vernuft getuigen als een mens durft toe te geven dat er zaken in het leven plaatsvinden die niet te begrijpen zijn."

„Soms gebeuren er in het leven onbegrijpelijke dingen... Het beeld van Sijbrand valt weg en maakt plaats voor het gezicht van haar moeder. De wereld rondom haar verdwijnt in nevelen van pijn en tegelijkertijd is er een verbazingwekkende helderheid. Ze ziet een meisje in een korte witte jurk, een enorme strik in haar weerbarstige blonde krullen. De keurige witte sokjes pasten precies bij de jurk. Ze was trots op de glimmende zwarte schoentjes, met het bandje over de wreef, die ze droeg. Ze herkent zichzelf direct. De baboe noemde haar een prinsesje als ze deze witte jurk droeg. Ila, heette de baboe en ze had het altijd prettig gevonden om in de buurt van Ila te zijn. Het was gebruikelijk dat er een zekere afstand bleef tot de bedienden, dus ook tot Ila, maar in haar herinnering was die afstand er nooit geweest. Ila droeg kleurige sarongs, ze had prachtige bruine ogen en een grote schoot waarop ze zich veilig voelde. Een jaar of zeven was ze toen de oorlog uitbrak en misschien had ze tot die tijd werkelijk het leven van een prinses geleid. Het was feitelijk al veranderd toen ze Lawang hadden moeten verlaten. Alles wat haar dierbaar was, had ze achter moeten laten. Ila ging terug naar familie, de hond en kat konden niet mee en zelfs de pop, met het mooie wagentje, was daar gebleven. Wonderlijk zoals een kind zich aanpast. Er kwam een nieuwe baboe met een minder prettige schoot. Vreemd, dat ze haar naam niet had onthouden, ze weet nog wel dat ze een bol gezicht had met kleine, amandelvormige ogen. Hun nieuwe behuizing was een soort paviljoen in Surabaya. Misschien kwam het doordat haar ouders er nog waren maar ondanks de plotselinge veranderingen speelde ze

gewoon met Theootje. Hij was nog klein maar ze speelden samen meneertje en mevrouwtje. Ze draaiden sigaretten van papier uit een schriftje en deden of ze rookten. Zo hadden ze het papa en mama ook zien doen.

Op de dag dat haar vader, samen met al die andere mannen per vrachtwagen was afgevoerd, droeg ze haar witte prinsessenjurkje. Ze herinnert zich nog hoe ze haar moeder had proberen te troosten.

Later hoorden ze dat de mannen vanuit de Werfstraat, een mannenkamp, naar diverse werkkampen werden gestuurd. Was toen misschien dat gevoel van leegte al ontstaan, dat gevoel van totale verlatenheid of was het later gekomen? Was het misschien toegenomen toen die trein vertrok met daarin haar vader? Was het erger geworden omdat ze toen die totale radeloosheid van haar moeder had gezien en er niets aan had kunnen veranderen?

Ze beweegt haar vingers. Haar neus is koud, haar handen, haar voeten, alles is door en door koud. Er dringen nog steeds geluiden door van buren die hun televisie hebben aanstaan, stemmen die onverstaanbaar zijn. Een deur klapt dicht, voetstappen op straat. Geluiden die haar onmogelijke positie alleen maar lijken te onderstrepen en haar gevoel van verlatenheid doen toenemen. Hoe vaak had ze zich al niet totaal verlaten gevoeld?

Er blijven maar beelden komen. Ze is niet in staat om ze langer tegen te houden. Beelden van de kinderen van tante Jetty waar ze tijdelijk bij in woonden, van tante Jetty zelf. Ze ziet voor zich hoe ze nog steeds was blijven spelen maar in haar buik had zich dat nare gevoel genesteld. Wat was het geweest? Angst? Een gevoel van dreiging, onveiligheid, machteloosheid, dat alles bij elkaar misschien? In die tijd waren ze nog vrij geweest. Kort daarna werden ze geïnterneerd in een woonwijk die was voorzien van een kedèk, een omheining die het hen onmogelijk maakte vrij in en uit te lopen. Honger had ze toen nog niet, dat kwam later na die vreselijke treinreis die hen uiteindelijk in het Halmaheira-kamp had gebracht. Halmaheira, een naam die ze heel lang niet had uitgesproken. Een naam die stond voor te veel mensen in een kleine ruimte, dreiging, sarrende Japanners.

Mama stond altijd vooraan bij het appèl, zoals alle volwassen vrouwen. Tweemaal per dag werden ze geteld en tweemaal per dag verlamde haar dat van angst. Mama daar vooraan, onbereikbaar voor haar, maar een prachtig doelwit voor de onverwachte woede van de Japanners. De kampcommandant heette Hasagawa. Die naam is haar altijd bijgebleven.

Ze heeft buikpijn. Met haar hand masseert ze zachtjes de buikwand maar het vermindert de pijn niet. Misschien is het beter als ze niet meer aan die tijd denkt. Jarenlang heeft ze het kunnen verdringen. Waarom zou ze het nu toelaten? Wat heeft het voor zin om alles op te rakelen? Ze haalt diep adem, probeert het vervelende gevoel het zwijgen op te leggen. Waarom lukt het haar nu niet om de woorden van psalm 118 te zingen? *De Heer is mij tot hulp en sterkte.*

Oh ja? Wanneer dan? Had ze niet gebeden, had ze niet elke dag gebeden voor haar moeder? Op haar knieën had ze gelegen, elke avond, elke morgen weer.

De honger had zich in haar tengere meisjeslijf genesteld, was haar dagelijkse metgezel geworden. Misschien was het allemaal anders gelopen als de geur van de zoete melk niet in haar neusgaten gekropen was. Haar jeugd was haar door de gebeurtenissen afgenomen maar ze was nog lang niet volwassen.

Ze was alleen geweest toen ze haar vinger in het blikje met gezoete, gecondenseerde melk had gestoken. De zoete smaak had haar genodigd tot nog een likje. Buiten hoorde ze de stemmen van de andere kinderen, van de moeders, van haar eigen moeder. Snel had ze haar vinger nog eens door de stroperige melk gehaald. Voor een meisje van nog geen tien jaar was ze flink geweest, al die tijd. Ze was een kind in oorlog maar ze was wel een kind. Natuurlijk was het uitgekomen. Ze herinnerde zich nog de blik op het gezicht van haar moeder. Geen blik vol woede of teleurstelling maar een blik vol wanhoop. Het was net of het op dat moment tot haar moeder was doorgedrongen dat ze haar kinderen nooit zou kunnen geven wat ze had willen geven. Of het haar duidelijk werd dat de situatie uitzichtloos was. Het leek of ze op dat moment de moed verloren had, of haar lichaam de strijd opgaf. Kort daarna was ze in het ziekenhuis op het terrein opgenomen met dysenterie. Emmely sluit haar ogen. Het is net of ze op dit moment heel duidelijk de zoete melk op haar tong proeft. Haar buikpijn neemt toe.

23

"Ik wil dat mama komt." Caroline zit rechtop in bed. "Ze moet met me mee naar het ziekenhuis."

"Arthur gaat met je mee naar het ziekenhuis. Mama slaapt op deze tijd. Op dit moment heeft het weinig zin, ze kan toch niets voor je doen. Ik beloof je dat ik haar morgenochtend vroeg bel en waarschijnlijk is ze er dan zo." Annelie kijkt op haar horloge. "We moeten nu echt gaan, liefje."

Ze voelt de hand van Caroline op haar arm, de druk die steeds steviger wordt tot het bijna pijnlijk is. "Mama moet echt komen. Ik kan het niet uitleggen. Bel haar nu alsjeblieft."

"Caroline, ik weet niet of ik dat wel kan doen. Je hebt haar niet eens op de hoogte gesteld van je zwangerschap."

"Ik weet zeker dat ze wil komen. Mama weet wat het is om je kind te verliezen. Vijf keer heeft ze dit meegemaakt. Ik heb haar nodig, Annelie."

Annelie zucht. Er zit niets anders op dan aan het verzoek van haar zus te voldoen. "Ik bel even in de kamer. Arthur moet zo de auto halen om je naar het ziekenhuis te brengen."

Langzaam loopt ze de trap af waar ze haar zwager weet. Haar hakken tikken op de houten treden. Alles is mooi in dit huis, alles is nieuw, nergens ligt rommel. Ze had zich al eens voorgesteld hoe het zou worden als hier een kind zou rondlopen. Speelgoed in de kamer, vlekken op de bank. Eindelijk zou dit huis eens gaan leven. Opnieuw kan ze een zucht niet onderdrukken. Voorlopig zou alles blijven zoals het was.

"Arthur?" Hij staat voor het raam, draait zich direct om. "Caroline wil dat ik mama bel."

"Nu?" Hij trekt zijn wenkbrauwen op.

"Ze is natuurlijk erg overstuur. Ik heb haar nog proberen te overreden om morgenochtend te bellen maar ze wilde er niet van horen."

"Dan moet dat maar."

"Ik heb beloofd dat ik nu jou naar haar toe zou sturen. Daarna moeten we gauw naar het ziekenhuis. De gynaecoloog weet er van. Ik ken haar goed en daarom ben ik zo vrij geweest om haar thuis te bellen."

"Caroline is zo rustig."

Ze haalt haar schouders op. "De klap komt altijd later. Nu is het net of het nog niet echt doordringt."

"Het lijkt ook net een droom. We gingen naar bed en er leek niets aan de hand. Ik was slaapdronken toen ze me vannacht wakker maakte om me te zeggen dat ze vloeide. Het drong pas echt door toen ik die grote vlek zag."

"Ga nu maar gauw naar haar toe."

"Ja," zegt hij en blijft toch nog wat wezenloos staan. Ze drukt hem in de richting van de trap. "Kom op, Arthur."

Ze hoort zijn voetstappen naar boven gaan, zijn stem als hij de slaapkamer binnenstapt. Even aarzelt ze. Kan ze het haar moeder wel aandoen? Is het wel verantwoord om haar midden in de nacht te bellen om dan te verwachten dat ze naar het ziekenhuis rijdt? Caroline verwacht het eenvoudig. Geen woord van spijt is er over haar lippen gekomen. Geen gedachte heeft ze aan het welzijn van haar moeder gewijd. Op het donkerrode toestel in de kamer drukt ze het nummer van haar moeder in. In omstandigheden als deze wordt alles anders. Haar moeder is een volwassen vrouw. Ze zal zelf kunnen aangeven of het haar te veel is. Als ze niet belt en haar moeder achteraf hoort wat er gebeurd is, zal ze het haar misschien verwijten. Caroline heeft altijd haar zin gekregen. Ze krijgt het vannacht ook.

Eindeloos blijft de telefoon overgaan. Dat is vreemd. De telefoon staat naast haar bed. Zelfs als ze nog even bij moet komen omdat ze in diepe slaap is, hoeft het niet zo lang te duren. Ze herhaalt het nummer, met hetzelfde resultaat. Boven hoort ze Arthur lopen. Er kan niet langer gewacht worden. Ze is er niet gerust op. Caroline vloeit hevig. Het is zaak dat ze nu zo snel mogelijk naar het ziekenhuis gaan. Snel grijpt ze haar spullen bij elkaar en loopt met twee treden tegelijk naar boven. "We moeten gaan."

"En mama?"

Caroline blijft altijd het kleine kind dat verzorgd en vertroeteld moet worden. Ze lijkt heel jong in haar nachtpon in het brede bed. Haar ogen staan groot in haar witte gezicht.

„Ik kan haar niet bereiken."

„Dat moet," houdt Caroline aan.

„Er is maar een ding dat nu moet gebeuren en dat is zo snel mogelijk naar het ziekenhuis."

„Ik wil dat mama met me meekomt."

„Lieverd, ze neemt de telefoon niet op. Misschien heeft ze de stekker eruit getrokken of is ze vannacht ergens anders maar ik kan haar in ieder geval niet bereiken."

„Ik wil dat mama komt! Waarom is ze er nooit als ik haar nodig heb?"

„Ze is er altijd voor je geweest!" Nu kan ze zich niet langer inhouden. „Jij wilde haar niet meer zien. Het was jouw keuze."

„Moet dat nou zo?" Arthur zit naast Caroline op bed. Hij heeft een arm om haar heengeslagen.

„Het spijt me. Ik probeer haar uiteraard straks weer te bellen."

Nerveus pakt ze de tas waar Arthur snel wat spullen van Caroline in heeft gepakt. „Laten we nu gaan. Jullie rijden met mij mee."

„Ga mama alsjeblieft halen," smeekt Caroline. „Arthur kan me ook alleen naar het ziekenhuis brengen."

„Caroline, je vloeit nogal."

„Dat wordt niet minder als jij in mijn nabijheid bent. Met tien minuten zijn we in het ziekenhuis. Arthur en ik redden het wel. Arthur, ja toch?"

Ze leest de twijfel op het gezicht van haar zwager maar hij knikt. „Ik ga de auto halen."

Ze is altijd doortastend, weet precies wat ze moet doen in dit soort situaties. Waarom lukt haar dat nu niet? Waarom voelt ze zich zo uit het veld geslagen? Ze wil niets liever dan dit prachtige huis verlaten. Ze verlangt er net zo goed naar om haar moeder te zien, om te vertellen wat er gaande is, om uit te huilen. Blijf je altijd een kind zolang je moeder leeft?

Als ze de deur van het fraaie huis achter zich sluit, realiseert ze zich dat ze feitelijk niet zo heel veel van haar jongere zusje verschilt.

Ze rijdt vaker door de nacht op weg naar of terug van een bevalling. Ze rijdt vaker door de nacht na het verdriet te hebben gedeeld met mensen die hun dromen en verlangens moesten inleveren omdat hun kindje niet levensvatbaar bleek. Nu is het toch anders. Het is dichterbij, pijnlijker. Ze heeft zelf ook een verlangen in moeten leveren. De straten zijn zo goed als leeg. Bijna alle huizen hebben hun ogen gesloten. Sporadisch passeert ze een verlichte woning. De lantaarns in de straten branden. In de stad krijgt de duisternis nooit helemaal een kans. Ze rijdt snel maar de weg lijkt eindeloos. Nog steeds twijfelt ze of ze haar zus en zwager wel alleen naar het ziekenhuis had moeten laten gaan. Waarom heeft ze zich door Caroline laten ompraten? Zij was altijd degene die leiding gaf in dit soort situaties. Ze had dat nu ook moeten doen. Opnieuw zoekt ze naar andere oplossingen, zoals ze even daarvoor ook heeft gedaan. Weer vindt ze die niet. Stef kan ze niet vragen. Haar kinderen zijn wel zelfstandig maar toch te jong om in het holst van de nacht alleen thuis te blijven. Arthur moet met Caroline mee, oom Theo woont in Apeldoorn en is bovendien te ziek. Meer opties zijn er niet. Ze hoeft zichzelf geen verwijten te maken.

Naarmate ze het complex waar haar moeder woont, dichter nadert, voelt ze hoe zich een knoop van spanning in haar maag nestelt. Nog eens probeert ze redenen te bedenken die er de oorzaak van kunnen zijn dat haar moeder de telefoon niet opneemt. Ze kan bij oom Theo en tante Lieke zijn blijven slapen. Meteen verwerpt ze dat idee weer. Als ze dat zou doen dan had ze gebeld. Zelfs als dat idee op het laatste moment was ontstaan. Haar moeder gaf logeerpartijen en uitjes altijd door om misverstanden te voorkomen. Dan is er nog de mogelijkheid van een ongeluk maar als dat zo was, zou ze daarover zeker zijn gebeld. Er is nog een idee dat zich aan haar opdringt maar dat ze meteen verwerpt omdat ze het te gênant voor woorden vindt. Haar moeder heeft het de laatste tijd zo vaak over een buurman die

Sijbrand heet dat Stef en zij daar al grapjes over maken. Stel nu eens dat haar moeder daar is blijven slapen? Dat ze niet wil dat zij ervan weten? Onwillekeurig schudt ze haar hoofd. Nooit zou haar moeder dat doen. Nooit! Ze weet het absoluut zeker. Nu nadert ze een rotonde. Ze moet rechtdoor, aan haar rechterhand staat een zorgcentrum. „Als ik later niet meer kan, dan wil ik daar wel naartoe," zei haar moeder steevast als ze het erover hadden. Dat moment lijkt nog heel ver weg. Haar moeder is nog gezond en zelfstandig. Ze heeft zoveel interesses, zoveel mensen die ze kent, zoveel plannen.

Aan de linkerkant staan flats waar zelfs nu nog wasgoed aan de lijn wappert, dan de kruising waarop haar moeder het uitzicht heeft. Het fraaie appartementencomplex doemt voor haar op en met een oogopslag ontdekt ze dat in het huis van haar moeder de verlichting volop brandt. Als ze even later de voordeur opent met de sleutel die zij van haar moeders appartement heeft, voelt ze hoe de spanning in haar lichaam toeneemt. Zelfs het kindje van Caroline raakt erdoor op de achtergrond. Als ze door het huis loopt, neemt bij elke stap die ze zet de spanning nog verder toe. Het bed blijkt onbeslapen, in de badkamer is niemand te zien, noch in de kamer of logeerkamer. Als het hele huis leeg blijkt, is ze ervan overtuigd dat er iets aan de hand is maar heeft ze geen idee wat ze moet doen.

24

De vloer wordt harder en killer, haar hele lichaam bestaat uit pijn. Dwars door die pijn heen blijven de beelden komen. Haar moeder achter het raam in het ziekenhuisbed. Ze wilde ernaartoe, haar moeders hand vasthouden, bij haar in dat bed kruipen, tegen beter weten in zeggen dat het allemaal wel goed zou komen. Haar moeder ging dood. Ze had het aangevoeld, al had niemand haar dat verteld. In het kamp was ze zo dikwijls met de dood geconfronteerd, had ze te vaak gezien hoe een lichaam het kamp uit werd gedragen. Het was haar verboden om in de buurt van haar moeder te komen. Ze leed aan een besmettelijke ziekte, dat was haar wel verteld. Haar bleef niets anders over dan te zwaaien voor het raam. Wat had haar moeder in die dagen gevoeld toen ze wist dat ze er nooit meer zou zijn om haar kinderen te beschermen? Ze zou het nooit weten maar wat zijzelf voelde op die morgen, die vreselijke morgen, ervaart ze ook nu weer. Het raam staat haar nog helder voor de geest. Eigenlijk was het helemaal niet zo'n groot raam maar ze kon haar moeder er duidelijk achter onderscheiden. Op die morgen had er niemand achter dat raam gelegen. Zonder dat iemand haar dat nog had verteld, had ze direct geweten wat dat betekende.

„Mama!"

Is het werkelijk haar eigen stem die door de stilte schreeuwt? Zijn het haar eigen tranen die langs haar wangen rollen? Het is zo stil incens. Alle televisies zwijgen. Er rijden geen auto's over de kruising, er is geen mens die nog een gesprek voert. Ze heeft geen idee van tijd en komt niet op het idee om op de klok te kijken. Totale verlatenheid. Dodelijke eenzaamheid en niemand die haar helpen kan.

„Mama!"

Nooit meer. Voor altijd. Het waren woorden die ze rond zich hoorde en waarvan langzaam maar zeker de betekenis tot haar doordrong. Nooit meer mama. Nooit meer samen. Altijd alleen. „Mama!" Ze wil roepen maar haar stem wil niet meer.

Annelie heeft toch Stef gebeld.

„Misschien is ze bij je oom en tante blijven slapen," oppert hij als hij enigszins bij zijn positieven is gekomen. „Hoe is het trouwens met Caroline?"

Caroline… in het ziekenhuis verliest haar zus haar eerste kind en ze is er niet bij. Zelfs haar hoofd is er op dit moment niet bij.

„Ik heb geen idee hoe het op dit moment met Caroline is. Ze is naar het ziekenhuis, dat weet ik wel."

„Je moeder loopt niet in zeven sloten tegelijk."

„Een is genoeg." Geïrriteerd tikt ze met haar hand op de leuning van de bank. „Bij oom Theo en tante Lieke is ze zeker niet. Dan had ze het doorgegeven. Bovendien zou dan niet het hele huis verlicht zijn. Trouwens, haar tandenborstel, haar dag- en nachtcrème en alles wat een mens nodig heeft voor een logeerpartij, staan hier nog."

„Kan ze niet bij die buurman slapen?"

„Zonder tandenborstel?"

„Misschien leent ze de zijne?"

„Stef, doe niet zo idioot. Als je niets beters weet te verzinnen, kun je beter je mond houden."

„Ik denk gewoon dat je je te veel zorgen maakt."

„Ik weet zeker van niet."

„Bel dan bij die buurman aan."

„Midden in de nacht zeker."

„Ze heeft veel contact met hem. Als er echt iets aan de hand is, zal hij je vast willen helpen."

„Die man is ook al een jaar of zeventig."

„Ik weet niet wat je anders zou kunnen doen."

„Ik weet niet eens op welk nummer hij woont."

„Staat er geen nummer en naamplaatje naast elke bel op dat paneel beneden? Weet je zijn achternaam?"

„Mama heeft het me wel verteld. Waarschijnlijk weet ik het als ik het zie. Ik zoek eerst naar de voorletters. Er zijn waarschijnlijk niet veel mensen met een S als voorletter. Er is geen andere mogelijkheid. Ik moet het zo doen."

„Bel me als er werkelijk iets is of als je verder moet zoeken. Ik kan nu niet weg. Vervelend. Op Arthur kun je op dit moment ook niet rekenen."

„Ik red me alleen. Je hoort van me."

„Ik hoop op dit moment dat ik gelijk heb," hoort ze hem zeggen. „Dat ze zijn tandenborstel heeft geleend."

„Ik ook." Ze lacht tegen wil en dank.

De eenzaamheid had haar nooit meer verlaten. Toen pappie terugkwam, wilde hij niet meer over mammie praten. Daarmee verdiepte hij haar eenzaamheid en het verlies. Theo was nog te klein geweest om haar verdriet te delen. Theo had er geen problemen mee om tante Leida van hun vader met mama aan te spreken. Haar vader eiste ook van haar dat ze op die manier haar moeder verder verloochende. Onder protest gehoorzaamde ze maar in de praktijk probeerde ze die aanspreektitel zo veel mogelijk te vermijden. Nooit werd tante Leida werkelijk een moeder voor hen. Had ze toen maar geweten wat Theo haar laatst verteld had. Misschien was het dan makkelijker geweest om tante Leida wat tegemoet te komen. Er valt niets meer terug te draaien.

Al jong zocht en vond ze werk in een naaiatelier. Erboven was een kamer te huur en zo ging ze algauw het huis uit. Ze hield van haar werk, was creatief, werd gewaardeerd maar haar eenzaamheid bleef want Nederland worstelde met de eigen oorlog. Rondom haar hoorde ze gruwelverhalen over mensen die waren weggevoerd, over het duizelingwekkende aantal Joden dat in de gaskamers was omgekomen, over verzet en mensen die vanwege hun vaderlandsliefde gefusilleerd werden. Wie was zij om te vertellen van dat bange gevoel, van de schreeuwende Japanners, van haar moeder achter het raam? Haar verhaal viel toch in het niet? Niemand stelde er belang in en zo was ze het zelf onbelangrijk gaan vinden. In die tijd was ze een stil meisje geweest dat maar zelden thuiskwam en haast nooit met vriendinnen uitging. Ze kwam weinig met jongeren van haar leeftijd in aanraking en had zich neergelegd bij het idee dat ze de rest van haar leven wel alleen zou blijven. Tot ze op een avond Alois ontmoette in een ijssalon. Knap, betrouwbaar, intelligent en vol liefde voor haar. Hij was de enige zoon van zijn ouders, die het drukker hadden met hun sociale leven dan met hem. Op financieel gebied was alles voor hem mogelijk. Hij wilde advocaat worden. Hij mocht studeren en werd advocaat.

Ze had gemeend dat het nu beter zou gaan, dat de leegte nu verdwijnen zou. Als ik maar getrouwd ben, had ze eerst gedacht en later, als ik maar kinderen heb.

Nooit had ze in de gaten gehad dat haar eenzaamheid bleef omdat ze niet durfde delen. Alois gaf immers dezelfde boodschap af als al die andere mensen om haar heen. „Niet langer achterom kijken maar vooruit. Vergeet wat geweest is en zorg dat het leven beter wordt. Voor jezelf, maar meer nog voor je kinderen."

Vol overgave had ze zich op haar dochters gestort maar met hun geboorte was er een nieuwe angst bij gekomen. Angst om weer te verliezen. Eerst was Annelie er, een ronde baby, later een stevige peuter. Langzaam maar zeker begon ze vertrouwen in een goede afloop te krijgen. Annelie was een zelfstandig en onderzoekend kind. Ze was een kind dat zich wel redden zou. Daarna kwamen de miskramen. Steeds opnieuw verloor ze haar kinderen, was er de rouw, kwam het gemis van haar moeder weer zo heel dichtbij.

Met de zwangerschap van Caroline was ze geen moment blij geweest. Ze had zich afgeschermd, stond zichzelf geen vreugde toe die immers elk moment in diepe droefheid, in intens gemis kon omslaan? De angst was na de geboorte van het kleine meisje niet afgenomen, integendeel. Caroline groeide niet hard, van borstvoeding moest ze al snel op flesvoeding overgaan. Het kind spuugde veel, huilde vaak. Elke dag had de angst als een steen op haar maag gelegen. Niet nog eens afscheid nemen. Caroline was zeven toen ze hersenvliesontsteking kreeg. In het ziekenhuis had ze zich van God en alle mensen verlaten gevoeld. Was het zo verwonderlijk dat ze zich altijd zorgen om haar jongste dochter had gemaakt?

Ze had haar willen beschermen, willen behoeden voor alle

kwade invloeden in het leven, maar juist wat ze zo krampachtig vast had willen houden, was haar ontglipt.

„Mama, ik wil je niet meer zien!" Het gezicht dat Caroline bij die woorden had getrokken, stond haar nog helder voor de geest. Ze had er afschuw op gelezen. Duidelijk stonden al haar fouten erop weerspiegeld.

„God, iedereen heeft me verlaten," fluistert ze. „Ik lig hier en niemand weet dat ik hier ben. Heer, laat me gevonden worden. Laat me hier niet sterven. Ik moet mijn kinderen nog zien. Ik moet ze nog zoveel zeggen. Zoveel Heer..."

Er is geen antwoord. Natuurlijk krijgt ze geen antwoord. Ze verwacht niet eens antwoord. Nooit heeft ze immers antwoord gekregen.

Zachtjes is ze weggezakt in haar wanhoop en haar pijn. Wat haar precies wekt, is haar niet meteen duidelijk maar het lijkt alsof er een ademtocht langs haar wang strijkt. De gordijnen bewegen alsof ze door een windvlaag aangeraakt worden. In de hoek van de kamer lijkt langzaam een licht op te komen. Ze zou bang moeten zijn maar geen moment voelt ze ook maar iets dat op angst lijkt. Ze moet haar ogen een beetje toeknijpen, dan lijkt er een figuur in dat licht te staan. Er zijn handen die naar haar reiken. Verbeeldt ze het zich of ziet ze het werkelijk? In ieder geval is ze er plotseling van overtuigd dat het allemaal goed zal komen. Een weldadige rust vervult haar. Zachtjes zakt haar hoofd opzij. Ze slaapt.

Van heel ver klinkt het geluid van de deurbel. Slaapdronken wil ze overeind komen maar een vlijmende pijn schiet door haar heup. Verstijfd kijkt ze om zich heen, ziet haar voet, vreemd naar buiten gedraaid en dan worden haar gedachten helder. Smerig voelt ze zich met een vieze smaak in haar mond, haar bloes koud aan haar rug geplakt. De zurige geur van haar eigen braaksel maakt haar opnieuw onwel. Ze haalt diep adem. Hoe is het mogelijk dat ze toch in slaap heeft kunnen vallen? Nog eens klinkt de bel en dan schreeuwt ze, zo hard ze kan. Met ingehouden adem wacht ze, roept nog eens. „Help me! Help me toch, ik ben gevallen!"

Er wordt op de deur geklopt. „Mama, ben jij het?" Ze is zo opgelucht dat ze bijna vergeet te reageren.

„Mama?" klinkt het nog eens dringend.

„Ja, ja, Annelie, ik ben het! Ik kan niet naar de deur komen."

„Is de buurman er niet?" wil Annelie weten. Ze moet haar vraag drie keer herhalen voordat Emmely haar verstaat.

„Er is hier verder niemand!"

Even is het stil aan de andere kant van de deur, dan is er opnieuw de stem van Annelie, luid en duidelijk door de blauwe deur. „Ik zorg voor hulp. Houd moed!"

Nu is ze niet langer alleen. In de hal weet ze haar oudste dochter die actie onderneemt. Ze hoort de stem van Annelie, er klinken voetstappen. Meer stemmen. Mientje roept achter de deur. „Houd moed Emmely!" Daarna lijkt ze opgewonden het woord tot Annelie te richten.

Het doet er allemaal niet meer toe. Haar eenzaamheid is ten einde.

25

„De hals van het bovenbeen is gebroken," heeft de arts gezegd. „Waarschijnlijk had u dat al in de gaten. We noemen dat ook wel een heupfractuur. Tijdens de operatie is gebleken dat het bot nog van goede kwaliteit is. Vandaar dat we niet hebben gekozen voor een prothese maar de losse stukken met pennen en schroeven hebben vastgezet."

Het is goed dat Annelie erbij was. Zelf zou ze het niet na kunnen vertellen. De wereld is nog steeds wat nevelig, ze is zo moe. Het bed voelt aangenaam warm.

„Sijbrand kan bellen," heeft ze vertwijfeld gezegd.

„Wij zijn zo vrij geweest om in de telefoonlijst van Sijbrand te zoeken." Annelie had zich naar haar over gebogen. „Daar vonden we telefoonnummers van zijn kinderen. Via hen hebben we het nummer van zijn mobiele telefoon gekregen en in overleg met zijn dochter hebben we besloten hem op de hoogte te stellen van je ongeluk."

Het moet nog even tot haar doordringen. „Hoe reageerde hij?" wil ze dan weten.

„Het is dat er een oceaan tussen zit, anders was hij linea recta naar huis komen lopen."

Die woorden blijven door haar hoofd zingen.

Langzaam trekt de nevel op, dringen de gebeurtenissen meer en meer tot haar door. De dag erna slaapt ze voor het grootste deel, halverwege de volgende nacht kan ze niet mccr slapen. Op de gang klinken geluiden waaraan ze niet gewend is. Het lukt haar niet om een prettige houding te vinden. Buiten giert een zuidwesterstorm.

„Hoe moet het nu verder?" had ze gisteren aan Annelie gevraagd.

„Voor alles is een oplossing te vinden. Je zult moeten revalideren. Ik wil je niet naar een verpleeghuis hebben. Met Stef heb ik er al over gesproken. Beneden hebben we een kamer waar alleen maar rommel staat. Als we die opruimen kan er een bed staan. Je zou een poos bij ons kunnen logeren. De kinderen zullen het geweldig vinden en voor jou is het ook een stuk gezelliger dan in een verpleeghuis."

Het had ondankbaar geleken maar de gedachte om zo lang in het drukke gezin van Stef en Annelie te verkeren had haar niet aangestaan. Misschien komt het doordat ze zo moe is. Het idee is toch nog altijd beter dan een verpleeghuis. Buiten gaat de duisternis over in schemer. Een opgewekte verpleegkundige verschijnt om haar te temperaturen. Ze is dankbaar voor de nieuwe dag.

Het is net of alle vermoeidheid van de afgelopen tijd zich verzameld heeft. Steeds weer verkeert ze in een toestand tussen waken en dromen. De koffie die haar gebracht wordt, staat koud te worden op het nachtkastje. Verpleegsters komen binnen en gaan weer. Het is nog lang geen bezoekuur als ze opnieuw het idee heeft dat ze weggedoezeld is en Caroline in haar droom verschijnt.

„Mama…" Aarzelend klinkt haar stem. Tussen haar oogharen door ziet ze dat haar gezicht bleek is, haar ogen dik en rood, alsof ze gehuild heeft. Langzaam dringt het tot Emmely door dat Caroline werkelijk naast haar bed staat. Annelie is bij haar, schuift een stoel aan. „Ga zitten, Caroline, en maak het niet te lang."

Ze opent haar ogen.

„Mama, het spijt me zo."

Ze weet niet eens wat ze moet zeggen. Ze tilt haar hand op, legt die op de smalle, witte hand van haar jongste kind. Altijd nog is die tengerheid gebleven, dat meisjesachtige.

„Ik wilde zo graag dat je bij me was maar Annelie kon je niet bereiken."

Haar ogen worden groter, zoeken de blik van Annelie die haar geruststellend toeknikt. „Er is nog iets gebeurd. We hebben het je nog niet verteld omdat je je misschien te veel zorgen zou maken."

Er valt een stilte waarin alleen de geluiden van de gang doorklinken. „Ik heb een miskraam gehad, mam."

Een miskraam. Vijf keer had zij een miskraam gehad en iedere keer werd haar weer voorgehouden dat ze nog jong was en nog meer kinderen kon krijgen. Ze mocht niet klagen. Had ze niet al een gezond kind? Nu zoekt ze naar woorden maar ze weet niets te zeggen. Ze knijpt alleen bemoedigend in de hand onder de hare.

„Ik was eerst niet eens heel erg blij met mijn zwangerschap," hoort ze Caroline zeggen. Ze sluit haar ogen. Vermoeidheid ligt als een loden deken op haar. Ze wil niet toegeven. Haar jongste dochter heeft haar nodig.

„Misschien kun je er later beter nog eens over praten," bemoeit Annelie zich ermee maar geen van beiden lijkt zich iets van haar woorden aan te trekken.

„Ik voelde me ook onzeker toen ik voor het eerst zwanger was," zegt ze. „En de tweede keer ook. Het werd natuurlijk alleen maar erger na die miskramen."

„Arthur wilde het graag. Hij wilde trouwen en kinderen." Caroline leunt naar voren, wrijft met haar vrije hand langs haar ogen. Ze lijkt anders met haar gezicht zonder make-up. „Geen van beiden zijn we zo jong meer."

„Kinderen moeten welkom zijn." Ze durft het haast niet te zeggen, bang als ze is het broze contact met haar jongste dochter weer te beschadigen. Caroline lijkt geen problemen met haar opmerking te hebben.

„Ons kindje was inmiddels van harte welkom."

„Caroline, je hebt me beloofd dat je maar even bij mama wilde kijken. Arthur staat beneden met de auto te wachten. Je bent zwak, je hebt veel bloed verloren en mama moet ook rusten," probeert Annelie nog eens maar ze zou net zo goed niets kunnen zeggen. Ze zou er even goed niet kunnen zijn.

„Waren wij welkom?" hoort ze Caroline vragen. „Ik bedoel, Annelie en ik?" Ze draait zich om en loopt de gang op.

„Jullie waren heel erg welkom," zegt Emmely. Haar blik drinkt het beeld in van het kind dat zo lang op afstand is geweest.

„Tegelijkertijd nam door jullie komst mijn angst om te verliezen toe. Tussen de geboorte van Annelie en jou heb ik vijf miskramen gehad. Dan durf je niet meer in een goede afloop te geloven. Ik heb me tijdens de zwangerschap van jou afgeschermd omdat ik bang was dat ik ook jou af moest staan."

„Ik werd gezond geboren."

„Maar zo klein, zo tenger, zo breekbaar…"

De woorden putten haar uit. Het liefst zou ze nu niet meer denken maar heel stil blijven liggen en eindeloos willen slapen.

„Je bent al die tijd bang geweest om mij te verliezen," klinkt er naast haar. „Ik weet nu wat het is. Het voelt leeg en onwerkelijk."

Ze knikt zonder woorden, staart naar het lege televisiescherm dat tegenover haar aan de muur hangt. Straks gaat Caroline naar huis. Dan moet ze verder en zien te verwerken dat haar kindje niet geboren zal worden. Misschien zal ze nog eens moeder worden van een ander kindje maar dat biedt op dit moment geen enkele steun. Zij zal die woorden nooit in haar mond nemen. Woorden waarmee haar verdriet en ontreddering gekleineerd werden. Er was maar een ding dat ze in die tijd had gewild, dat al die mensen hun mond zouden houden. Ze hadden geen idee waarover ze spraken, deden haar alleen maar zeer doordat ze opnieuw haar pijn bagatelliseerden. „Je zult eens zien dat je nog genoeg kinderen krijgt. Je bent nog jong." Wat ze voelde, deed er niet toe. Of het nu om haar miskramen ging of over haar oorlog. „Jullie hadden het in ieder geval niet koud, zoals wij," had haar schoonmoeder eens gezegd. „Hier gingen mensen dood van de kou."

Ze had niet geweten wat tweemaal daags een appèl in de hitte behelsde. Ze wilde het ook niet weten, net zoals al die anderen. Ze droegen hun eigen pijn, hun bitterheid en schuld en hadden daar genoeg aan. Zij had alleen gedaan wat iedereen verwachtte. „Wat moet ik daar nu van vertellen?" meldde ze opgewekt als iemand ernaar vroeg. „Ik was nog zo jong. Ik weet me niet veel meer van het kamp te herinneren. Ik kan me nauwelijks voorstellen dat het invloed op m'n leven heeft gehad."

Al die jaren had ze dat werkelijk geloofd, tot Joppe op die middag het fotoalbum had gevonden. Haar kleinkinderen hadden de oorlog niet meegemaakt. In hun ogen had ze gelezen dat er niets te bagatelliseren viel. Joppe blies haar herinneringen nieuw leven in doordat hij ze onmiddellijk omzette naar zijn eigen leven. „Dus Idske en ik zouden bij mama mogen blijven en Pim moest met papa mee?"

„Je wilde mij beschermen tegen alle kwaad van de wereld en juist daardoor ben ik er niet tegen opgewassen," hoort ze nu Caroline zeggen. Ze kijkt naar haar dochter, die in haar imitatie bontjasje nog zo jong lijkt. Haar blonde haren liggen warrig rond haar gezicht. Verzwakt als ze is, heeft de inspanning haar rode koortsachtige blossen bezorgd. Ze lijkt weer heel erg op het kind dat ze ooit is geweest. Het kind dat ze zo graag voor alle pijn op haar levenspad had willen beschermen.

„Tijdens je hele bestaan op deze aarde blijf je maar leren." Haar woorden komen langzaam. Ze moet er goed over nadenken. „Ik was niet opgewassen tegen het leven dat ik gedwongen werd te leiden toen ik een meisje van tien was. Ik was er niet tegen opgewassen toen mijn moeder stierf. Rond de leeftijd van tien jaar heb je je moeder nog zo heel hard nodig. Ik heb het allemaal overleefd maar het heeft littekens nagelaten. Ik heb verzuimd die littekens te zien van waaruit ik fouten maakte. Jij hebt je kindje verloren. Je voelde je er niet tegen opgewassen toen je ontdekte dat je zwanger was. Je voelt je nu niet tegen het verlies opgewassen. Straks ga je naar huis en zul je ontdekken dat je dwars door je verdriet heen, je leven weer probeert op te pakken. Een mens probeert altijd zo gewoon mogelijk door te leven omdat je op die manier grip op de situatie denkt te krijgen. Dat doe je als kind in een Jappenkamp, dat doe je als moeder die haar kindje verliest. Je draagt de bagage van je leven met je mee. Een eventuele volgende zwangerschap zal nog veel meer spanning opleveren. Je weet nu heel goed dat het verkeerd kan gaan. Erken je pijn, ook als er anderen zijn die zeggen dat er nog veel ergere dingen op de wereld zijn. Weiger je verdriet door anderen weg te laten drukken. Praat erover met mensen die naar je luisteren. Dat zijn de mensen die echt de moeite waard zijn."

„Heb jij die mensen ooit ontdekt?" wil Caroline weten.

„Ik heb ze nooit de kans gegeven."

Langzaam wordt de wereld vriendelijker, haar eenzaamheid minder. Over vijf nachten is Sijbrand er weer. Ze verlangt ernaar haar gedachten met hem te delen.

„Hij klonk reuze sympathiek," had Annelie gisteren gezegd. Sympathiek, het was een woord dat bij Sijbrand paste maar daarnaast ook warmte, belangstelling en een hart vol liefde voor haar.

„Caroline, we gaan." Annelie heeft besloten haar gezag te laten gelden. Ze lijkt wel een schooljuffrouw. „Als ik het van tevoren had geweten dan was ik hier niet eens langs gegaan. Jij moet nu rusten. Mama moet rusten. Ik hoop dat mama over een poosje bij ons haar intrek neemt, dan kun je haar zo vaak opzoeken als je wilt."

„Bij jullie?"

„Is dat zo raar?"

„Heb je daar nog ruimte voor dan?"

„We hebben die rommelkamer beneden die we kunnen uitruimen."

„Wij hebben veel meer ruimte."

„Jij moet aan jezelf denken."

„Het is toch veel te druk voor mama in een gezin met kinderen. Je weet zelf dat jullie altijd aanloop hebben. Mama, wat vind jij ervan?"

Emmely heeft haar ogen gesloten. „Laat me er nog even over nadenken."

„Ik zou het fijn vinden als je een poosje bij ons zou willen zijn. Er valt nog zoveel te praten."

„Geef mama de tijd om erover na te denken." Opnieuw voelt ze zich de strenge schooljuffrouw. Emmely heeft haar ogen geopend en als ze de blik van haar moeder opvangt, weet ze al wat haar moeder het liefste wil.

26

Pim draagt een roze roos, in folie verpakt. Joppe heeft een donkerrood exemplaar bij zich, Idske een zachtgele. Annelie heeft zelf een sierlijk klein vaasje meegenomen. Snel en handig snijdt ze de rozen op lengte en laat water uit de kraan op de zaal in het vaasje stromen.

„Wie is die meneer?" wil Joppe weten met een handgebaar wijzend op de man in het bed naast dat van haar. Ze heeft niet langer het rijk alleen. Door de verpleging is ze naar zaal gebracht.

De man naast haar heeft geen bezoek. Hij ligt op zijn zij. Ze ziet alleen zijn rug met de gestreepte pyjama en de achterkant van zijn donkere, piekerige haar. Joppe leunt tegen haar bed. Zijn warme hand rust op die van haar.

„Dat is een meneer die ook ziek is." Ze dempt haar stem. „Hij is een beetje een chagrijnige meneer."

„Hoe lang moet je hier nog blijven?" wil Pim weten.

„Ik weet het niet precies."

„Kom je daarna bij ons wonen?" informeert Joppe. Ze ziet zijn gespannen gezicht, bijt op haar lip.

„Ik weet het nog niet precies. Mama moet zoveel moeite doen om een kamer vrij te maken."

„Dat vindt mama helemaal niet erg en papa helpt toch ook? Wij helpen allemaal."

Drie verwachtingsvolle gezichten kijken haar aan. Ze durft niet naar Annelie te kijken, die het elegante vaasje op haar nacht-kastje zet.

„Het is beter voor oma als ze een poosje bij tante Caroline gaat wonen," hoort ze dan haar dochter zeggen. „Jullie weten zelf dat oom Arthur en tante Caroline een heel groot huis hebben. Daar is ruimte genoeg en het is ook een stukje rustiger."

„Vind je dat niet erg?"

„Nee, waarom zou ik dat erg moeten vinden?" Ze probeert opgewekt te glimlachen en laat het gesprek dan weer aan haar kinderen over die onder de indruk zijn van een oma in het ziekenhuis.

Het is goed dat Stef er is. „Er is nog niets veranderd," had ze gisteren gezegd nadat ze nog even bij Caroline en Arthur thuis was geweest. Met een onverantwoordelijke snelheid was ze daarna naar huis gereden, had getoeterd naar een oude man die het zebrapad over wilde steken toen zij naderde. Heel onfatsoenlijk had ze op haar voorhoofd getikt toen een fietser vlak voor haar auto de weg overstak. Al haar frustratie had ze op het verkeer rond haar botgevierd. Tegenover het onderwerp van haar woede had ze niets kunnen laten merken. Iemand die net een miskraam achter de rug had, betichtte je niet ook nog eens van egoïsme.

„Meer dan een jaar heeft ze mijn moeder gewoon links laten liggen," was ze tegen Stef uitgevallen. „Helemaal niets kon ze goed doen. Zelfs het nieuws van haar zwangerschap heeft ze niet persoonlijk verteld. Op het moment dat het moeilijk wordt, roept ze ineens om mijn moeder. Midden in de nacht moet ik mijn moeder uit bed halen omdat zij het moeilijk heeft."

„Als je dat niet had gedaan dan had ze nog veel langer op de vloer in het huis van die Sijbrand gelegen."

„Buiten dat om. Dat heeft er nu even helemaal niets mee te maken."

„Wat is dan het probleem?"

„Het beroerde is dat ik het aan mezelf te wijten heb. Ik had vanmorgen het gevoel dat het goed zou zijn als Caroline voor ze naar huis ging even bij mijn moeder zou zijn geweest. Even maar, zodat ze kon vertellen wat er was gebeurd en ze misschien even konden praten. Het begin van verzoening zal ik maar zeggen. Op het moment dat ik daar binnen kwam, voelde ik me direct de buitenstaander. Caroline ging weer gewoon haar eigen gang. Ze luisterde gewoon niet naar wat ik zei en ik bestond weer niet."

„Zoals het al die jaren is geweest," had Stef begrepen. „Lieverd, ik vind het fidel van je dat je op die gedachte kwam maar je had kunnen weten dat het zo zou gaan. Caroline heeft altijd aandacht gehad en ze weet ook precies hoe ze die moet trekken. Bovendien heeft ze op dit moment een hele nare ervaring achter de rug. Een ervaring die ze met je moeder kan delen. Een ervaring waarmee ze ook de aandacht van je moeder op zich gevestigd weet."

„Ik vind het ook vreselijk dat haar eerste zwangerschap zo moet eindigen. Het is een hele verdrietige ervaring. Ik begrijp dat ze op dit moment meer aandacht van mijn moeder nodig heeft."

„Het is het gevoel dat je altijd hebt gehad. Mijn Hollands welvaren, met drie gezonde kinderen en een modelman redt zich wel."

Ze had een glimlach niet kunnen onderdrukken.

„Ik had haar voorgesteld dat ze bij ons zou komen uit het ziekenhuis. We hebben het er samen over gehad en jij was het met me eens. Mama moet niet naar een verpleeghuis. Ik had al gebeld met de thuiszorg en de verzekering. Het leek me zo'n mooie oplossing. Toen ik dat zei, kwam Caroline ogenblikkelijk met het voorstel dat mama bij haar zou komen. Het zou rustiger voor haar zijn en ik hoefde niet zoveel drukte te maken."

„Wat een geweldig aanbod."

„Stef, kom op. Het is weer als vanouds. Ik regel alles en dan krijgt Caroline het in de schoot geworpen."

„Ik denk dat je dat zo niet kunt stellen. Het aanbod van Caroline is vast in een opwelling gedaan, emotioneel als ze is van de gebeurtenissen en blij omdat ze het contact met haar moeder zonder veel moeite kan herstellen. Ik weet zeker dat het haar uiteindelijk niet mee zal vallen. Zelf heeft ze ook heel wat te verwerken."

„Het ging me om de manier waarop ze het overnam."

„Ik ben blij dat ze het heeft overgenomen. Natuurlijk heb ik toegestemd toen je het me voorstelde, maar ik heb me wel afgevraagd hoe we dat allemaal moesten doen."

„Ik wilde thuishulp aanvragen."

„We hebben drie kinderen die naar school, sport en vriendjes moeten worden gebracht. Ik heb mijn werk. Jij hebt een drukke baan met wisselende diensten. Je weet dat ons huis een huis is waar vaak onverwacht mensen voor de deur staan. Thuishulp zal wel wat verlichting brengen maar er blijft toch nog heel wat op onze schouders rusten. Misschien is het gewoon beter dat ze in het rustige huishouden van Arthur en Caroline weer een beetje tot zichzelf komt."

Langzaam was haar woede gezakt. Had ze er zelf ook niet aan gedacht? Ze wilde er voor haar moeder zijn. Het was vanzelfsprekend dat ze een deel van haar huis aanbood maar ze had zich stilletjes afgevraagd hoe ze het allemaal moest regelen.

„Je bent bang dat jouw moeder met Caroline opnieuw een soort van twee-eenheid zal vormen en dat je daarbuiten zult vallen," had Stef vervolgd. „Ik geloof daar niets van. De afgelopen tijd heeft je moeder meer dan eens laten merken dat ze het prettig vindt om bij ons te zijn. Misschien juist omdat ze zich over ons zo weinig zorgen hoeft te maken. Bovendien zal ze niet zomaar vergeten wat Caroline haar verweten heeft. Jouw moeder kennende, zal ze daarom voldoende afstand houden."

Nu ze hier met haar kinderen naast het bed staat, dringt het tot haar door dat Stef waarschijnlijk gewoon gelijk heeft. Langzaam valt er steeds meer gekwetstheid van haar af. Zonder zich in de gesprekken te mengen, luistert ze naar haar moeder en haar kinderen.

„Doet je been zeer?" wil Idske weten. „Was je zomaar gevallen?"

Haar moeder doet kort verslag van de gebeurtenissen.

„Was je niet bang?"

„Je was wel helemaal alleen," constateert Joppe.

„Ik wist dat er een einde aan zou komen." Ze glimlacht naar hem.

„Nu kun je natuurlijk niet naar Den Haag?" informeert Pim. Ze weet direct wat hij bedoelt. „Naar het monument?"

Hij knikt heftig. Joppe doet met hem mee.

„Voorlopig niet. Misschien kun je met de meester afspreken dat je die opdracht wat later inlevert."

„Of je haalt een plaatje van internet," mengt Annelie zich er nu ook in. „Er is vast genoeg te vinden."

„Ik moet er zelf geweest zijn en daar moet ik een verslag van schrijven."

„Wat moeten jullie tegenwoordig toch moeilijke dingen doen. Ik zou gewoon aan meester Hans uitleggen dat oma even niet mee kan."

Pim reageert niet. Ze menen werkelijk dat hij zich erbij neerlegt.

27

In een groot deel van Nederland zal Sinterklaas vandaag zijn opwachting maken. In hun gezin gelooft alleen Idske nog in de goedheiligman. Ze heeft haar schoen alvast voor de verwarming gezet en maant Pim en Joppe dat vooral ook te doen. Annelie heeft elk jaar weer een hekel aan deze dag. Traditiegetrouw is het weer onaangenaam. Voor de middag wordt natte sneeuw voorspeld. Ze is altijd blij als het schip is aangemeerd, de Sint is verwelkomd en de stoet voorbij is getrokken. Aan de andere kant heeft het ook weer wat om met het hele gezin naar de kade te trekken en te midden van opgewonden kinderen te genieten van een traditie. Idske is al dagenlang aan het raden wat ze zondagmorgen in haar schoen zal vinden.

De jongens zijn rustig, veel rustiger dan anders. Andere jaren beginnen ze 's morgens Idske al op te stoken. „Je moet de wortel voor het paard niet vergeten. Als je die vergeet, krijg je maar een heel klein cadeautje."

„Als je drie liedjes zingt, krijg je misschien wel een wiegje voor de pop."

„Die past toch helemaal niet in m'n schoen."

„Nou, een heel klein wiegje dan."

„Dan past de pop er toch niet in."

Ze is niet heel verbaasd als Pim bij haar in de keuken komt. „Vind je het goed dat Joppe en ik vanmiddag niet meegaan naar Sinterklaas?"

„Waarom niet?" Ze wendt verbazing voor.

„We geloven toch niet meer in Sinterklaas. Niemand uit de klas gaat meer. Het is een beetje kinderachtig."

„Volgens mij zie ik Niels ook elk jaar."

„Niels is ook heel kinderachtig."

Natuurlijk geeft ze uiteindelijk toestemming. „Wat gaan jullie dan doen vanmiddag?"

„Dat weten we nog niet."

Pas veel later dringt het tot haar door dat zijn antwoord helemaal niet overtuigend klonk.

Het schip van Sinterklaas meert aan op de plek waar ze zelf ook als klein meisje zijn intocht gadesloeg. Alleen de omgeving is veranderd. De plaats waar eerder de geur hing van een veevoerfabriek en het intrigerende geluid van de machines klonk, biedt nu ruimte aan rijen auto's. Vandaag staat de parkeerplaats vol met kinderen en ouders. Het is vreemd om ineens met z'n drieën te zijn. De jongens zijn er altijd bij geweest. Zo moet je als moeder steeds weer een stukje loslaten, mijmert ze. In de verte nadert de boot van Sinterklaas met ontelbare vlaggetjes aan de mast. Een opgewonden spanning maakt zich van de toeschouwers op de kade meester. Idske staat op een muurtje. Ze zwaait als de boot dichterbij komt en de zwarte pieten al duidelijk te onderscheiden zijn. Er moet een doorgang worden gemaakt voor het paard van de goedheiligman. De burgemeester staat klaar met de officiële ambtsketen om. De oostenwind is koud, de hemel laat witte vlokken los die smelten zodra ze de grond raken. Ze houdt Idske goed vast. Wel drie keer krijgt haar kleine dochter een handvol pepernoten toegestopt. Haar bolle wangen zien rood van de kou, haar blonde krullen piepen net onder de felgekleurde muts vandaan. Ze vraagt zich af wat de jongens nu doen. Het zou haar niets verbazen als ze gewoon op de televisie de intocht van de Sint volgen. Niemand die het ziet en hen kan betichten van kinderachtigheid. Haar voeten zijn koud, de wind lijkt dwars door haar jas heen te waaien. Ze stampt met haar voeten op de grond in een poging warmer te worden. Het helpt niets. Opgelucht ziet ze dat Sinterklaas zijn paard bestijgt na een kort woord van welkom door de burgemeester. „Vanavond allemaal jullie schoen zetten, kinderen!" bindt hij zijn toehoorders op het hart. Dan verdwijnt het gezelschap in de richting van de stad, voorafgegaan door een muziekkorps dat met koude, stijve vingers de instrumenten bespeelt. Ze is blij dat ze naar huis kan.

De jongens zitten niet voor de televisie. Ze zijn ook niet op hun slaapkamer.

„Waar kunnen ze nou zijn? Waarom leggen ze niet even een briefje neer?" moppert ze tegen Stef.

„Misschien zijn ze toch even naar de stad gegaan en verwachtten ze ons niet zo snel terug. Je zult zien dat ze er zo weer zijn."

Het stelt haar niet echt gerust. „Misschien moeten we Pim voor zijn verjaardag toch maar een mobieltje geven, dan kunnen we in ieder geval bellen waar ze zitten."

„Jij was degene die tegen mobiele telefoons op die leeftijd was. Ik vind het prima."

Meestal is ze blij met de rust van Stef maar vandaag irriteert het haar. Na een uur zijn de jongens nog niet terug.

„Ik vind het vervelend dat ze er nog niet zijn," klaagt ze.

„We zijn pas een uurtje thuis. Maak je toch niet zo druk."

„Misschien zijn ze naar mama in het ziekenhuis," bedenkt ze hoopvol.

„Dat zou maar zo kunnen."

„Ik ga even kijken."

„Jaag haar niet de stuipen op het lijf als de jongens er niet zijn."

„Natuurlijk zeg ik niets maar bel me als ze thuiskomen."

Er is veel hoop in haar als ze door de kou in de richting van het ziekenhuis fietst. Het zou net iets voor de jongens zijn om zomaar bij oma binnen te stappen. Joppe is vast degene geweest die heeft aangegeven dat hij zijn oma bezoeken wil. Hij is een echt omakind. Pim is dan degene die de plannen maakt. Hij weet hoe ze er moeten komen en uiteraard weet hij wel hoe laat het bezoekuur begint. Ze hebben de buskaart nog en weten inmiddels hoe ze met dat vervoermiddel moeten reizen. Alle puzzelstukjes passen keurig in elkaar. Langzamerhand begint ze zo overtuigd te raken dat ze de jongens bij oma zal treffen dat ze er niet op voorbereid is hen daar niet te vinden. Arthur staat als enige naast het bed. Ze is nauwelijks in staat haar teleurstelling niet te laten blijken.

„Kind, wat fijn dat je er ook bent. Ik had je vandaag niet verwacht. Zou je niet met de kinderen naar de aankomst van Sinterklaas?"

Ze moet haar best doen om haar stem normaal te laten klinken. Waarschijnlijk zal Stef zo wel bellen omdat de jongens zijn thuisgekomen. Diep ademhalen, gewoon doen. „Ik had onverwacht tijd over," verklaart ze haar komst. „Leuk dat jij er ook bent, Arthur."

„Zo zien we elkaar nog eens."

Ze onderschept de niet begrijpende blik van Emmely. „Vanmorgen heb ik Arthur ook al gezien. Ik ben nog even bij Caroline geweest om te kijken hoe het met haar gaat."

„Ze slaat zich er dapper doorheen," vindt Arthur. „Ik houd haar wel goed in de gaten. Ze heeft nogal wat bloed verloren."

Emmely reageert. Zij is het gesprek algauw kwijt. Onopvallend probeert ze haar mobiele telefoon tevoorschijn te halen. Heeft ze het ding wel aanstaan? Heeft ze misschien een telefoontje gemist? Ze probeert niet te zuchten als ze het scherm van haar telefoon ziet. Het ding staat gewoon aan en ze heeft geen oproep gemist.

„Verwacht je een telefoontje?" Emmely heeft het gezien.

„Nee, ik vroeg me gewoon af of ik mijn mobiel wel had aangezet."

„Is er iets aan de hand?" dramt Emmely toch door. „Ik zie iets aan je. Je bent zo onrustig, neemt niet deel aan ons gesprek. Je zit erbij alsof je met je gedachten heel ergens anders bent."

Een rode kleur trekt vanuit haar hals naar boven. Haar moeder mag het niet weten. Het is waarschijnlijk storm in een glas water. Natuurlijk zijn de jongens straks weer thuis.

„Ik dacht gewoon aan Caroline en hoe beroerd het is dat het allemaal zo moest lopen." Haar glimlach moet geruststellen maar ze ziet duidelijk dat haar moeder het niet vertrouwt. Op haar horloge ziet ze dat ze hier nog maar tien minuten is maar ze voelt dat ze het niet veel langer uit zal houden.

„Moet je nog ergens anders heen?" Ook deze blik heeft haar moeder onderschept. Ze schudt haar hoofd. „Zeg dan gewoon wat er aan de hand is. Ik word hier helemaal zenuwachtig van."

„Het is misschien helemaal niets om ongerust over te worden." Ze ziet de belangstellende blik van Arthur op zich gericht. „De jongens wilden niet mee naar de intocht van Sinterklaas. Ze komen op een leeftijd dat ze dat niet stoer meer vinden. Daarom zijn we maar met zijn drieën naar de intocht geweest. Bij thuiskomst waren Pim en Joppe er niet. We hebben geen idee waar ze naartoe kunnen zijn. Volgens Stef moet ik me niet ongerust maken maar ik vind het niet prettig om geen idee te hebben waar ze zijn. Daarom ben ik hier gekomen. Ik hoopte dat ze jou misschien wilden opzoeken."

„Dus niet."

„Kunnen ze niet gewoon naar de stad zijn met z'n tweeën?" bedenkt Arthur.

„Stef zei dat ook maar in dat geval waren ze vast en zeker met de fiets gegaan. Ze zijn er of lopend op uit of ze hebben de bus genomen. Ik weet dat Pim nog wel een aantal strippen op zijn kaart had."

„Ik zou me nog niet te ongerust maken. Het zijn ondernemende knullen die je best kunt vertrouwen. Een tijd geleden zijn ze ook met de bus bij ons geweest."

„Kunnen ze ondertussen niet thuis zijn gekomen?" oppert Emmely hoopvol.

„Stef zou bellen als dat zo was maar misschien is hij het vergeten."

Ze heeft het mobieltje al in haar hand, toetst het nummer van thuis en hoopt tegen beter weten in.

„Nee, ze zijn er nog niet maar ik weet zeker dat ze zo terug komen. Heb je nu je moeder ook overstuur gemaakt?" informeert Stef wrevelig. „Wat heeft dat nou voor zin?"

„Ik ben er niet gerust op. De jongens zijn nooit zo stiekem." Ze drukt de telefoon uit, steekt die bij zich zodat haar niets kan ontgaan.

„Waar kunnen ze nog meer zijn? Heb je al vriendjes gebeld?" denkt Emmely nu ook mee.

„Volgens Stef is er nog niets aan de hand en maak ik me druk om niets."

„Misschien heeft hij gelijk. Ik denk eigenlijk ook dat ze straks doodgemoedereerd thuiskomen en helemaal niet in de gaten hebben dat het niet slim is om er zomaar tussenuit te knijpen. Jongens van die leeftijd reageren soms zo impulsief." Arthur praat alsof hij dagelijks met jongens van die leeftijd optrekt.

„Ik zou eens wat vriendjes bellen," stelt Emmely voor.

Ze kan ineens niet zo goed meer tegen de raadgevingen en goedbedoelde geruststellende opmerkingen. „Als jullie het niet erg vinden dan ga ik naar huis. Zodra ik meer weet, bel ik. Mam, jij hebt je mobiel toch ook aanstaan?"

Natuurlijk heeft ze haar mobiele telefoon aanstaan. Sijbrand kan bellen. Hij heeft haar al een keer in het ziekenhuis gebeld. Nog twee dagen voor hij naar huis komt. Ze heeft zich er zo op verheugd. Vanmiddag had ze zich bijna gelukkig gevoeld. Wat kan de stemming snel omslaan. Als ze Annelie de zaal af ziet lopen, voelt ze de bezorgdheid als een zware bal op haar maag drukken.

Aan het einde van de middag is Stef ook ongerust. Telefoontjes naar klasgenoten hebben niets opgeleverd. Niemand heeft ze gezien. Niemand heeft ook maar een idee waar ze kunnen zijn.

„We moeten naar de politie," stelt Annelie zenuwachtig voor.

„Ik kan bellen en vragen wat ze ervan vinden." Stefs gezicht staat ondoorgrondelijk. Idske heeft al een paar keer gevraagd waar haar broers blijven.

Schemer kondigt buiten de duisternis aan.

„We moeten ernaartoe," zegt ze. „Ze zullen dingen van ons moeten weten en het is waarschijnlijk goed om een recente foto van ze mee te nemen." Ze pakt de foto van het dressoir die op school gemaakt is. Pim en Joppe broederlijk naast elkaar. Idske daarvoor.

Een buurvrouw wil op Idske passen. Zij rijden door de vallende avond in de richting van het politiebureau. Het gevoel dat dit niet waar is, wil Annelie maar niet loslaten. Stil zit ze naast Stef, de handen gevouwen om de rode rand die de foto van haar kinderen omlijst. „Ik snap werkelijk niet wat er gebeurd kan zijn. Ze zullen toch niet met iemand mee zijn gegaan?" hoort ze Stef naast zich zeggen.

Ze antwoordt niet en hij lijkt dat ook niet van haar te verwachten. „Ze zullen nooit met een vreemde meegaan," filosofeert Stef verder. „En als ze met een bekende zijn meegegaan dan zouden ze een briefje hebben achtergelaten. Ze hebben de fiets niet meegenomen."

Waarom blijft hij maar praten? Ze zou willen dat hij zijn mond houdt.

„Dat ze de fiets niet hebben meegenomen, kan betekenen dat ze niet zo ver weg zijn tenzij ze met de bus zijn gegaan. Ze zijn al eens met de bus naar jouw moeder geweest en ook naar Caroline en Arthur. We weten dat ze daar niet zijn."

In de verte doemt het politiebureau op. Donkerblauwe letters met de vlammende bom boven de deur.

„Ik snap het werkelijk niet," hoort ze Stef zeggen als ze uit de auto stappen. Met moeite weet ze de treden naar de entree op te lopen. Nog steeds lijkt het een droom als de deur zich voor hen opent en ze in een ruime hal terechtkomen. Achter de balie kijkt een jonge vrouw hen aan. Het is geen droom.

Emmely heeft haar brood laten staan. De bal in haar maag lijkt steeds groter te worden.

„Hebt u nog niets gehoord?" informeren de verpleegkundigen regelmatig. Ze is blij met hun extra aandacht. Een jong meisje wil meer weten van haar kleinkinderen. „Hoe heten ze? Hoe zien ze eruit? Waar kunnen ze naartoe zijn gegaan?"

Zelfs de chagrijnige man in het bed naast haar laat iets van belangstelling blijken. „Zijn het die jongetjes die eergisteren een roos kwamen brengen?"

Naast haar staat het vaasje. In de warmte van het ziekenhuis hebben de rozen zich al snel uitgevouwen. Roze, rood en zachtgeel.

„Die zien er niet uit alsof ze in zeven sloten tegelijk zullen lopen," probeert hij haar moed in te spreken.

Vanuit haar bed ziet ze de schemer intreden. De lichten rond de kerktoren springen aan. Machteloos voelt ze zich in haar bed. Niet in staat om maar iets te doen. Misschien is de onwetendheid nog erger. Zijn Stef en Annelie al naar de politie gegaan en ondernemen ze daar actie? Bellen durft ze niet. De kinderen zouden misschien denken dat er nieuws van de jongens is.

„Ma, maak je nou niet zo druk," heeft Arthur haar op het hart gedrukt. „Ik kan me nauwelijks voorstellen dat er iets ernstigs aan de hand zou zijn. Die duiken straks weer op."

Zijn stem klonk geruststellend maar nadat ze de telefoon had uitgedrukt toen hij belde om te horen of ze al iets wist, was de bal weer terug, nog groter dan voor het gesprek.

In gedachten ziet ze Pim en Joppe voor zich. Waar kunnen ze zijn? Wat hebben ze gedaan? Krantenberichten komen in haar herinnering. Kinderen verkracht, jongetje vermoord, meisje verdwenen en nooit teruggevonden. Ze wil die vreselijke gedachten niet toelaten maar ze weigeren zich de toegang te laten ontzeggen. Steeds komen ze terug als insluipers die zich niet laten verjagen. Ze maken de bal zo groot dat ze bijna geen adem meer kan halen. Joppe is nog zo klein, zo onschuldig, Pim is maar een jaartje ouder. Hij doet wel stoer maar hij is het niet. Langzaam maar zeker wordt het helemaal donker. Het bezoekuur vangt aan. Ontelbare voetstappen door de gang. Er is iemand van de kerk voor haar met een fruitmand en een boekje met gedichten. Opgewekt gebabbel naast haar bed van een vrouw die ze nauwelijks kent. Ze kan er niet toe komen om haar gedachten te delen.

„Bent u moe?" informeert de vrouw en ze realiseert zich dat ze niet erg spraakzaam is. „Ik zal u niet langer lastigvallen. Als u zich wat beter voelt, kom ik wel eens weer. Van harte beterschap."

Opluchting is er als de vrouw de gang oploopt en tegelijk iets van spijt omdat nu opnieuw de stilte op haar valt. Rondom haar vinden opgewekte gesprekken plaats. „Wat zei de dokter?

Wanneer denk je dat je weer naar huis mag?"

„Mevrouw Nijenhuis, gaat het nog wel een beetje?" De jonge verpleegster komt terug. Nynke, heet ze. Haar tongval verraadt evenveel van haar afkomst als haar naam. „Wat verschrikkelijk moet dat zijn, die onzekerheid," zegt Nynke. „Kan ik iets voor u doen?"

„Ik ben zo bang," zegt ze. „Zo verschrikkelijk bang. Ik meende dat ik wist wat angst was maar ik weet nu dat er nog grotere angst bestaat dan ik ooit in mijn leven heb gevoeld."

„In gedachten zie je allerlei vreselijke dingen gebeuren," begrijpt Nynke. „Het is ook die onzekerheid. Je hebt geen idee wat er aan de hand is. Ik herinner me nog dat mijn kleine zusje..." De stem van Nynke kabbelt door. Ze vindt het prettig om ernaar te luisteren. „U gelooft toch in God," hoort ze Nynke dan zeggen en op haar bevestiging. „Nou, dan mag u er toch om bidden."

„Dat heb ik al gedaan. Eigenlijk doe ik niets anders."

„Dan mag u toch ook vertrouwen hebben. Zo is het toch? Ik ben helemaal niet christelijk opgevoed hoor. Mijn ouders moesten er niets van hebben maar mijn oma vertelde me verhalen uit de bijbel. Ik vond het altijd zulke mooie verhalen. Mijn oma bidt nog altijd overal voor. Toen ik examen moest doen, toen ik moest afrijden en zelfs toen ik voor het eerst uitging met mijn vriendje. Verder is het helemaal geen zalverig mens maar ik weet dat ze altijd bidt. Dan kan ze het loslaten, zegt ze. Dat moet u ook doen, hoor. U bidt toch zeker niet voor niks."

Ze glimlacht, legt nog even bemoedigend een hand op haar schouder. „Ik weet zeker dat het goed komt."

Handen reiken naar haar. Soms zo, dat ze zich afvraagt of het werkelijkheid is of een droom. Nu is er een jonge vrouw in het wit. „U bidt toch zeker niet voor niks."

Ze moet die handen grijpen.

Het bezoekuur is net ten einde. Voetstappen op de gang in de richting van de liften. Het bezoek bij haar op de zaal neemt afscheid. Er zijn hartelijke woorden voor haar. „Sterkte met uw kleinkinderen, hoor."

Langzaam wordt het stil, sterven geluiden weg. Hoesten wordt weer hoorbaar, een mopperende stem op de gang. Ze pakt haar mobiele telefoon van het nachtkastje, wrijft over het display met een puntje van de witte sprei. Er is niet gebeld, er zijn geen berichten. Voetstappen op de gang. Nynke loopt haastig voorbij. Opnieuw voetstappen, nu van meer dan een persoon. Een stem die ze uit duizenden herkent. „Joppe!"

Zijn stoere stekelkapsel komt het eerste om de hoek, daarachter is Pim. Ze kan niets meer zeggen, haar keel is dik, haar ogen lopen over. Annelie en Stef volgen hun zoons op enige afstand.

„Waar zijn jullie geweest?" weet ze uit te brengen.

„In de trein," zegt Joppe. Hij kijkt haar niet aan. Rondom haar is de aandacht gewekt. Haar chagrijnige buurman leunt op zijn ellebogen om niets van het tafereel te moeten missen.

Annelie neemt het woord. „Woedend ben ik op ze geweest. Kort nadat we op het politiebureau waren om aangifte te doen en de hele machine in werking zou worden gezet, werden we gebeld. Ze waren uit de trein geplukt op de terugweg vanuit Den Haag."

Pim en Joppe staren allebei naar de grond. Het begint haar al enigszins te dagen.

„Ik ben woedend op ze geweest omdat ze niets tegen ons hebben gezegd. Ze hebben ons vertrouwen heel erg beschaamd," zegt Annelie heftig. „Vandaag wilden ze niet naar de intocht van Sinterklaas omdat ze hele andere plannen hadden. Als ze me hadden gezegd wat ze graag wilden dan had ik ze daar op de een of andere manier wel bij kunnen helpen."

„We hadden niet gemerkt dat mijn digitale camera weg was," mengt Stef zich ook in het gesprek. „Niet dat we dan zouden hebben geweten wat ze in hun schild voerden, maar misschien hadden we dan in ieder geval een idee gehad dat ze iets bijzonders wilden fotograferen."

„Het Indië-monument," zegt ze zacht en ze ziet hoe haar kleinzoons verrast opkijken.

„Precies," zegt Annelie.

„Voor school moest ik dat hebben," voert Pim kleintjes aan.

„Toen dacht ik dat oma het misschien ook fijn zou vinden om een foto te hebben. Het duurt nog heel lang voor ze weer kan autorijden en ze vond het ook heel ver om te rijden."

„Hoe heb je dat dan gedaan? Zo'n treinreis kost toch heel veel geld?"

„Ze hebben alleen de heenreis betaald." Annelie legt een hand op de schouders van haar zoons. „Daar hadden ze genoeg geld voor in de spaarpot zitten."

„Gewoon met zo'n automaat, oma. Het ging heel gemakkelijk," zegt Pim. Hij begint weer praatjes te krijgen.

„Voor de terugreis hadden ze geen geld meer en daarom werden ze toen uit de trein gepikt. Ik begrijp niet dat de conducteur op de heenreis geen lont heeft geroken. Zulke jongetjes reizen toch nooit alleen."

„We zijn bij een mevrouw gaan zitten," zegt Joppe.

„Ja, we hoopten dat hij dacht dat we bij die mevrouw hoorden en dat is gelukt," vult Pim aan.

„Vond die mevrouw het ook niet vreemd dat jullie alleen reisden?" informeert Emmely.

„We hadden gezegd dat onze moeder ergens anders in de trein zat." Pims laatste woorden zijn nauwelijks hoorbaar.

„Hoe heb je dat monument in Den Haag dan kunnen vinden?"

„We hebben gewoon gevraagd. Er was een oude mevrouw die zei dat het heel goed is dat wij daar belangstelling voor hebben. Ze heeft ons er helemaal heen gebracht."

„Ze liep wel heel langzaam," verklaart Joppe. „Daarom duurde het nogal lang. Het was ook heel druk omdat Sinterklaas daar ook kwam. Hij was al weg toen wij er waren maar we hebben wel een zwarte piet gezien. Joppe en ik kregen pepernoten."

„Die mevrouw zei dat we op vijftien augustus weer moesten komen. Ze zei dat er dan een herdenking is voor de mensen van die oorlog." Joppe schuift dichter naar haar bed. „Wil jij dan wel met ons mee, oma?"

Voor ze kan antwoorden, neemt Stef het woord. „Het is nog lang niet zover. Misschien kunnen jullie nu de foto's aan oma laten zien. Daarna gaan we naar huis. Wat jullie vandaag hebben gedaan kan natuurlijk niet, hoewel de gedachte erachter misschien goed was. Als we thuiskomen, gaan jullie direct naar bed."

„We hebben honger," waagt Pim het te zeggen.

Er liggen woorden in haar mond. Ze slikt ze in.

28

Hij heeft foto's van de Pico de Teide, van palmbomen en de zee, van terrassen en een fraai appartement. Hij heeft verhalen en ze vindt het heerlijk om ernaar te luisteren. Het is zo goed om hem weer te zien. „Ik had het veel fijner gevonden als ik al die ervaringen met jou had kunnen delen," zegt hij als hij naast haar bed zit. „Ik vond het ook vreselijk dat ik niet zomaar naar huis kon toen ik hoorde wat je was overkomen. Ik neem het mezelf kwalijk dat het in mijn huis is gebeurd."

„Het had overal kunnen gebeuren." Ze heeft zijn hand vast. „Ik weet zelf niet eens hoe het gebeurde. Ineens lag ik op de grond en die was veel harder dan ik dacht."

Bijzonder dat er een moment komt waar op je als mens kunt lachen om onaangename ervaringen. „Ik vrees dat er nog wel sporen van mijn ellendige gesteldheid op je vloerbedekking te vinden zijn."

„Ik ben toch niet van plan om er nog heel lang te blijven wonen."

Ze kijkt hem aan.

Hij glimlacht. „Ik weet niet of dit de goede ambiance is maar op Tenerife heb ik veel nagedacht. Over jou, over mij en over ons samen. Jouw familie is inmiddels op de hoogte van onze gevoelens voor elkaar. Binnenkort wil ik mijn kinderen ook op de hoogte stellen voor zover ze nog niets vermoeden. Jouw kinderen hebben er geen problemen mee, ik verwacht niet dat mijn kinderen dat wel zullen hebben. Ik heb er eens over nagedacht. We zijn niet piepjong meer maar toch ook nog niet heel oud. Lijkt het je niet prettig om over een poosje samen verder te gaan?"

„Is dit een huwelijksaanzoek?"

„Zo zou je het ook kunnen noemen. Het is niet handig om allebei een appartement te moeten onderhouden, om allebei hulp te moeten hebben. Bovendien lijkt het me heerlijk om gezelschap aan tafel te hebben. Ik kook graag maar alleen voor mezelf is er niets aan. De komende tijd kunnen we elkaar nog beter leren kennen en waarom zouden we dan over een jaartje niet naar het stadhuis gaan?"

Alois is heel dichtbij. Zou Sijbrand dat ook zo voelen? Is Tilly nu ook in zijn gedachten? Ze vraagt het hem niet. Ze zegt alleen, „Dat lijkt me een geweldig idee."

Veel later blijkt hij nog een geweldig idee te hebben. „Je mag overmorgen naar huis. Ik heb begrepen dat je moet revalideren?"

„Ik blijf een aantal weken bij Caroline en Arthur. Zij hebben hulp voor me geregeld. Het was erg aardig van ze aangeboden."

„Vind je het niet moeilijk om nog niet naar je eigen huis te kunnen?"

„Natuurlijk zie ik ertegen op. Je eigen huis is toch het prettigst maar ik ben al blij dat ik niet eerst naar een verpleeghuis hoef voor revalidatie. Misschien is het voor Caroline ook goed. Ze heeft het moeilijk met haar miskraam."

„Ik heb Caroline gesproken," bekent hij. „Ik hoop niet dat je het erg vindt maar ik heb haar gevraagd hoe erg ze het zou vinden als je gewoon naar je eigen huis zou gaan."

„Dat is toch onmogelijk."

„Je onderschat me. Ik ben er om je bij te staan. Die hulp kan net zo goed naar jouw adres als naar het huis van Caroline en Arthur. 's Nachts leg je de telefoon naast je bed. Je kunt me bellen als er iets is of als ik je moet helpen."

„Wat vond Caroline ervan?" Haar gezicht staat gespannen. Hij heeft het pleit al voor een groot deel gewonnen.

„Kinderen willen wel eens iets in een opwelling zeggen. Later komt dan de vraag bij ze op of ze er wel goed aan hebben gedaan." Hij wil het gesprek dat hij met haar jongste dochter heeft gevoerd, niet weergeven. In eerste instantie had ze niets van zijn plan willen weten. Na verloop van tijd had ze erkend dat ze toch wel had opgezien tegen de logeerpartij van haar moeder. Ze hadden een eerlijk gesprek gevoerd, waren uiteindelijk op een gezamenlijk punt uitgekomen. Emmely's welzijn was op dit moment voor hen beiden het belangrijkst.

„Ik denk dat het beter is," zegt ze met een zucht.
Hij streelt haar hand. „Dat denk ik ook."

De gemeenschapsruimte is versierd met slingers en ballonnen. Op de tafels staan kleine vaasjes met rozen. „Ik word negenenzestig," heeft ze gezegd toen Annelie over haar verjaardag was begonnen. „Dat is bepaald geen kroonjaar, dus maak er niet te veel drukte van."

„Het is wel een heel bijzonder jaar geweest. Een jaar met verdriet, met zorgen maar uiteindelijk is heel veel omgeslagen ten goede."

Ze had het niet kunnen ontkennen. Om haar rechterhand glanst een eenvoudige witgouden ring die Sijbrand haar gegeven heeft. Zelf heeft ze deze morgen de dubbele trouwringen afgedaan. „Ik wil er een mooi sieraad van laten maken," heeft ze hem laten weten. „De ringen zijn me dierbaar geweest maar nu is de tijd van rouw voorbij. Zoals ik in de afgelopen tijd al heel veel heb opgeruimd dat van Alois is geweest, zo leg ik de ringen nu ook opzij. Niet omdat ik hem wil vergeten. Alois zal altijd in mijn gedachten blijven, daarvoor heb ik geen tastbare herinneringen nodig." Veel van zijn eigendommen had ze onder haar dochters verdeeld. Joppe had de pijp van opa graag willen hebben en had die ook gekregen.

Over twee weken zal Sijbrand zijn zeventigste verjaardag vieren. Op die dag zullen ze ook trouwen. Waarom een jaar gewacht als ze al zo naar elkaar toe gegroeid zijn? Sijbrand heeft haar dagelijks terzijde gestaan terwijl zij met een ijzeren discipline haar oefeningen deed. Nu lijkt alles ten goede gekeerd. De wereld ademt de eerste lente op deze dag. Knoppen staan op springen, de eerste lammeren zijn gesignaleerd, in de bermen staan zeeën van kleurige krokussen.

Zij is het stralende middelpunt in een fraai lichtblauw pakje. Haar wangen vertonen blossen van opwinding, haar ogen stralen. In stilte hebben haar dochters vrienden en familieleden uitgenodigd. Steeds weer is ze verrast als de deur van de ruimte openzwaait en nieuwe gezichten hun entree maken. Gezichten die ze soms jaren niet heeft gezien maar ook buren en koorleden. De ruimte wordt een bloemenzee. Rondom haar kabbelen geanimeerde gesprekken voort. Aan het einde van de middag gaat de deur opnieuw open. Wijn en sherry staan inmiddels op tafel, er wordt meer gelachen. Ze heeft hem verwacht, haar broer, maar als ze hem ziet binnenkomen met Lieke voelt ze een brok van ontroering. Hij is magerder geworden, gebogen in zijn gevecht om lucht. Ademhalen is voor Theo allang niet vanzelfsprekend meer. Toch straalt hij kracht uit. Haar blik dwaalt langs zijn smalle gezicht, zijn gekromde schouders verder naar beneden. In zijn handen draagt hij een pot met een witte orchidee. Langzaam nadert hij, terwijl de gesprekken om hen heen gewoon doorgaan. Hij overhandigt haar de orchidee, houdt met zijn beide handen haar gezicht omvat. „Ik heb nooit geloofd dat ziekte gezonden wordt om er iets van te leren. Ook nu ben ik daarin niet veranderd. Ik vraag niet langer waarom, want waarom zou kanker alleen anderen treffen en mij niet? Mocht later blijken dat er wel lering of betekenis aan ziekte verbonden is en ik het dus helemaal fout zou hebben, dan weet ik in ieder geval welke inhoud ik eraan zou moeten geven. Dwars door alle ellende heen ben ik blij dat wij als broer en zus elkaar teruggevonden hebben."

Ze voelt hoe er tranen langs haar wangen lopen en schaamt zich daar niet voor. „Bedankt, voor je zorg voor mij en voor Lieke. Bedankt voor de fijne gesprekken." Ze hoort hem worstelen met zijn ademhaling. „Jij weet als geen ander hier wat deze witte orchidee betekent. De afgelopen dagen heb ik er veel over nagedacht. Tien jaar was je toen mama overleed. Ik was te klein om je verdriet te delen. Geen van tweeën hebben we mama kunnen begraven, daar valt niets meer aan te veranderen. We hebben het grootste deel van ons leven geleefd en gezwegen. Onze herinneringen diep weggestopt. Ik wil ze niet langer verbergen. Het liefst zou ik samen met jou, met Sijbrand en met Lieke, nog een keer naar Indonesië gaan. Die mogelijkheid zit er vanwege mijn gezondheid niet in."

Zijn handen hebben haar gezicht losgelaten. Hij hoest, moet even wachten voor hij verder spreekt. Rondom hen gaan de gesprekken door, de zaal zit vol mensen. Het voelt alsof ze alleen met Theo is. „Met jou samen zou ik deze orchidee graag naar het Indisch monument in Den Haag brengen. Dat monument staat er ook voor mama. Op die manier zou ik haar zo graag nog een eerbetoon brengen omdat ze in die zware tijd gestreden heeft voor haar kinderen. Een strijd die ze op heeft moeten geven."

Ze knikt. Ze kan niets zeggen. Ze kan hem wel omhelzen.

Na een uitgebreid buffet met koffie na, is haar feest ten einde. De zaal loopt leeg. Annelie ruimt met Stef kopjes op. Caroline zit op een stoel. Opnieuw zwanger, moe maar hoopvol. „Wij zorgen er verder voor." Annelie komt naar haar toe. „Sijbrand en jij mogen nu naar boven. De rest wordt door ons opgeruimd."

„Ik ben zo blij met je. De afgelopen dag is zo overweldigend geweest. Natuurlijk maak ik al jaren deel uit van mijn familie. Jij, Caroline, Stef, Arthur en de kinderen maken daar allemaal deel vanuit maar vandaag voelde ik dat ook echt. Bedankt daarvoor."

„Oma, wil jij nou over een poosje wel vertellen over de oorlog?" Onverwacht is Pim erbij komen staan. „Volgend jaar zit ik niet meer bij meester Hans en daarom wil hij graag dat je dit jaar iets verteld als het weer bevrijdingsdag is. De opa van Steven komt ook een keer om over de oorlog hier te praten. Meester Hans wil graag dat jij vertelt over de oorlog in Indië."

„Kom je daar nu weer mee aan?" reageert Annelie een beetje geïrriteerd. „Het is een vermoeiende dag voor oma geweest. Misschien kun je haar van de week een keer bellen. Joh, wat heb jij toch steeds met die oorlog."

Emmely kijkt naar haar oudste kleinkind. Tien jaar, bijna elf is hij en juist dit kind is altijd geïnteresseerd in haar oorlog. Haar blik glijdt door de zaal, over haar dochters, schoonzoons, kleinkinderen. In het midden staat een tafel met daarop de witte orchidee. Symbool voor haar moeder, die haar kinderen niet mocht zien opgroeien. Dat lag niet aan een ziekte, dat kwam door de oorlog. Waarom moet dat lijden vergeten worden? Ze heeft lang genoeg gezwegen. Het verhaal van haar moeder is het waard om verteld te worden.

„Ik bel je van de week wel, oma." Teleurgesteld wil Pim afdruipen. Ze houdt hem tegen. „Nee jongen, zeg meester Hans maar dat ik het wil doen."

NAWOORD VAN DE AUTEUR

In de derde klas van de lagere school had ik een onderwijzeres die uit Indonesië kwam. Enerzijds bewonderde ik haar zeer, anderzijds was ik ook een beetje bang voor haar. Die angst was er vooral tijdens de handwerklessen. Kort aangebonden prikte ze haar lange nagels in je oorlel als je, in haar ogen, niet netjes genoeg werkte. Als ze in mijn buurt kwam, werd ik al zenuwachtig. Zo herinner ik me hoe ik een uurlang vruchteloze pogingen deed om de eerste steken op een breinaald te krijgen. Drie keer deed ze het voor en drie keer lukte het me niet om het haar na te doen. Uiteindelijk barstte ik in snikken uit. Haar medeleven beperkte zich tot een denigrerend: „Krokodillentranen, allemaal krokodillentranen." De lange nagels bleven mij bespaard.

Mijn bewondering voor haar had te maken met het feit dat ze prachtig kon voorlezen en dan vooral uit boeken die verhaalden over haar geboorteland. Indonesië leek me daardoor een geweldig land. Nooit vroeg ik me in die tijd af waarom zij juist dat prachtige land had verlaten om in een kil land als het onze, les aan onhandige kinderen te gaan geven. Nederlands-Indië, dat later Indonesië werd, is eigenlijk heel lang vaag voor me gebleven. In mijn schooltijd leerden we vooral over onze oorlog. Pas veel later drong het door dat er ongeveer tegelijkertijd nog een oorlog had gewoed. Er kwamen boeken en films over Jappenkampen. We hoorden over Nederlanders die daar leden onder terreur en willekeur. Ook daar verloren kinderen hun ouders en moesten ouders verder zonder hun kinderen. Ook daar ontdekten mensen dat oorlog betekent vanbinnen verscheurd zijn. Dat oorlog altijd verliezen is.

Mijn verhaal gaat niet over mijn onderwijzeres uit de derde klas die als Indonesische moest aarden in ons land, al begrijp ik haar nu veel beter dan toen.

Witte orchidee gaat over een Nederlandse vrouw die als kind geleden en verloren heeft in een Jappenkamp. Het is een waar gebeurd verhaal en ik ben er trots op dat het aan me werd toevertrouwd. Vanuit deze geschiedenis heb ik het verhaal van Emmely opgebouwd. Het heden in dit boek is dus ontstaan vanuit mijn fantasie, terwijl het verleden van Emmely in Nederlands-Indië voor een groot deel op werkelijkheid berust.

Mimi Hol-Bierenbroodspot, die mij haar relaas deed en me toestemming gaf om het in dit boek te gebruiken, wil ik heel hartelijk bedanken.

Greetje van den Berg

Geraadpleegde literatuur:

– Geïllusteerde atlas van de Japanse kampen in Nederlands-Indië 1942-1945 Deel II (Supplement), J. van Dulm, W.J. Krijgsveld, H.J. Legemaate, H.A.M. Liesker, G. Weijers, – Zierikzee : Asia Maior, cop. 2002, ISBM: 90 74861 19 9

– Kampdagboeken, Beb Vuyk, – Utrecht : Veen, cop. 1989. ISBN: 90 204 2433 5

– Kind in kamp, Mischa de Vreede – Amsterdam : De Arbeiderspers, cop. 1989, ISBN: 90 295 5459 2